DAS KRATZEN BUNTER KREIDE

Für meine Oma,
die tausend Geschichten im Kopf hatte.

Rebekka Knoll

DAS KRATZEN BUNTER KREIDE

Roman

Amelie

INHALT

PROLOG: PRIVACY SETTINGS.
SEITE 9

TEIL 1
EINE ANMELDUNG, DIE NIEMAND ZURÜCKNEHMEN KANN.
ZWEI MÄNNER.
UND KEIN PROFILFOTOLÄCHELN.
SEITE 13

CONNECT AND SHARE.
SEITE 15

YOU MUST LOG IN TO SEE THIS PAGE.
SEITE 31

POKE BACK.
SEITE 47

IT'S FREE AND ALWAYS WILL BE.
SEITE 69

CREATE EVENT.
SEITE 93

WHAT'S ON YOUR MIND?
SEITE 103

TEIL 2
STOPPTANZEN.
DER STAUB UNTER MAJAS FINGERNÄGELN.
UND MINDESTENS EIN SPIELGESICHT.
SEITE 115

ADD YOUR HOMETOWN.
SEITE 117

EDIT PROFIL. SAVE CHANGES.
SEITE 129

GAME REQUESTS.
SEITE 145

WHO'S HERE BECAUSE OF YOU?
SEITE 161

PEOPLE YOU MAY KNOW. SEE ALL.
SEITE 175

TEIL 3
GLASAUGEN.
SEX OHNE KÖRPER.
UND EIN GANZ NEUER PUNKTESTAND.
SEITE 189

FORGOTTEN YOUR PASSWORD?
SEITE 191

KEEP ME LOGGED IN.
SEITE 205

UPDATE INFO.
SEITE 221

WANT SUBSCRIBERS OF YOUR OWN?
SEITE 235

HOW DO I UNFRIEND OR DELETE A FRIEND?
SEITE 241

UPCOMING EVENTS. SEE ALL.
SEITE 251

PROLOG
PRIVACY SETTINGS.

Es klopft. Ganz leicht, aber beharrlich. Als käme dieses leise Geräusch von nur einem einzigen Fingerknöchel, der einfach nicht müde wird.

Da will jemand durch die Tür, durch Majas Klotür.

Vollständig angezogen sitzt sie auf dem Deckel einer Schultoilette. Es ist ihre Stammkabine, hier sitzt sie am liebsten, doch vor ihrer Nase zittert der Türgriff. Maja könnte ihm dabei zuschauen, das weiß sie. Stattdessen dreht sie den Kopf hin und her. Bedächtig, immer wieder, hin und her. Nach rechts, nach links, nach rechts.

»Schau nach links« steht auf der rechten Seite der Klokabine in ordentlicher Schrift. Und Maja schaut nach links.

»Schau nach rechts« steht auf der anderen Seite und das a, das u, das e sind ganz rund gezeichnet.

Schau nach links, schau nach rechts, schau nach links. Maja tut es. Immer wieder streift ihr Blick den Namen dieses Spiels. Neben dem leicht zitternden Türgriff, vielleicht sogar genau auf Höhe des Klopfens, steht: »Klotennis.« Und das Pünktchen auf dem i ist eine Blume.

Maja dreht den Kopf und will weiterspielen, den ganzen Tag lang. Doch das Klopfen bleibt und wird allmählich lauter. Als würden ein und dann zwei und dann drei Finger hinzugenommen.

Klopf. Klopf. Klopf.

Jetzt ist es schon die ganze Faust und Majas Klokabine zittert, stärker, sie bebt.

Klopf. Klopf. Klopf.

Die Buchstaben tanzen vor ihren Augen. Maja versucht, sich ihre Bedeutung zu merken.

Klopf. Klopf. Klopf.

Sie beben, verschwimmen, lösen sich auf. Was stand dort?

Es klopft und Majas Kopf dreht und wendet sich schneller, viel zu schnell, so schnell kann sie gar nicht lesen.

Klopf. Klopf. Klopf.
Vielleicht wäre es das Einfachste, die Tür zu öffnen. Vielleicht.
Doch Maja gibt nicht auf.
Sie will spielen.

1

**EINE ANMELDUNG,
DIE NIEMAND ZURÜCKNEHMEN KANN.**

ZWEI MÄNNER.

UND KEIN PROFILFOTOLÄCHELN.

CONNECT AND SHARE.

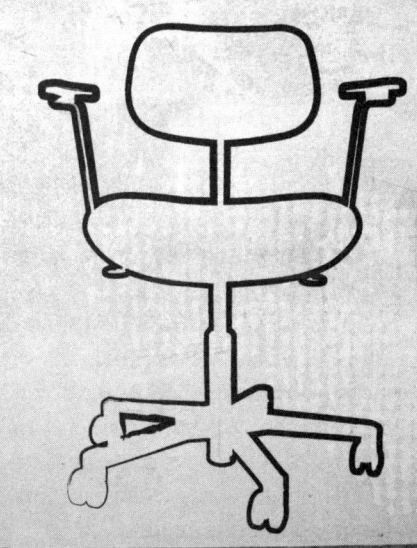

Majas Cursor wandert. »First Name«, »Last Name«, »Sign in«. Sie setzt sich gerade hin und überlegt. Was riecht hier so? Langsam wandert ihr Blick durch den Laderaum ihres Umzugswagens. Um sie herum stapeln sich Kisten, Kartons und Ikea-Möbelstücke. Doch die sind es nicht.

Es ist viel eher, als würde der ganze Wagen nach ihr riechen. Alles duftet nach ihrem Parfüm. Wahrscheinlich ist das Fläschchen in einer der Kisten zerbrochen und tropft nun langsam in die Bücher und Kleider.

Maja sieht wieder zurück auf den Bildschirm. Der Laptop liegt auf ihren Knien und ihre Finger auf der Tastatur. Jetzt klicken sie: »Sign in.«

Doch noch ist Maja nicht drin, das ist erst der erste Schritt. »Find Friends.«

Soll sie Freunde finden oder wiederfinden?

Von der Straße her hört sie, wie ihr Vater laut lacht. Wahrscheinlich hat er gerade einen Witz gemacht und Majas neuer Mitbewohner konnte ihn nicht verstehen. Er lacht allein und lange. Sie überspringt den ersten Schritt.

»Fill in your profile info.«

Was soll das sein? Sie überfliegt die Seite und liest was von Arbeitgebern, Universitäten und Schulen. Wozu sollte das in ihrem Profil stehen? Besser nicht. Sie überspringt den zweiten Schritt.

»Upload your photo from your computer or take a photo with your webcam.«

Noch während sie das liest, fällt ihr auf: Sie besitzt eine Webcam. Dabei hat sie sie noch nie benutzt, sie weiß noch nicht einmal, ob sie wirklich funktioniert. Vielleicht sollte sie es mal ausprobieren. Also steht sie auf und steigt aus dem Umzugswagen. Draußen ist es ganz heiß und ihr Vater strahlt sie an.

»Hier bist du auf jeden Fall gut aufgehoben«, sagt er, »der Martin achtet schon auf dich.«

Während Maja beide abwechselnd anlächelt, hält sie ihr Notebook hoch. So hoch, dass die Webcam den ganzen Umzugswagen fotografieren kann.

»Wie war die Fahrt?«, fragt Martin.

»Perfekt«, sagt Maja und hofft, dass er ein wenig stutzt.

»Schön«, sagt er und Maja drückt auf den Auslöser. Es hat geklappt. Schnell steigt sie wieder in den Lagerraum, mitsamt Notebook und neuem Foto, und lässt sich von ihrem eigenen Geruch einfangen.

Sie setzt sich und betrachtet ihr Profilbild. Darunter soll sie etwas über sich selbst schreiben.

Sie schreibt:

Maja Jama
Am liebsten würde ich in meinem Umzugswagen sitzen bleiben. Oder gleich einziehen. Es ist schon alles da. Nur das Bett müsste ich noch aufbauen. Schlafen könnte ich bestimmt gut hier drin. Am besten, wenn der Wagen gleichzeitig weiterfahren würde.

Er fährt nicht weiter, Majas Vater ruft sogar: »Lass uns anfangen«, und sicher macht er dabei schwungvolle Handbewegungen. »Martin will helfen!«, fügt er hinzu und Maja klappt ihren Laptop zu.

»Perfekt«, sagt sie und greift nach einer Stehlampe, um sie aus dem Wagen hinaus zum Haus zu tragen. Sie passt gut in diesen Eingang: Der Flur wirkt mindestens genauso antik, hier und dort bröckeln die Farben.

Maja muss zwei Treppen zu ihrer neuen Wohnung hinaufsteigen. Die Zimmertür steht schon offen, doch besonders einladend sieht dieser Raum trotzdem nicht aus. Er ist klein und niedrig, ihre Stehlampe passt gerade so hinein.

Sie schaltet sie sofort ein, doch gemütlich wird es trotzdem nicht.

Ihr Vater und Martin tragen immer wieder Einzelteile hoch und Maja setzt sie dann zusammen. Niemand kann so gut mit Ikea-Möbeln umgehen wie sie. Sie braucht ein Brett nur anzuschauen und kennt sofort seinen Platz, weiß, ob es zum Schreibtisch, zum Bett oder zum Schrank gehört. Martin ist beeindruckt. Oft vergisst er, die Treppenstufen wieder hinunterzulaufen, um neue Möbel zu holen. Stattdessen bleibt er stehen und starrt auf Majas Finger. Ihre Nägel sind grau lackiert und die Farbe beißt sich mit dem dunklen Braun der Möbel. Maja mag es, wenn es sich beißt. Sie sieht von ihren Fingern auf, in Martins Gesicht, und sagt: »Mach doch kurz Pause.«

»Gern«, sagt er und setzt sich auf den Boden.

Sie steckt Holzdübel in ein Schreibtischbein und er sieht ihr zu. Den Rücken hält er ganz gerade und seine Beine suchen immer wieder nach einer neuen Position. Es wirkt so, als würde er niemals auf Fußböden sitzen.

»Du wohnst jetzt schon vier Jahre hier?«

»Aber bisher nur mit Zwischenmieterinnen.«

»Warum das denn?«

»Fand ich interessanter. Ich habe meistens Erasmus-Studentinnen hier gehabt. Oder Künstlerinnen.«

»Spannend.« Maja sagt es mit leicht ironischem Unterton, doch Martin bekommt tiefe Grübchen in den Wangen. Der ganze Rest seines Gesichts verschwindet hinter diesem Grinsen.

»Auf jeden Fall«, sagt er, »die Letzte war Designerin und hat hier auf einer Messe ausgestellt. Sie hat gar nichts verkauft, außer an mich, schau.«

Martin springt auf und läuft in ein anderes Zimmer. Als er zurückkommt, hält er eine Nachttischlampe in der Hand. Sie sieht aus, als wäre sie aus Papier gefaltet.

»Super«, sagt Maja und wieder bekommt Martin trotzdem seine Grübchen. Sie muss ihm in den halb geöffneten Mund sehen, dann schaut sie wieder auf die Schreibtischbeine und steckt weiter Dübel hinein. Schon kann sie die Tischplatte darauf setzen, sie schraubt sie fest.

»Gleich bräuchte ich das Bett«, sagt sie und sofort läuft Martin wieder die Treppen hinunter.

Nicht viel später stehen die Möbel kreuz und quer in Majas Zimmer herum.

»Ich kenne niemanden, der so schnell Möbel aufbaut«, sagt Martin.

»Und das auch noch allein«, merkt der Vater an, er macht einen ganz geraden Hals dabei.

»Ich habe ja mittlerweile Übung darin.«

»Sie ist im letzten Jahr dreimal umgezogen«, erklärt der Vater, er nickt mehrmals.

»Ich habe ein Auslandssemester gemacht«, sagt Maja und jetzt nickt Martin.

»Spannend«, sagt er mit seinen Grübchen, aber Maja hat keine Lust, von ihrer Erasmus-Zeit zu erzählen.

»Wo denn?«

»Bern«, sagt sie nur.

»Wie war's?«

»Wollt ihr nicht ein Bier trinken gehen und ich räume in der Zeit mein Zimmer ein?«

»Du willst kein Bier?«

Maja schüttelt nur den Kopf und beginnt, den Schreibtisch an die Wand zu schieben. Also gehen die beiden Männer ins Wohnzimmer und Maja kann hören, wie sie die Kronkorken an die Wände springen lassen.

Sie stellt das Notebook auf ihren Schreibtisch und öffnet ihr neues Profil. Facebook will, dass sie Freunde einlädt. Ihre alte Wut fällt ihr ein, und wie sie zu irgendwem gesagt hat: »Da lass ich mich nicht drauf ein. Auf keinen Fall. Die wissen alles über dich. Die kennen deine Interessen, deine Vorlieben, wer weiß, vielleicht sogar deine Sexfantasien.« Maja muss lächeln und sich vorstellen, wie plötzlich eine Dildowerbung auf ihrer Seite aufploppt. Sie wäre quietschbunt und Maja wäre so in Facebooks Gewalt, dass sie darauf klicken und sofort zehn Exemplare bestellen müsste. So wie Katrina. Vor ein paar Wochen hat sie sich zehn Vibratoren bestellt, um vom Rabatt zu profitieren. Sie hat jeder ihrer Freundinnen zwei geschenkt. Am Ende hatte sie immer noch sechs. Maja sieht sie genau vor sich, wie sie in der Wohnheimküche saß, die sechs schönsten Vibratoren vor sich auf dem Tisch aufgereiht, und lachte: »Jetzt hab ich ständig Abwechslung!«

Maja und Svenja saßen daneben, in jeder Hand einen Vibrator, und Maja konnte nicht aufhören zu grinsen. Als wäre sie erst zwölf.

»Wieso gleich zehn?«

»Die hab ich für den Preis von fünf bekommen.«

»Aber fünf hätten auch gereicht!«

»Dir vielleicht«, lachte Katrina und betrachtete die bunten Farben, die sich in Majas Augen zu beißen schienen. Ihre waren grün und grau, an diesem Tag Majas Lieblingsfarben. Svenja hatte schon wieder Tränen in den Augen und Maja keine Lust, nach ihnen zu fragen. Also sagte Svenja: »Ich würd so gern mit euch lachen können.«

»Mach halt.«

»Wie denn?«

In dem Moment kam Adrian rein und Maja verdrehte die Augen. Klar, dass er jetzt auftauchte. Wahrscheinlich war er mit Katrina hier verabredet und wahrscheinlich lagen die Vibratoren nur für ihn auf dem Tisch. Er bedankte sich dafür mit einem Grinsen und nahm Katrina mit in sein Zimmer. Jetzt fing Svenja an zu weinen und Maja hatte keine Lust, sie in den Arm zu nehmen.

»Was hast du denn jetzt? Das wirkt ja, als würdest du Adrian vögeln wollen.«

»Red keinen Scheiß«, sagte Svenja und Maja nahm sie in den Arm.

Svenja könnte sie als Freund hinzufügen. Da würde sie sich bestimmt freuen, vielleicht wäre sie dann kurz mal nicht traurig.

Maja tippt ihren Namen ein und findet sie sofort, natürlich. Auf dem Profilfoto hat sie ganz große Augen, einen traurigen Mund und eine kleine Nase. Blass sieht sie aus, wie immer, und die Augen so dunkel, die Haare auch.

Dann sucht sie Katrina. Sie hat ein Partyfoto drin, auf dem zwei Männer ihr Küsse auf die Wange drücken. Sie lacht schelmisch und die blonden Haare fallen ihr in die Augen.

Als Maja beiden eine Freundschaftsanfrage geschickt hat, kommt ihr das wie ein großer Schritt vor. Als würden sie erst jetzt wirklich Freunde werden können. Und sie ist gespannt, ob die beiden die Anfragen annehmen. Als hätte sie ihnen einen Antrag gemacht. Gleich zwei, natürlich, denn als sie noch in Bern war, bei Katrina und Svenja, hat sie alles gleich zweimal gemacht. Zwei zusätzliche Portionen Nudeln gekocht, zwei Flaschen Wein geöffnet, zwei Abschiedsgeschenke gekauft. Sie hat auch zweimal geheult, einmal in Katrinas, einmal in Svenjas Zimmer. Nur nicht in ihrem eigenen. Da hat sie immer wieder genickt, sie hat ihre noch gar nicht ausgeräumten Kisten wieder zugeklebt, hat die Koffer gepackt und sich daraufgesetzt, bis ihr Vater sie abholte.

Jetzt bekommt Maja zwei Zusagen, plötzlich hat sie zwei Freunde, sie werden untereinander aufgelistet. Da wird Katrina unter Svenjas Emo-Blick geküsst, und schon hat Maja ihren ersten Pinnwandeintrag.

Cat Rina
Du kleine Nutte, wir vermissen dich. Keine Ahnung, warum du nicht geblieben bist.

Katrina ist die Erste, wie immer. Darunter könnte Maja etwas schreiben. Sie weiß nur nicht, wie sie antworten soll. Sie überlegt. Warum ist sie nicht geblieben? Sie mochte diese Wohnheimküche, die beiden Mädchen, sie mochte sogar Adrian ein wenig und Jakob war auch in Ordnung. Doch ihre Kisten waren schon gepackt.

Maja Jama
Selber Nutte.

Jetzt stehen Majas Worte unter Katrinas.

»Na, wie weit bist du?« Ihr Vater steht in der Tür und sieht nicht überrascht aus, als er sie am PC sieht und die Kisten unangerührt.

»Ich brauch noch ein paar Minuten«, sagt Maja und lächelt möglichst gewinnend, es klappt, Vaters Bier ist fast alle. Also dreht er sich um und ruft etwas wie: »Martin, altes Haus, hast du noch ein Weizen?«

Vielleicht sollte Maja auch Jakob einladen. Einladen, das klingt seltsam. Als ginge es um Bier: Darf ich dich auf eine Freundschaft einladen? Maja stellt sich vor, wie sie Jakob fragt und der sich durch die etwas zu langen Haare streicht, die immer seltsam und zerzaust fallen. Er grinst aus seinem zu breiten Gesicht, tolle Augen, natürlich. Die Nase schmal, dünne Lippen. Nie hat er Bartstoppeln.

Er sagt: »Klar, so 'ne kleine Freundschaft geht immer.« Und dann betrinken sie sich in einer heruntergekommenen Kneipe, weil man nach einer Freundschaft natürlich noch eine zweite und eine dritte nimmt, weil beide Freundschaft nicht gut vertragen. Bald müssen sie ihre Köpfe mit den Händen abstützen, und weil das lustiger aussieht, stützen sie ihre Kinne dann in die Hände des anderen. So sitzen sie sich gegenüber: den Kopf des anderen in den eigenen Händen, die Strohhalme kleben ihnen zwischen den Lippen, weil sie von Freundschaft aus der Flasche auf die gemixte, bunte Freundschaft umgestiegen sind. Und sobald sie leicht an ihren Strohhalmen saugen, kommt ihnen schon ein Schwall Freundschaft in den Mund gespritzt.

Vielleicht sollte Maja Jakob nicht einladen. Während sie den Kopf schüttelt, schickt sie ihm eine Freundschaftsanfrage und schaut auf den Bildschirm. Jakob ist immer online, er muss es sofort gesehen haben. Er muss sofort annehmen. Sie schaut und wartet. Ein paar Werbebanner bewegen sich am Rand des Bildschirms, keines davon bunt genug, um Maja abzulenken. Sie wartet, bis eine kleine rote Eins auftaucht. Als sie ihren Curser dahin bewegt, steht da, Jakob habe ihre Anfrage angenommen. Natürlich, er sammelt Facebook-Freundschaften, alles andere hätte sie sehr überrascht. Er schreibt ihr nicht auf die Pinnwand. Also geht Maja offline.

»Habt ihr auch ein Bier für mich?«, fragt Maja laut und läuft zu den anderen beiden ins Wohnzimmer.

Jakob Meisenbach
OCTOBER 10

Ich glaub's ja nicht, dass du hier bist. Wie das denn? Nicht mal für meine Party wolltest du dich anmelden. Nicht mal, als ich dich erwischt hatte, wie du ohne Account bei mir aufgetaucht bist. Ich hätte dir sogar geholfen und dir alles eingerichtet.

Warum jetzt? Es gibt doch gar keinen besseren Grund als meine Facebook-Party. Du hättest sogar mein zweitausendster Freund werden können. Der, wegen dem ich die Party veranstaltet habe. Stattdessen meldest du dich jetzt so unspektakulär im Ausland an. Mit der alten »Ich bin nur hier, um mit den Schweizern in Kontakt zu bleiben«-Leier, oder was? Unangenehm wäre mir das! Fräulein. Oder hast du eine Entschuldigung?

Maja ist noch gar nicht richtig wach, als sie die Nachricht liest. Sie liegt in ihrem großen Bett, das mitten im Zimmer steht. Um sie her noch immer die ungeöffneten Kisten, zwei Koffer und vor allem ein leerer Schrank, dessen Tür bis an den Bettrahmen reicht. Durch das offene Fenster lässt sie der Wind immer wieder an das Holz stoßen, wahrscheinlich ist Maja von diesem Geräusch aufgewacht. Sie hat ihr Notebook gegen ihre angewinkelten Beine gelehnt und liest die Nachricht noch einmal.

Am liebsten wäre sie wieder auf der Facebook-Party und noch lieber würde sie das nicht denken. Wie lächerlich sie diese Party gefunden hatte. Wochenlang hatte Jakob versucht, neue Leute kennenzulernen. Er hat sich alle ihre Namen aufgeschrieben, auf kleine gelbe Zettel. Und sobald er an seinem Schreibtisch ankam, sobald er die Namen auf Facebook eingetippt hatte, füllten die kleinen Zettel seinen Papierkorb. Er wurde immer voller, immer gelber. Innerhalb von drei Wochen hat er 186 neue Facebook-Freunde gefunden. Seine einzige Voraussetzung für eine solche Freundschaft war, dass er schon einmal persönlich mit diesem Menschen geredet haben musste. Seit er 2000 Freunde in Aussicht hatte, plante er eine große Facebook-Party, zu der er alle seine Facebook-Freunde einladen wollte. Als die Party schon fast vor der Tür stand, fehlte ihm nur noch einer. Immer wieder glaubte er, den 2000sten gefunden zu haben, doch dann kündigte ihm irgendjemand, an den er sich nicht erinnern konnte, die Freundschaft.

»Da will mich wer verarschen!«, sagte er immer wieder, als er mit Katrina, Svenja und Maja in der Wohnheimküche Nudeln anbriet.

»Wenn, dann wollen dich ganz viele verarschen. Wie oft hattest du jetzt schon 2000 Freunde?«

»Diese Woche schon sechsmal.«

»Wie gemein«, gluckste Katrina und sogar Svenja grinste.

»Niemand ist dir treu«, stimmte auch Maja zu und deckte den Tisch.

»Meld du dich an!«, sagte Jakob mal wieder und Maja schüttelte den Kopf.

»So ein Scheiß, wieso sollte ich das tun?«

»Du bist Ehrengast auf meiner Party. Ich beschenke dich. Du kannst alles von mir haben!«

Maja lachte und musterte Jakob. »Ich glaub nicht, dass ich alles von dir haben will.«

»Sei nicht so herzlos.«

»Das ist mir zu krass, ich will nicht, dass man mich im Internet recherchieren kann.«

»Du brauchst gar nichts von dir reinzustellen. Nicht mal ein Foto! Du kannst auch einen falschen Namen benutzen. Komm schon.«

»Dann macht es ja auch keinen Sinn.«

»Meine Party!«

»Mach einfach eine normale Party!«

»Ich hab so viele tolle Ideen, ich hab doch auch die Einladungen schon rausgeschickt, ich kann jetzt keinen Rückzieher mehr machen.«

»Dann tut es mir leid.«

»Sie ist eine Nutte«, sagte Katrina grinsend und Jakob schnipste Maja eine Spaghetti in den Ausschnitt.

»Dann müssen wir schnell essen, ich muss noch in irgendeine Bar.«

An diesem Abend lernte Jakob Karola kennen.

Maja tippt ihren Namen in die Suchleiste ein und muss schon grinsen, als sie ihr Profilfoto sieht: Sie hat die Kamera weit hochgehalten, sodass ihre Augen ganz groß erscheinen, ihre Brüste auch noch, Bauch, Hüfte und Beine aber schmal und klein. Die Haare sind streng nach hinten gekämmt und die Brille will in ihrem Gesicht einfach nicht modisch wirken. Natürlich schickt Maja ihr keine Freundschaftsanfrage. Sie denkt daran, wie Jakob mit ihr auf dem Tisch stand und ihr eine große 2000 aus Pappe um den Hals hängte. Wie sie sich mit Küsschen rechts, Küsschen links bei ihm bedankte, als wäre sie ein Gardemädchen. Wie er ihr dann einen Kuss auf den Mund drückte und alle anfingen zu lachen und zu klatschen.

Maja gibt Jakobs Namen in der Suchleiste ein und mag sein Profilbild: Man sieht nur sein Ohr und die hintere Seite seiner breiten Wange. Anscheinend ist das Gesicht auf den verschneiten Gipfel dahinter gerichtet. Bestimmt versucht Jakob, verträumt an ihm hinaufzusehen, doch die Mütze und die große Skibrille verhindern, dass man irgendeinen Ausdruck auf seinem Profil ausmachen kann. Maja wundert sich, warum sie dieses Bild mag. Sie hat Jakob immer dafür ausgelacht, dass er so gern Ski fährt. Er kann nicht Ski fahren. Sie kennt niemanden mit weniger Talent, doch Jakob versucht seit drei Jahren, sich in der Schweiz zu Hause zu fühlen. Am liebsten isst er Käsefondue. Er liebt Raclette. Und er hat keine Meinung zu Minaretten, ihm ist das egal, er kann beide Sichtweisen verstehen, das kann er immer. Er findet, »Dosenbach« klingt super. Er kauft da gern ein. Er schwimmt jeden Morgen in der Aare, natürlich nicht von November bis März. Sonst immer. Bei jedem Wetter. Dabei hasst er das, doch die echten Berner machen das so, also ist Jakob dabei. Kurz kommt Majas alte Meinung zu Jakob wieder in ihr hoch, doch dann denkt sie an Karola und die große 2000 auf ihrer Brust. An ihr breites Grinsen und daran, wie sehr es sie abgestoßen hat. Eigentlich hat sie nur wegen Karola und ihrem viel zu fröhlichen Blick angefangen, Jakob dabei zu beobachten, wie er feierte und durch den Gemeinschaftsraum streifte, in dem die Party stattfand. Er hatte sein Profilfotolächeln aufgesetzt. Sobald ihn jemand ansah, hätte der auch ein Bild machen können. Es wären unzählige Bilder geworden, die alle repräsentativ gewirkt hätten. Jakob hätte unzählige Profile einrichten können, alle authentisch, alle sympathisch. Und zum ersten Mal hatte Maja Lust, sich ein paar von ihnen anzusehen, sich durch Jakob durchzuklicken. Sie wollte etwas Glattes, Rundes, einmal keine Lücken finden, nur Bilder und Postings, zusammenpassend. Maja hatte Lust auf Repräsentation, also ging sie Jakob hinterher. Durch den gefüllten Gemeinschaftsraum, an den Billardtischen vorbei, bis zu den Kickern. Jakob hatte einen großen, blauen Block dabei, auf dem »Like« stand mit dem gestreckten Daumen einer weißen Hand daneben. Er riss Blätter davon ab und klebte sie im Vorbeigehen an Rücken, Schultern und Stirnen. Bei manchen traute er sich und steckte die Blätter in Dekolletés oder heftete sie an Jeanshintern. Als er sich kurz umdrehte, stand er vor Maja. Ihr Rücken lehnte an einem niedrigen Kicker und mitten in der Bewegung, mit leicht wehendem Blatt in der Hand, stockte Jakob. »Nee«, sagte er, »hier kann ich wirklich nicht ›Like‹ klicken. Da weiß ich ja gar nicht, was ich mag.«

»Das sagst du nur, weil du es lustig findest, wie traurig das klingt.«

Und Maja hoffte, dass ihre Unterstellung zutraf.

Jakob grinste nur. »Würdest du mit einer Airline fliegen, deren Namen du nicht kennst?«

»Ich hab auch ohne Facebook-Profil einen Namen.«

»Bei der du das Logo noch nie gesehen hast?«

»Wer sagt, dass ich Flüge anbiete?«

»Geraten.«

Maja lachte nicht.

»Wenn du nicht mitspielst, spiel ich auch nicht mit dir«, sagte Jakob und Maja hob eine Augenbraue. Sie antwortete auch jetzt nicht.

»Du musst ja wohl zugeben, dass die Sache mit den Fotos super ist.«

Sie sah sich um und betrachtete die Fotos, die sich die Gäste an ihre Oberteile gepinnt hatten. Sie alle hatten sich die Mühe gemacht, ihre Profilbilder auszudrucken, und je länger Maja hinsah, desto faszinierter war sie. Als wären die Profile kurz mal echt geworden und als würden sie sich dabei ein klein wenig verändern. Vielleicht ist das immer so, wenn irgendwas echt wird: Ideen, Pläne, Katrinas Sexfantasien. Vielleicht dürfen sich auch Facebook-Profile verändern, sobald sie zur Person werden. Maja wollte es ihnen erlauben und dabei zusehen. Kurz vergaß sie Jakob und schaute einen kleinen, blonden Typen an: Anfang zwanzig, überraschend hübsch und sein Lächeln funktionierte nur auf einer Seite des Mundes. Es sah schelmisch aus, spannend irgendwie, und dann sein Foto: schlankes Gesicht, harmloses Lächeln, denn man sah nur die eine Seite der Lippen. Immer wieder schaute Maja vom Bild zum Gesicht und zurück. Sie konnte sich vorstellen, wie er postet: witzige Sätze in korrekter Grammatik, keine Smileys – aus Prinzip. Nur manchmal verirrt sich ein sinnloses »Heeey« in seine Posts.

»Heeey«, rief er gerade Jakob zu und der hob ein wenig zu lässig die Hand. Maja störte das nicht. Der Junge ging vorbei und fast hatte Maja Lust, ihn später bei Facebook zu suchen.

»Wenn du angemeldet wärst, könntest du auf meine Pinnwand schreiben«, grinste Jakob und berührte Maja nebenbei am Ellenbogen. Er deutete auf die Wand hinter ihr. Daran hatte er große Papierbögen aufgehängt, auf die einige Partygäste gerade Sätze schrieben oder Smileys malten. Ein paar hefteten Bandfotos daran oder unterstrichen wichtige Links. Der Typ mit dem halben Lächeln nahm die Polaroidkamera, die neben der Pinnwand hing, und machte ein neues Foto, um es neben seinen Eintrag zu kleben.

»Du bist echt krank«, sagte Maja zu Jakob, er zuckte mit den Schultern.

»Und du traurig, weil du anscheinend zu gesund bist für diese Party.«

»Kennst du die meisten Menschen hier eher persönlich oder von ihrem Profil her?«

»Dass du da immer noch so 'ne konservative Trennung ziehst.«

»Du ziehst die gar nicht mehr?«

»Ich sehe eher die Verbindung. Den Selbstausdruck im Profil, den man ohne Internet nicht hätte finden können.«

Maja sah ihn an. Dann sagte sie: »Halt's Maul.«

Sie war ein bisschen enttäuscht von sich. Eine bessere Antwort hatte sie so schnell nicht finden können. Jakob war nicht enttäuscht. Er freute sich, er küsste Maja und sie machte ein Hohlkreuz über dem Kicker.

Jakob küsste, wie sein Profilfoto es versprochen hatte: glatt und rund, die Lippen repräsentierten die Zunge und die Form der Zähne beschrieb ganz genau, wie sie zubeißen würden. Maja lächelte darüber und dann ließ sie das schnell bleiben, aus Angst, es könnte ein Profilfotolächeln sein. Wahrscheinlich hatte Jakob es gar nicht bemerkt, er biss weiter.

*

Jetzt liegt Maja halb aufrecht in ihrem Bett, die Tür ihres leeren Schranks stößt immer wieder gegen ihr Bett und Maja ertappt sich bei dem Gedanken, wie gern sie wieder von Jakobs geraden, weißen Zähnen gebissen werden würde. Dabei hatten sie sich hinterher nicht einmal in einem ihrer Zimmer getroffen. Jakob wollte weiter »Like«-Zettel verteilen und Maja mit Svenja tanzen.

Gerade klopft Martin an die Tür. Ob Maja Lust hat, mit ihm zu frühstücken. Maja schweigt kurz, dann steht sie auf und sagt: »Bin gleich da.«

YOU MUST LOG IN TO SEE THIS PAGE.

Maja Jama
OCTOBER 15
Wer bitte hat Spaß daran, dein zweitausendster Freund zu sein? Was bekommt dein zweitausendster Freund? Außer Papp-Anhänger und Kuss? Ach nein. Den bekommt ja auch jeder sonst.
Für mich also wenige Vorteile. Der wievielte Freund bin ich jetzt?
Ich hab Lust auf Tomatensoße aus unserer Küche. Kocht ihr noch jeden Abend? Bevor du fragst: Kassel ist wirklich so hässlich, wie alle vermuten. Wir kochen hier selten. Martins Grinsen verdirbt mir immer wieder den Appetit. Martin ist mein Mitbewohner. Er grinst gern. Kochen tut er auch gern, aber ohne mich. Manchmal frühstücken wir zusammen, dann seh ich aus dem kleinen Fenster zum Kiosk gegenüber. Dort stehen nie Menschen. Die stehen alle am Stern, das ist der dreckigste Platz, den ich je gesehen hab. Hier könntest du niemanden für deine Tierschutzorganisation begeistern, keinen. Die würden nicht mal verstehen, was du redest. Oder dich auslachen.
Ganz in der Nähe ist die Uni. Ich hoffe, die ist nicht ganz so dreckig. Gleich geh ich da hin, also jetzt sofort. In der ersten Vorlesung sollte ich nicht zu spät kommen.
(Dein Profilfoto von gestern hat mir besser gefallen.)

Noch immer nicht richtig wach geworden, steigt Maja aus der Straßenbahn. Martin sagt, es gäbe wenige Städte, in denen die Straßenbahn wirklich Straßenbahn heißt. Kassel sei eine davon. »Super«, hat Maja darauf geantwortet und Martin hat natürlich trotzdem gegrinst. Mittlerweile vermutet sie, dass er keinen Sinn für Ironie hat. Gestern zum Beispiel haben die beiden zusammen ferngesehen. Als sie über einen kleinen Bauern sagte, er wäre der schönste Mann, den sie je gesehen habe, und sobald er rede, müsse sie an Sex denken, schaute Martin sie überrascht an. »Wirklich?«, hat er gesagt und das »i« ganz lang gezogen.

»Ich steh einfach so auf Warzen, das ist ganz schlimm bei mir. Sobald ich eine Warze sehe, wird mir warm.«

Martin sah sie weiter an und sagte nichts.

»Ein Witz«, hat Maja erklärt und weiter den Bauern im Fernseher beobachtet. Doch Martin blieb den ganzen Abend verwirrt, er redete wenig. Vielleicht kann er sie mittlerweile schon nicht mehr leiden, Maja weiß es nicht, sie wird nicht nachfragen.

Jetzt steigt sie aus der Straßenbahn und sieht sich um. Ein wenig besser als der Stern sieht es hier schon aus, aber das dunkle Wetter erschwert es auch dem Holländischen Platz, ermutigend zu wirken. Maja läuft auf die Uni zu – ein Gebäudekomplex aus rotem Backstein. Auf dem Innenhof stehen vereinzelt Studenten herum, rauchend, sie reden wenig.

Maja bleibt nicht in ihrer Nähe stehen. Sie raucht nicht und auch für Kontakte wird sie nicht damit anfangen. Svenja hat das gemacht. Als die Erasmus-Zeit gerade begann, hat sie sich immer wieder mit Zigarette zu den Rauchern gestellt – natürlich ohne Feuerzeug. Dann konnte sie ihren hilflosen Blick aufsetzen und die anderen darum bitten. Sie hoffte, dass sie so mit ihnen ins Gespräch kommen würde zwischen dem Aus- und Einatmen von Rauch. Doch meistens stand sie neben den Grüppchen und wusste keine Sätze für die Phasen, in denen ihre Atemwege frei waren. Sie stand nur da und sah den anderen beim Rauchen und Reden zu, lachte über ihre Witze und ging irgendwann allein wieder rein. Maja hat sie immer wieder dabei beobachtet, von ihrem Wohnheimzimmer aus. Sie begann, Svenjas Blicke zu mögen, die mit den Rauchfäden durch den Hof wanderten. Ihr Schweigen und ihre Körperhaltung, wenn sie nach Feuer fragte. Den Oberkörper lehnte sie dabei weit nach vorn und die linke Hand hielt sich an einer dunklen Haarsträhne fest, die andere an der kalten Zigarette. Als Svenja allein zurück ins Haus ging, stand Maja von ihrem Bett auf. Sie wusste, dass Svenja in ihrem Stockwerk wohnte, Maja ging zur gemeinsamen Küche und setzte Nudelwasser auf. Als die Tür sich in ihrem Rücken öffnete, freute sie sich und drehte sich um.

»Hallo!«, sagte sie und lächelte. Sie konnte selbst nicht verstehen, warum sie das tat. Svenja sah sie ganz überrascht an und blieb vor der Tür stehen.

»Hallo.« Ihre Hand hielt sich wieder an einer Haarsträhne fest, die andere wusste nicht wohin.

»Ich bin Maja.«

»Svenja.«

»Hast du auch Lust auf Nudeln?«

Svenja nickte und fast wirkte es, als wäre es ihre Hand, die den Kopf an der dunklen Haarsträhne nach unten zog.

*

Im großen Vorlesungssaal soll die Einführung für den Master stattfinden, der Raum ist noch kaum gefüllt. Maja ärgert sich, dass sie immer zu früh ist, egal, worum es geht. Trotzdem setzt sie sich in die dritte Reihe und packt schon mal Block und Kugelschreiber aus. Der Hörsaal ist viel größer als die Räume, die sie aus Bern gewohnt ist. Auch in Regensburg, wo sie den größten Teil ihres Bachelors studiert hat, waren die Räume nicht ganz so stark abgestuft. Schon von der dritten Reihe aus kann sie auf den Schreibtisch vor der Tafel hinuntersehen. Der Ausblick aus dem Fenster ist unspektakulär, nur ein kleiner Garten voller Laub. Doch das Gesicht einer Fremden schiebt sich davor.

»Ist neben dir noch frei?«, fragt sie und Maja findet es unangenehm, wie hoch sie redet. Trotzdem nickt sie und nimmt ihre Jacke vom Stuhl. Die Fremde setzt sich und klappt ihr Tischchen nach unten. Dann reicht sie Maja die Hand. »Hi. Ich bin Sabine«, sagt sie.

»Maja.«

Sabine lächelt und sieht nach vorn. Maja ist schon froh, dass sie keinen Small Talk anfängt, nicht fragt, woher Maja kommt und was sie davor studiert hat. Nichts von sich erzählt und sie dabei nicht fest ansieht. Dann aber sagt Sabine: »An meiner letzten Uni war ich drei Jahre lang mit dem Mädchen befreundet, das in der ersten Vorlesung neben mir gesessen hat.«

Sie lächelt ganz breit und jetzt befürchtet Maja das Schlimmste. Sie antwortet nicht und blättert ein wenig in ihrem leeren Block.

»Ich hab dich von der Tür aus gesehen und fand dich gleich total sympathisch.«

Maja versucht, ihre Augen nicht zu groß werden zu lassen. Sie schreibt das Datum auf ein Blatt, obwohl sie das seit der achten Klasse nicht mehr getan hat.

»Ich kann mir total gut vorstellen, dass wir die gleiche Meinung über unsere Dozenten haben werden. Und gut zusammen lernen könnten.«

»Du stehst auf seltsame Auftritte, oder?«, fragt Maja und da lacht Sabine ganz laut. Maja gefällt dieses Lachen, es ist überraschend tief und es entstellt Sabines Gesicht nicht. Plötzlich wirkt es freundlich, rund und hell. Die rötlichen Haare zittern leicht.

»Du nicht?«, fragt Sabine und jetzt lächelt auch Maja.

»Was war dein seltsamster Auftritt bisher?«, fragt Sabine weiter.

Maja legt den Kopf ein wenig schief, das tut sie immer, wenn sie nachdenkt, sie merkt es und rückt ihn wieder gerade. Dann sagt sie: »Das war, als ich eine Freundin kennengelernt hab. Katrina. Ich hab mich bei der Erasmus-Einführung neben sie gesetzt und gefragt, ob sie schon mal was mit einem verheirateten Mann hatte.«

»Was hat sie gesagt?«

»Gerade mit zweien.«

Jetzt lacht Sabine wieder und Maja erzählt weiter: »Ich hab sie gefragt, ob sie das tut, obwohl oder weil er verheiratet ist. Sie meinte, sie tut es, um die Ehe an sich vorzuführen. Es wäre eine tolle Show.«

»Hattest du auch schon mal was mit einem verheirateten Mann?«

»Nein, nie.«

»Hat sich Katrina nicht verarscht gefühlt?«

»Sie hat gelogen.«

Sabine lacht wieder und holt Block und Stift aus ihrer Tasche. Als Maja einen Dozenten hereintreten sieht, sagt sie: »Gehen wir nach der Einführung was trinken?«

Jakob Meisenbach
OCTOBER 15

Du kommst doch nie zu spät. Außer zu Facebook, aber ich versuch dir das jetzt zu verzeihen. Wie war der erste Tag? Kassel ist bestimmt viel schöner, als du sagst. Alle reden immer vom Herkules und der Aue. Das soll ein Park sein, geh da mal hin, bevor es kalt wird. Oder hast du deine Meinung sowieso schon geändert? Das tust du ja sehr gern.

Mabine Süller *wants to be friends with you on facebook.*

Maja Jama
OCTOBER 16

Auf jeden Fall. Gestern fand ich dich noch ganz angenehm, heute schon nicht mehr. Ich bin ein Flattergeist.

Der erste Tag war schön. Ich hab Sabine kennengelernt. Sie spinnt. Vielleicht passen wir ganz gut zusammen. Wir haben Kaffee getrunken und dann wollte sie noch kochen, aber ich bin lieber allein nach Hause gegangen. Man sollte es nicht gleich übertreiben. Manchmal glaube ich, dass ich es mit euch ein wenig übertrieben hab. Wie wir da jeden Abend in der Küche saßen mit unserem billigen Rotwein. Wie wir über einfach alle Themen gesprochen haben. Und diese ständigen Erasmus-Skandale. Manchmal hab ich mich gefühlt wie bei *Friends* oder *Grey's Anatomy*. Findest du es seltsam, dass ich das zu viel fand? Dass ich meinen Master nicht in Bern gemacht habe? Bereust du es manchmal, dass du aus Deutschland weggezogen bist?

Jakob Meisenbach
OCTOBER 16
Ich hatte mal so eine Phase, die hat vier Tage gedauert. Also bin ich nach Hause gefahren und hab gemerkt, dass das nicht mehr mein Ort ist. Vielleicht kommst du uns mal besuchen?

Maja Jama
OCTOBER 16
Und was, wenn ich etwas anderes merke? Vielleicht sollte ich lieber mit Sabine kochen. Ich esse gern Nudeln, sie bestimmt auch, sie benutzt sogar die gleichen Worte wie ich. Sie läuft ähnlich. Eigentlich müsste sie mir Angst machen. Findest du, dass meine Stimme ein bisschen zu hoch ist? Lache ich tief?

Jakob Meisenbach
OCTOBER 16
Nein. Du hast eine sehr angenehme Stimme. Dein Lachen klingt zwar etwas abgehackt, aber es steckt alle an. Das fehlt bei Facebook. Die Stimme, findest du nicht? Stell dir vor, die Leute könnten ihren Namen einsprechen, und jedes Mal, wenn ein Profil angeklickt wird, nennt der Angeklickte seinen eigenen Namen. Das wäre doch noch viel persönlicher. Ich glaub, dein Profil würde ich immer wieder anklicken. Dann hätte ich wenigstens einen Grund. Das Bild von deinem Umzugswagen langweilt mich längst.

Maja Jama
OCTOBER 16
Wenn du die Leute hören willst, dann ruf sie an. Oder fahr hin.

Jakob Meisenbach
OCTOBER 16
Die Leute müssten mich erst einladen.

Maja Jama
OCTOBER 16
Komm her.

Jakob kann erst drei Wochen später kommen und Maja ist überrascht, dass sie zu warten beginnt. Eigentlich hat sie sich das längst abgewöhnt. Sie hat trainiert, ihre Konzentration umzulenken. Wenn sie auf die Bahn wartet, liest sie und denkt, sie würde sich nun Zeit für ihr Buch nehmen. Wenn sie sich auf ihren Geburtstag freut, zählt sie längst nicht mehr die Tage. Wenn eine Freundin zu spät kommt, räumt sie ihr Zimmer auf oder spült ab – Dinge, die sie sonst nicht mehr geschafft hätte. Für Maja gibt es nichts Langweiligeres, als zu warten. Es ist der schlimmste Zustand, den sie kennt. Und dass ausgerechnet Jakob es schafft, sie warten zu lassen, macht Maja wütend. Sie versucht sich zu wehren.

Sie kocht mit Martin, obwohl er sie nicht mal die Zwiebeln schneiden lässt. Sie muss am Küchentisch sitzen und mit ihm reden, Martin kocht grinsend. Sobald Maja in seiner Wohnung etwas anfasst, geht es kaputt. Die Türklinke liegt auf der Kommode, der Abfluss in der Spüle funktioniert nicht mehr richtig, der Fernseher hat angefangen zu flimmern. Martin versteht nicht, was Maja tut, Maja versteht es auch nicht. Also sitzt sie am Küchentisch, Martin schneidet die Zwiebeln und beide haben sie Tränen in den Augen. Maja versucht, nichts anzufassen. Als die beiden essen, verbiegt sie ihr Messer am Fleisch. Noch lacht er darüber. Sie überlegt, wie es wäre, wieder umzuziehen. In eine eigene Wohnung, in der alles kaputtgehen könnte, ohne dass Martin gönnerhaft grinst. Dann könnte sie selbst kochen, dann würde sie Nudeln machen und bräuchte keine Kokossoßen mit Salbeikartoffeln zu essen. Sie würde nie CNN schauen und das Bier nur noch aus der Flasche trinken.

»Bier?«, fragt Martin und gießt ihr ein Weizen ins Glas. Weil die Fernbedienung einen Wackelkontakt hat, geht Martin zum Fernseher und schaltet ihn vorn ein. Sie entscheiden sich für eine Dokumentation und schon nach fünf Minuten wünscht sich Maja, sie könnte ins Internet gehen und eine Nachricht schreiben.

Doch sie zwingt sich, selten online zu sein. Stattdessen geht sie zu Sabines Büchernächten. Dabei findet Maja sie seltsam. Die Leute sind alle schon Ende zwanzig, sie haben sehr gekämmte Haare, auch die Männer, und nehmen nie eine Strähne in die Hand. Maja ist die Einzige, und während sie ihnen zuhört, versucht sie, sich mit der Hand die Haare zu kämmen. Maja kämmt sich nie. Das letzte Mal muss Weihnachten gewesen sein, ihr Opa hatte es sich gewünscht und Maja tut alles für ihren Opa. Für ihn würde sie sich sogar jeden Tag kämmen, doch das verlangt er gar nicht. Er weiß, dass Majas Haare dann glatt wären und dass sie viel lieber Locken hat, Naturlocken. Wenn die Haare sich nicht von Natur aus wellen, hat Maja schlechte Laune. Also hat er sie nur Weihnachten darum gebeten, das Fest fand sie sowieso nicht so spannend. Jedenfalls nicht so spannend, wie Opa es fand. Er hat dagesessen und lächelnd auf Majas einmal glänzende Haare gesehen. Und irgendwie hat es Maja gefreut, dass ihr Opa so gelächelt hat, er ist der schönste Mann, den sie kennt.

Auch daran denkt Maja, als sie bei einer der Büchernächte sitzt und sich mit der Hand die Haare kämmt. Daran, dass sie niemanden sonst kennt, der alte Menschen so schön finden kann wie sie. Maja überlegt, ob sie als nächstes Thema »Schönheit im Alter« vorschlagen sollte, aber auch dafür würde ihr kein Buch einfallen, also schweigt sie und sieht den anderen beim Vorlesen zu. Zuhören klappt einfach nicht, egal, wie gern sie das tun würde.

Stattdessen beobachtet sie, wie die anderen ihre Augenbrauen bewegen, wie sie sich immer wieder durch die glänzenden Haare fahren und die Beine hin und her überschlagen. Maja versucht es nachzuahmen, ganz unauffällig, denn irgendwie findet sie es schön, wie sie vorlesen. Wie fest die Stimmen der anderen sind, fest und glatt wie ihre Haare. Auch Sabine hat solche Haare, heute trägt sie darin eine grüne Spange. Sie fährt sich nur durch die Strähnen, die nicht in der Spange stecken. Maja sieht ihr dabei zu und ihre Finger verknoten sich immer mehr in den eigenen Haaren.

Maja Jama
OCTOBER 26

Ich finde Gruppen unheimlich spannend. Jede Person nimmt sofort eine Rolle ein, alle beginnen auszuloten, in welchem Ton gesprochen werden kann, welche Wörter passend oder überraschend genug sind und über welche Themen man besser hinweggehen sollte.

Wie ein Raum von seiner Gruppe abhängt. Wie anders er wirkt, je nach Zusammenstellung der Menschen. Was passiert, wenn nur einer fehlt oder jemand anders dazukommt. Wie alles kippen kann und was alles aufgefangen wird.

Dafür lohnen sich sogar Sabines Büchernächte. Auch wenn sie seltsam sind. Alle sitzen sie im Kreis, die meisten lächeln mild und lesen sich aus ihren Lieblingsbüchern vor. Die Themen sind Hoffnung, Vernunft oder Identitätskrisen. Ich bin immer die Einzige, die kein Buch dabeihat. Mich wundert es wirklich, dass die mich noch nicht rausgeschmissen haben. Ich habe noch nichts beigesteuert, noch nicht mal einen Kommentar. Ich sitze nur in der Gruppe und finde diese Leute spannend. Ihr Zusammenspiel. Das ist auf Facebook nicht möglich.

Geh mal unter Leute.

Jakob Meisenbach
OCTOBER 27

Ich bin ständig unter Leuten. Wie du weißt. Niemand will Gruppen durch Facebook-Gruppen ersetzen. Hast du das mal versucht? Da entwickelt sich eine ganz andere Dynamik. Das Zusammenspiel ist nicht vergleichbar. Der Spaß auch nicht. Aber wer will schon vergleichen? Du kannst beides haben.

Maja Jama
OCTOBER 27

Facebook-Gruppen sind nur gespielt: Wir tun so, als ob, wir simulieren. Ich kann nicht beides haben. Mit Facebook tue ich nur so, als hätte ich es zweimal.

Manchmal steht Maja vor dem Spiegel und probiert Facebook-Gesichter aus. Sie dreht den Kopf, streckt den Hals und verzieht das Gesicht. Es gibt viele Facebook-Gesichter und alle kommen häufig vor. Es ist, als gäbe es eine Auswahl an Gesichtsausdrücken und jeder müsste daraus die Mimik wählen, die sein Profil am besten repräsentiert. Also überlegt Maja, welche Mimik zu ihrem Profil passen würde. Das strahlende Lächeln? Ein Lachen, das nach Schnappschuss aussieht? Oder der verträumte Blick neben die Kamera? Dann gibt es natürlich noch die, die es anders machen wollen: eine Grimasse, ein Gruppenfoto, eine Party oder ein Kuss. Maja versucht, allein ein Gruppenfoto zu stellen. Die eine Maja lacht, die andere prostet in die Kamera, wieder eine macht einen Kussmund. Vielleicht wäre eine Grimasse das Richtige: Sie hält sich einen Finger an die Wange und macht den Mund rund, große Augen.

Martin steht in der Tür und beobachtet sie grinsend.

»Ich hab keine Lust zu kochen«, sagt Maja und grinst nicht mit.

»Ich will auch gar nicht kochen. Ich fahr zu einem Spieleabend, kommst du mit?«

Maja sieht wieder in den Spiegel und hebt eine Augenbraue, öffnet den Mund leicht. Passt alles nicht, denkt sie.

»Warum nicht«, sagt sie und zieht schon ihre Jacke an, steigt in die Stiefel.

Sie fahren mit der Straßenbahn drei Stationen, dann sind sie fast da. Noch vier Treppen, ein langer Flur mit vielen Schuhen, große Zimmer. In einem davon steht ein heller Holztisch, drumherum vier Leute, sie trinken Bier aus großen Weizengläsern. Martin grinst ganz breit und die Leute grinsen ähnlich zurück. Hier ist alles ähnlich wie bei Martin: hell und sauber, wenige Möbel, der Boden glänzt. Die vier Leute haben sich pärchenweise angeordnet, die rechten Hände der beiden Frauen liegen unter den linken Händen der beiden Männer. Ihre Beine haben sie übergeschlagen, die Köpfe halten sie leicht schräg.

Maja setzt sich und versucht erst gar nicht, sich die Namen zu merken. Während sie *Siedler von Catan* spielen, kommen die ersten Fragen:

»Und was studierst du?«

»Literaturwissenschaft«, sagt Maja.

»Und sonst nichts?«

»Das ist ein Master.«

»In was hast du Bachelor gemacht?«

»Germanistik und Theaterwissenschaft.«

Wie immer sagt jemand: »Also möchtest du Schauspielerin werden«, und am liebsten würde Maja antworten: »Ganz genau. So wie alle Theaterwissenschaftler. Wir wollen alle Schauspieler werden, auch die Germanisten. Ich lese so viel, damit ich es mal spielen kann. Am liebsten in Hollywood, da gehöre ich hin, ich übe jeden Tag.«

Doch dann sagt sie: »Schauspieler gehen auf Schauspielschulen. Die machen keinen Master in Literaturwissenschaft.«

»Und was willst du machen?«

»Es gibt so viele Richtungen, in die ich gehen könnte. Ich hab mich noch nicht entschieden.«

Die zwei Pärchen nicken und spielen weiter. Maja überlegt, ob sie erwarten, dass auch sie ihre Hand unter Martins legt. Der Gedanke kommt ihr so seltsam vor, dass sie anfängt zu lachen.

»Was ist?«, fragt einer der Männer und die Frauen schauen sie verwirrt an.

»Irgendwie ist es lustig, wie ihr da sitzt.«

Jetzt schauen sie noch verwirrter.

»Ich kenne keine Pärchen, die zusammen Spieleabende machen.«

»Nein?«

»Und Martin ist dann immer allein bei euch?«

Jetzt grinst Martin nicht mehr, er trinkt aus seinem Weizenglas und eine der Frauen sagt:

»Nicht jedes Mal, ne, Martin? Du bringst immer wieder eine andere mit.«

Sie grinst ihr Martin-Grinsen und die anderen grinsen mit. Ein Witz, versteht Maja. »Immer eine andere? Martin, Martin ... die kenne ich ja noch gar nicht.« Maja lacht ein bisschen, doch keiner fällt ein.

»Ich tausche ein Heu gegen zwei Schafe«, sagt sie schnell und die beiden Pärchen beginnen dankbar zu diskutieren. Maja baut eine Straße, eine Siedlung, eine Stadt, dann wieder eine Straße, ihre Finger reisen weiter: noch eine Stadt und noch eine Stadt. Sie versucht, nicht über das Spiel hinaus mit den Pärchen zu reden, und es fällt ihr immer leichter, denn die Themen wechseln von Kochrezepten und Bohrmaschinen zur Familienplanung.

Als Maja endlich gewonnen hat und die anderen zwischen ihren Straßen und Siedlungen längst schon keine Chance mehr hatten, kann sie aufstehen.

»Willst du nicht noch ein bisschen bleiben?«, fragt Martin und sie sagt, sie wäre zu müde.

»Hast du Facebook?«, fragt jemand und sie überlegt kurz. Dann schüttelt sie den Kopf.

»Schade. Wir haben da eine Spieleabend-Gruppe. Aber Martin kann dich beim nächsten Mal ja wieder persönlich fragen, ob du Lust hast.«

»Genau, guter Plan«, sagt Maja und wünscht allen noch einen schönen Abend.

Jakob Meisenbach
OCTOBER 31
Manchmal glaube ich, du hast recht und Facebook ist nur ein Spiel. Die Seite ein großes Spielbrett, die Profile Spielfiguren, und das Ziel ist es, die eigene Figur so interessant wie möglich zu gestalten. Wer am meisten Klicks hat, gewinnt. Oder der, der nicht mehr merkt, dass er spielt. Vielleicht ist das der wahre Gewinner. Dann hättest du meinen Sieg verhindert. Würde dir das gefallen?

Maja Jama
OCTOBER 31
Das Ziel ist es, sich auf Facebook so weit wie möglich auszubreiten. Auf den meisten Seiten erwähnt zu werden, sein »Like«-Zeichen überall zu platzieren. Du willst Facebook erobern und die meisten Punkte sammeln. Ich verhindere deinen Sieg bestimmt nicht, daran hab ich kein Interesse. Obwohl es mir in jeder anderen Situation natürlich sehr gefallen würde, dich zu besiegen.

Jakob Meisenbach
OCTOBER 31
Das glaube ich dir nicht. Du hast längst angefangen zu spielen. Schon das Bild deines Umzugswagens gehört dazu: Du hast es immer noch als Profilfoto, obwohl du schon drei Wochen in Kassel wohnst. Du willst selt-

sam sein. Deine Kommentare unter Katrinas Postings, deine extrem kleine Freundesliste, die Angaben bei deinen Infos. Du spielst längst. Und du willst gewinnen. Das Ziel ist, die meisten Punkte zu sammeln. Es gibt für viele Dinge Punkte: für die Originalität des Profils, seine Aktivität, die Ausbreitung. Die Regeln hat Facebook längst formuliert. Und wir sind mittendrin. Da hast du dich auf was eingelassen, Kleines, ich hab einen großen Vorsprung.

POKE BACK.

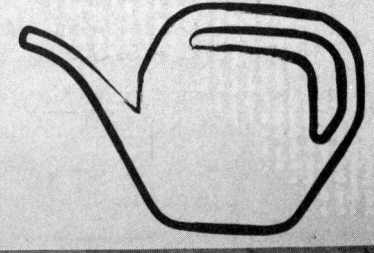

Einen Tag bevor Jakob kommt, liegt Maja auf ihrem Bett und möchte nicht aufstehen. Sie sieht an die Decke und legt die Arme neben den Kopf. Sie hat keine Vorlesung heute und Martin ist nicht da. Sabine ruft an, doch Maja geht nicht dran. Wenn sie in Bern eine solche Phase hatte, klopfte immer Katrina an ihre Zimmertür. Als würde sie ahnen, wie Maja auf ihrem Bett liegt und nicht einmal ihre Füße bewegen möchte. Vielleicht wegen der Stille. Denn Katrina wohnte nur ein Zimmer weiter und die Wände waren dünn. Wenn sie durch ihr Zimmer lief, konnte Maja das langsame Schlurfen ihrer Hausschuhe hören. Sie wusste, wann sie einen Stuhl zurechtrückte oder sich räusperte. Wahrscheinlich machte Katrina sich Sorgen, sobald die Geräusche von drüben ausblieben. Dann klopfte sie und trat ein, ohne dass Maja ein Zeichen zu geben brauchte. Sie setzte sich auf das Bett und wartete. Irgendwann, wenn Maja es geschafft hatte, ihren Kopf in ihre Richtung zu drehen, sagte Katrina: »Wir gehen jetzt ins Kino.«

Sie gingen immer ins Kino, wenn Maja eine solche Phase hatte. Auch mittags um zwölf, dann war es ein Zeichentrickfilm, doch das fanden beide in Ordnung. Manchmal gingen sie auch nachts um elf in einen Splatterfilm oder abends um acht in eine Komödie. Maja brauchte nicht zu reden, konnte sich ausruhen und war trotzdem nicht allein. Katrina steckte ihr immer mal ein paar Popcorn in den Mund und machte Witze über den Film. Sobald sie den Kinosaal verließen, war alles wieder in Ordnung, Maja war wiederhergestellt.

Heute kann Katrina nicht klopfen. Also bleibt Maja liegen und bewegt sich nicht. Sie versucht an alles zu denken, außer an ihre alte Schule. Natürlich denkt sie nur an ihre alte Schule. Sofort sieht sie die Wände aus plastikartigem Material, die grauen Teppiche in den oberen Etagen und die Glastüren in den Fluren vor sich. Sie läuft langsam durch die Schule. Öffnet eine Glastür, in die vor langer Zeit ein Mädchen hineingetreten hat. Ein dicker Riss führt durch ihre Mitte. Maja geht weiter und atmet die muffige Luft ein, die zwischen den Türen hängt. Es ist ganz still, so als wäre niemand außer ihr da. Sie geht den Gang entlang, um die Ecke, läuft weiter. Die Klassenzimmer sind alle geschlossen, sie kann nur in die Toilette hineinsehen, da ist die Tür schon vor Jahren aus ihren Angeln gehoben worden. Es riecht, wie es hier immer gerochen hat: nach Urin, Pubertätsschweiß und viel zu süßem Deo. Trotzdem betritt Maja diesen Raum, das tut sie jedes Mal, und versucht, nicht in die Spiegel zu sehen, die über den Waschbecken grau anlaufen. Sie geht an ihnen vorbei zu den Kabinen und schließt sich in einer ein. Setzt sich mit Hose auf den niedrigen Klodeckel und starrt die Tür an. Die Sätze, die an die Wand geschmiert wurden, kann Maja längst auswendig. Trotzdem liest sie sie immer wieder. »Klotennis« steht auf der Tür. An der Wand links daneben: »Schau nach rechts.« Maja schaut nach rechts. Dort steht: »Schau nach links«, und Maja schaut nach links. Wieder nach rechts, wieder nach links. Nach rechts, nach links. Rechts, links, rechts, links. Sie sitzt auf dem Klo und ihr Kopf dreht sich hin und her, hin und her, hin und her. Bis es klopft.

Es klopft ganz eindeutig an ihrer Klotür.

Doch Majas Kopf dreht sich und dreht sich. Schau nach rechts. Schau nach links. Sie wird nicht aufhören. Sie spielt Klotennis und das kann sie stundenlang. Sie wird nicht öffnen.

Es klopft immer lauter, doch Maja ist beschäftigt. Da kann es noch so laut klopfen. Noch so laut in immer kürzeren Abständen. Es wird lauter und lauter, die Tür zittert schon, doch die Sätze verschwimmen nicht vor Majas Augen, sie spielt weiter.

Es klopft, doch Maja spielt, sie braucht sich nicht mal die Ohren zuzuhalten. Schau nach rechts. Schau nach links.

Klopf. Klopf. Klopf. Klopf.

Bis Jakob in der Zimmertür steht.

»Sie liegt da schon den ganzen Morgen und reagiert nicht. Keine Ahnung, was mit ihr los ist«, hört Maja Martin sagen.

»Hat sie das schon mal gemacht?«, fragt Jakob.

»Nicht seit sie hier wohnt.«

Maja kann sich gut vorstellen, wie Martin jetzt aussieht: die Wangen ernsthaft eingesogen, die Augenbrauen fest und halbrund, aktive Hände. Dafür braucht sie nicht mal den Kopf zu wenden. Sie ist nicht mehr in ihrer alten Toilette, sie braucht nicht mehr Klotennis zu spielen, sie ist zurück und liegt noch immer auf ihrem Bett. Wohl schon den zweiten Tag. Es ist hell in ihrem Zimmer und Jakob scheint bereits angekommen zu sein, also ist es Mittag.

»Ich werd mit ihr reden. Danke, dass du mich reingelassen hast, Mann.«

Maja findet das »Mann« peinlich und wendet Jakob nicht den Kopf zu.

Sie fühlt die Matratze unter sich leicht einsinken, anscheinend hat er sich auf die Bettkante gesetzt. Bestimmt sieht er sie an und überlegt, was er sagen soll. Sie schaut an die Decke und weiß nicht, was sie tun soll. Am besten wäre es, er würde sie anfassen. Erst im Gesicht, dann am Hals. Oder gleich am Bauch, aber das kann er nicht ahnen. Vielleicht denkt er auch darüber nach, ihr seine Hände unter das Oberteil zu schieben, doch er kann nicht wissen, was mit Maja los ist. Er bleibt regungslos sitzen.

Sie könnte ihre Hose öffnen, dann würde er gleich verstehen, doch vielleicht fände er das seltsam. Bestimmt mustert er sie gerade. Erst wird er ihr Gesicht ansehen und sich fragen, warum es so neutral aussieht. Dann wird er an ihr hinuntersehen und hoffen, dass sie sich bewegt. Wenigstens eine Hand, dass sie sich wenigstens die Hand auf den Bauch legt oder die Beine kreuzt. Maja hätte es viel lieber, wenn Jakob ihr die Hand auf den Bauch legen würde. Sie würde auch ihre Beine mit seinen verkreuzen, doch das kann er nicht wissen.

Also entscheidet sie sich. Ohne den Kopf zu drehen, tastet sie nach seiner Hand und legt sie sich auf den Bauch. Mit seiner Hand schiebt sie sich das Oberteil hoch und jetzt versteht er, jetzt öffnet er ihre Hose und sie dreht den Kopf in seine Richtung. Seine Haare sind länger geworden, die Wangenknochen sind noch so breit wie im Sommer. Seine Haut ist auch noch genauso braun, bestimmt geht er ins Solarium, Maja findet das peinlich, trotzdem lässt sie sich die Hose ausziehen, trotzdem verkreuzt sie ihre Beine mit seinen und hört auf, an Klotennis zu denken.

Später sitzen sie mit Martin am Esszimmertisch. Martin hat noch immer ernsthaft wirkende Wangen. Bestimmt hat er Jakob und Maja gehört, bestimmt ist ihm das unangenehm und vielleicht ist er auch ein wenig eifersüchtig. Jedenfalls redet er kaum. Maja dafür umso mehr.

»Wie war die Fahrt?«

»Der Mann neben mir hat so gestunken, ach du Scheiße, irgendwann hab ich mir meine Ärmel vor die Nase gehalten.«

»Jakob musste fast sechs Stunden fahren«, erklärt sie Martin und der nickt nur.

»Katrina wär am liebsten mitgekommen. Die hat sich richtig an mich geklammert und wollte meine Knie gar nicht mehr loslassen, als ich ihr erzählt hab, dass ich dich besuche.«

»Die kann doch auch mal kommen.«

»Anscheinend hast du dich ewig nicht gemeldet.«

»Und wie geht's Svenja?«

»Was ist mit der eigentlich los? Weiß das irgendwer?«

»Das weiß sie selbst nicht.«

»Bestimmt weiß sie es.«

»Sie hat mir erzählt, dass sie sich selbst nicht versteht.«

»Was ist denn los mit ihr?«, wiederholt Martin Jakobs Frage und spießt eine Salbeikartoffel auf.

»Sie weint jeden Tag«, erklärt Jakob, »sie ist immer traurig, immer.«

»Manchmal lacht sie auch«, sagt Maja kauend.

»Nur mit Katrina oder dir«, wendet Jakob ein, »ich glaub, Svenja macht so einiges nur mit euch zweien.« Er grinst auf seinen bunt dekorierten Teller.

»Was willst du denn damit sagen?«, fragt Maja und weiß natürlich längst, worauf er anspielt.

»Na komm. Ihr drei, eine Flasche Wodka und ein Fotoapparat.«

»Macht?«

»Bilder, die Facebook bis heute bitterlich vermisst.«

Martin hebt den Kopf und deutet sein Grinsen an. »Ich glaub, die würde ich mir gern mal ansehen«, sagt er und Jakob kann ihm nur zustimmen: »Ganz sicher möchtest du das.«

»Habt ihr sie echt Jakob gezeigt?«, fragt Martin und Maja zuckt mit den Schultern.

»Der übertreibt«, sagt sie.

»Klar haben sie mir die Bilder gezeigt. Als sie das nächste Mal 'ne Flasche Wodka hatten und keinen neuen Speicherplatz auf ihrer Kamera.«

»Ich will sie auch sehen!«, sagt Martin und lässt sogar seine Gabel sinken.

»Vergiss es.«

»Gib ihr 'nen Wodka aus, dann ist das kein Problem mehr.«

»Die Fotos sind gar nicht so schlimm«, versucht es Maja noch mal, doch Jakob lacht. »Das glaubt er dir jetzt sowieso nicht mehr.«

»Dann erzählt wenigstens, was drauf ist.« Martin hat seine Gabel wieder aufgenommen.

»Nichts Schlimmes«, sagt Maja noch einmal. »Wir waren halt ein bisschen betrunken.«

»Und experimentierfreudig«, ergänzt Jakob.

»Und experimentierfreudig«, gibt Maja zu. »Da war die Kamera. Der Wodka. Und wir dachten, wir sollten lustige Bilder machen.«

»Lustig?«

»Wir fanden das schon lustig.«

»Das finden wir auch, Maja. Wir freuen uns da genauso drüber wie du. Wir könnten lachen vor Freude.«

Martin sieht verwirrt aus, natürlich hat er Jakobs Unterton überhört und irgendwie tut es Maja leid, dass er jetzt so fragend vom einen zum anderen sieht. Also sagt sie: »Wir haben uns geküsst und so …«

»… und so!«, betont Jakob.

»Ja, und uns dabei fotografiert. Nur zum Spaß.«

»Natürlich zum Spaß, warum küsst man sich denn sonst?«

»Es war jedenfalls echt lustig.«

»Garantiert.«

Jakob grinst noch immer.

Martin hat wieder aufgehört. Jetzt isst er schweigend und sieht auf seinen Teller.

»Martin findet das billig«, schlussfolgert Maja lächelnd und sieht Jakob an.

»Ihr habt es doch nur für euch gemacht, daran ist doch nichts billig.« Jakob sieht den schweigenden Martin an.

»Martin denkt bestimmt: zu dritt, so was ist seltsam.«

»Aber Martin, jeder wie es ihm Spaß macht, oder?«

»Schon«, sagt Martin, »es gibt nur Sachen, die ich einfach nicht nachvollziehen kann.«

»Und dazu gehört?«

»Zu dritt und dann noch Fotos …«

»Aber das war doch nur für die Kamera gestellt!«, versucht Maja zu erklären, doch sie hält schon inne, als sie das letzte Wort noch nicht ganz ausgesprochen hat. Warum verteidigt sie sich vor Martin?

»Erst dachte ich: irgendwie scharf«, sagt Martin gerade, »aber dann hab ich noch mal drüber nachgedacht und jetzt finde ich das gar nicht mehr.«

»Ich hab es auch nicht gemacht, um jemanden scharf zu machen«, sagt Maja und Jakob hört auf zu grinsen.

»Natürlich nicht«, sagt Martin, »aber billig ist es trotzdem.«

»Ich bin billig für wen? Für meine Freundinnen? Denkst du, ich bin eine Nutte für meine Freundinnen? Oder glaubst du, ich hab das gemacht, damit ich irgendwann mal meinen grinsenden Mitbewohner aufgeilen kann?«

Jetzt ist es ganz still im Raum, nicht mal Jakob sagt etwas, er sieht Martin an und keiner von beiden kaut, niemand bewegt seine Gabel auf dem Teller. Maja ist so wütend, dass sie am liebsten noch eins draufsetzen und dann das Zimmer verlassen würde, doch dann sagt Martin: »Entschuldige. So hatte ich das nicht gemeint. Ich finde nur den Gedanken schön, dass Küssen was Besonderes ist. Etwas, das man nicht mit irgendwem tut.«

Maja sieht ihn an und möchte sich mit ihrer Antwort Zeit lassen. Sie würde ihn gern noch ein wenig mit Stille quälen, doch Jakob sagt schon: »Freundinnen können doch auch was ganz Besonderes sein«, und grinst dabei anzüglich. Maja würde den Rettungsversuch am liebsten ignorieren. Sie würde gern zu Martin sagen: »Diese Ansicht hast du nur, weil du dir eine andere nicht leisten kannst. Um billig rumknutschen zu können, braucht man eben genug Leute, die dazu überhaupt bereit sind.«

Doch Martin lächelt Jakob schon dankbar an, und sagt: »Natürlich, ich hatte nur überlegt, wie ich selbst das handhabe. Aber das heißt ja nicht, dass es nicht auch andere Möglichkeiten gibt.«

Maja denkt daran, dass sie noch auf unbestimmte Zeit bei ihm wohnen muss, und nickt. »Okay, Missverständnis«, sagt sie und isst weiter.

Maja Jama
NOVEMBER 01

Katrinchen, was tust du nur ohne mich? Gestern Abend hab ich mir unsere Fotos wieder angesehen. Wie schön wir sind. Das fand auch Jakob. Ich hätte nie gedacht, dass ich so gern mit ihm schlafen würde. Du? Ich hab erwartet, er wäre abgerundet und technisch, wegen der vielen Frauen. Aber ich hab so viele Ecken entdeckt und Ideen. Hast du ihm Tipps gegeben?

Mein neuer Mitbewohner ist ein Wichser. Gestern hab ich mich das erste Mal mit ihm gestritten und am liebsten würde ich wieder ausziehen. Er hat das anstrengendste Grinsen, das ich kenne, sucht verzweifelt eine Freundin und denkt, wir sind Nutten.

Ich würd dich trotzdem wieder küssen und garantiert würde es Martin gefallen. Der kann es sich nur nicht leisten, unmoralisch zu denken. Bei dem Gesicht.

Katrina, ich denke viel zu oft an Bern. An die Küche, unsere Nudeln, an Svenjas Heulkrämpfe und deine Dildos. Bereust du viele Entscheidungen? Eigentlich dachte ich, ich hätte mir das abgewöhnt. Doch hier sagt niemand »Merci«.

Jakob wacht auf, ich hab schon seine Hand in meinem Nacken, schreib mir bald.

Cat Rina
NOVEMBER 01

Dass du mir wirklich schreibst, und dann auch noch hier. Was ist los mit dir? Du klingst verändert. Als würde dein Mitbewohner dich schon ein bisschen mitbewohnen. Und das meine ich nicht sexuell. Du kleine Nutte. Früher hättest du nie etwas bereut, du hast Wörter wie »moralisch« und »unmoralisch« überhaupt nicht benutzt. Was macht Kassel mit dir? Und Jakob? Soweit ich weiß, hat er in Bern momentan keine Frauen. Auf der letzten Party hat er nicht einmal mit einer rumgeknutscht. Einmal haben wir über dich geredet, er hat gefragt, warum du gegangen bist. Aber das weißt ja nicht einmal du. Ich hab ihn zufällig in der Innenstadt getroffen, als er gearbeitet hat. Hast du das schon mal erlebt? Er steht dann an der Straße und springt den hübschen Mädchen in den Weg. »Warte mal, warte mal. Keine Angst, ich will nichts verkaufen und ich mache auch keine Werbung«, ruft er dann. Dabei sind das schon zwei Lügen! Die Mädchen bleiben verwirrt stehen und denken, er will ihnen Komplimente machen oder sie zum Essen einladen. Und dann zeigt er ihnen kitschige Bilder von Koalabären und Affenbabys. Zwischendurch sagt er Dinge wie: »Fast so hübsch wie du« oder »Der Kleine wäre so froh, wenn er jetzt dein Lächeln sehen könnte!« Also unterste Schiene. Die Mädchen kichern und quietschen wegen der Bilder und dann sagt er: »Weil Studenten meistens eine SO kleine Brieftasche und ein SO großes Herz haben, gibt es den Studententarif! Nur 35 Franken im Monat, das ist ein Abendessen. Und wenn du Lust hast, lad ich dich zum Essen ein, dann hast du den ersten Monat schon mal raus.«

Ich hab das alles beobachtet, stand ein paar Meter weg von ihm und er hat es gar nicht gemerkt, so sehr war er in seinem Element. Er hat dann noch gefragt, ob sie bei Facebook ist, und ihr seinen vollen Namen auf den Auftragszettel geschrieben. So macht der also Geschäfte. Als sie weg war, hab ich ihn gefragt, ob das immer so abläuft.

»Oft. Warum, meinst du, hab ich sonst 2000 Freunde?« Er war total aufgekratzt, wollte immer wieder einer anderen in den Weg springen, aber ich war ja da. Also ist er aus Höflichkeit stehen geblieben. »Und dann lädst du sie alle zum Essen ein?«

»Nur die hübschen.«

Ich hab ihn gefragt, ob er dich auch mal zum Essen eingeladen hat, da ist er richtig verlegen geworden. Dabei war das gar kein Vorwurf. Als er gefragt hat, warum du weg bist, hab ich nur mit den Schultern gezuckt und mich verabschiedet.

Aber wahrscheinlich ist es besser so. Vielleicht kannst du mehr mit den Kasslern anfangen. In Bern hattest du ja nur uns, die anderen haben dich genervt.

Und vielleicht kannst du dich jetzt auf Jakob einlassen, weil er nicht nebenan wohnt?

Maja Jama
lässt sich nicht ein. Sie lässt sich aus. Wenn sie wütend wird, kriegt sie ganz rote Ohren, passt nur auf!

Svenja Niemann
Rote Ohren und einen roten Hals. Wer hat das geschafft? Ich war es schon lang nicht mehr.

Maja Jama
Du hast mich nie wütend gemacht.

Svenja Niemann
NOVEMBER 01
Doch, das eine Mal. Als du mir gesagt hast, dass du gehst. Wahrscheinlich hast du gedacht, ich fang wieder an zu heulen. Du hast mich schon erwartungsvoll angesehen, darauf gewartet, dass zuerst meine Wimpern nass werden, dann erst meine Augen und zum Schluss meine Fingerkuppen, weil ich sie mir immer an die Wangen halte. Ich weiß, wie das aussieht, ich hab mich oft dabei beobachtet. Ich wollte herausfinden, warum ich ständig heule, also hab ich mich vor den Spiegel gestellt und an Farben gedacht, die nicht zusammenpassen. Am besten funktioniert Rot mit Pink. Wenn ich mir diese Kombination nur vorstelle, habe ich das Gefühl, ich müsste Zwiebeln schneiden. Der einzige Unterschied: Die Zwiebel brät irgendwann in der Pfanne, dann wird Tomatensoße dazugegeben und die Augen entspannen sich. Rot und Pink wirkt anders. Viel länger, es hört nicht von allein auf. Jemand muss die Farben schon von mir wegtragen. Wie eine Schüssel gehackter Zwiebeln, erst wenn sie draußen ist, kann ich mir die Fingerkuppen am Geschirrhandtuch abtrocknen.
　Natürlich warst du dir sicher, dass ich auch jetzt anfange zu heulen. Wenn ich schon über Farben weine, die nicht zusammenpassen, dann würde ich bei deiner Nachricht bestimmt nicht mehr aufhören. Das hast du gedacht. Doch ich hab mir nicht mal meine Finger unter die Augen gelegt. Wie seltsam das auf dich gewirkt haben muss. Ich hab eine Zigarette

aus der Schachtel gefischt und dich nach Feuer gefragt. Als ob du Feuer hättest. Natürlich bist du wütend geworden. Deine Ohren wurden ganz rot und dann auch dein Hals. Du hast mir die Zigarette aus der Hand genommen und getan, als würdest du sie in meinem Gesicht ausdrücken. Zum Glück war sie nicht an. Ich hab versucht zu lachen, also hast du ein bisschen gelächelt. Aber du warst wütend, Maja, so wütend hatte ich dich noch nie gesehen. Seitdem glaube ich, dass ich nur dann weinen muss, wenn Dinge nicht zusammenpassen. Wenn Ausdrücke den Satz ruinieren, wenn Schminke ein Gesicht entstellt, wenn das Geschirr nicht zum Tischtuch passt. Dass du nach Kassel gegangen bist, hat zu dir gepasst. Du bleibst doch nirgends, Maja, schon gar nicht nach einem Erasmus-Semester. Mir war von Anfang an klar, dass du bald wieder weg bist.

In Kassel wirst du auch nicht bleiben. Gewöhn dich gar nicht erst daran.

Die Treppe zum kleinen Aussichtspunkt ist gesperrt, denn es hat geschneit. Es ist erst November und trotzdem sind keine Stufen mehr zu sehen. Jakob freut sich über die Absperrung, jetzt kann er darüberklettern und die Stufen mutig hinuntersteigen. Er hält sich nicht fest, das würde nicht zu seiner aufrechten Körperhaltung und den breiten Wangenknochen passen. Wie er jetzt strauchelt, passt ebenso wenig dazu. Er findet keinen Halt, das Geländer ist zu weit weg, seine Füße suchen nach einem Widerstand, doch die Schneedecke ist vereist. Also fällt er ungebremst auf seinen Hintern und Maja sieht ihn ungern in dieser Position. Er stöhnt ein bisschen. Wahrscheinlich nur, um die Peinlichkeit seiner Lage hinter ein wenig Dramatik zu verbergen.

»Du Held«, sagt Maja und klettert ebenfalls über die Absperrung. »Das sah ja mal scheiße aus.«

»Danke, Maja. Du bist so fürsorglich.«

Maja lacht und steigt vorsichtig zu ihm hinunter. Sie setzt sich neben ihn und schaut in Richtung Aussichtspunkt.

»Wir können uns Kassels Schnee auch hier angucken.«

»Mehr ist da nicht zu sehen?«

»Keine Ahnung. Aber deine Gesundheit geht vor.«
»Ich werde es schaffen.«
»Bist du dir auch wirklich sicher?«
Jakob lacht und steht auf. Wohl ein wenig vorsichtiger als beabsichtigt geht er weiter bis zu dem Kunstwerk einer vergangenen Documenta. Ein begehbarer Teil ragt über den Platz hinaus, hinter dem das Gelände abfällt und den Blick auf die Landschaft freigibt. Jakob geht vor, Maja folgt ihm auf den Steg aus Metallgitter und sieht auf den Boden. Er entfernt sich immer weiter von ihnen, trotzdem ist überall nur Schnee zu sehen, ein paar Lichter.
»Hier ist irgendwo die Aue«, sagt Maja.
»Dieser eine Park?«
»Anscheinend. Stell's dir vor.«
»Bestimmt schön im Sommer.«
»Bestimmt.«
Maja sieht hinunter auf den Schnee und will sich nicht vorstellen, wie es hier ohne ihn aussehen könnte. Als würde der Schnee nicht dazugehören, als wäre der Park nur ohne Schnee ein richtiger Park. So möchte sie nicht denken. Der Schnee ist da und das ist okay so. Vielleicht ist das sogar wichtig. Sie hatte einmal einen ganz ähnlichen Ausblick. Damals stand sie an einem Fenster ihrer alten Schule und hat hinausgesehen. Es hatte geschneit, der Schulhof war verdeckt. Erst dachte sie »bedeckt«, aber dann verbesserte sie sich. Die Zeichnungen auf dem Beton, die Kaugummiflecken und die Spuckereste waren verdeckt, nicht bedeckt, sie waren richtig verschwunden. Maja brauchte sie nicht mehr zu sehen, das ist schön gewesen. Bis ihr jemand an die Schulter tippte. Maja drehte sich nicht um, sie wollte noch ein wenig auf den glatten, hellen Schulhof sehen. Doch das Tippen hörte nicht auf, es wurde immer schneller und fester. Bald tat es weh, sie sah auf den Schulhof, überlegte. Wahrscheinlich würde es niemals aufhören. Irgendwann drehte

Maja sich doch um und Jakob küsst sie auf den Mund. Erst will Maja ihn wegstoßen und ihm vorwerfen, er sei kitschig, doch dann macht er was Tolles mit seinen Zähnen. Sie küsst ihn auch und hält sich am metallenen Geländer fest, es ist ganz kühl. Es freut Maja, wie kühl es ist und wie sicher sie weiß, dass Jakob ihr nicht an die Schulter tippen würde. Unter ihr ist noch lang nicht der Schnee, die Aue noch weniger. Sie hält sich nur an diesem alten Kunstwerk fest, sie öffnet die Augen ganz leicht und betrachtet es. Wie ein Bilderrahmen mit Fernrohr – als wäre die Aue ein Gemälde. Zum Glück ist das gerade verhangen, ansonsten würde Maja sofort gehen. Im Gemälde Kassel zu stehen und einen Tierschützer zu küssen, das wäre eindeutig zu viel.

Maja Jama
NOVEMBER 02
Hast du manchmal das Gefühl, etwas vergessen zu haben? Irgendetwas Wichtiges, an das dich keiner erinnern wird?

Svenja Niemann
NOVEMBER 03
Wirst du auch so wütend, wenn jemand dir ausweicht, sobald es spannend wird?

Maja Jama
NOVEMBER 03
Ich antworte dir noch auf deine lange Nachricht. Aber gerade hab ich das Gefühl, als müsste ich mich erinnern. Irgendwas klopft an und ich hab keine Ahnung, ob ich es reinlassen soll. Was würdest du tun?

Svenja Niemann
NOVEMBER 03
Ich würde weinen, weil das nicht zusammenpasst. Niemand wird dich daran erinnern, aber jemand klopft an? Entscheide dich.

Und wenn wirklich jemand klopft, könnte ich ihn nicht draußen stehen lassen. Vielleicht ist es kalt.

Als Jakob Maja fertig ausgezogen hat, dreht er sich noch einmal weg von ihr. Neben dem Bett steht sein Rucksack, in dem er kurz kramt. Er zieht etwas heraus, klein und quadratisch. Maja sieht es nicht an, sie küsst ihn schnell, um den umständlichen Kondom-Moment ignorieren zu können. Bis sie etwas Kühles knapp über ihrem Bauchnabel spürt. Sie zuckt leicht zusammen und sieht an sich herunter. Dort klebt ein kleiner blauer Sticker, auf dem in Weiß »Like« steht.

»Das ist jetzt nicht dein Ernst!«, will sie sagen und: »Ich bin doch kein Videopost!« Doch gerade war ihre Stimmung noch so anders, sie braucht einen kleinen Moment, um sie umzustellen. In der Zeit hat Jakob schon weitere Sticker von seinem kleinen Block gelöst. Er klebt sie auf Majas Knie, ihr Kinn und ihre Rippen unterhalb der Achselhöhlen.

»Du bist so krank«, würde sie gern sagen, doch gerade streicht er immer wieder über einen Sticker direkt unter ihrer rechten Brust, um ihn festzudrücken. Der Nächste klebt ihr an der Hüfte, noch einer am kleinen Zeh.

»Dreh dich um«, sagt Jakob. Eigentlich möchte Maja lachen und ihm seine kleinen blauen Sticker als Knebel in den Mund stecken, doch das tut sie nicht. Sie weiß nicht warum, doch sie dreht sich wirklich um und schließt die Augen. Er beklebt ihren Nacken, ihr Schulterblatt, einen Oberarm und ihr Steißbein. Ihren Hintern – gleich dreimal – und die Stelle, an der er ins Bein übergeht, eine Wade und eine Ferse. Dann legt er sich auf sie und langsam öffnet Maja ihre Augen.

Später, als die meisten Sticker sich längst abgelöst haben und auf der Matratze zerknittern, fragt Maja: »Hast du sie eigentlich wahllos aufgeklebt?«

Jakob lacht: »Meinst du, bei dir treffen sie immer zu?«

Sie haut ihm auf den Bauch. Er gibt nach, das findet sie lustig, also drückt sie immer wieder drauf.

»Selbstverständlich«, sagt sie in übertriebenem Ton, »ganz im Gegensatz zu dir.«

»Bei mir treffen sie nie zu, oder was?«

»Das hast jetzt du gesagt«, behauptet Maja und lässt Jakobs Bauch weiter wackeln.

»Bei dir musste ich auch suchen! Jaah!«, grinst Jakob.

»Lüg nicht, du findest mich schön.«

Maja wartet die Antwort nicht ab, sie holt ihr Notebook ins Bett und schaltet es ein.

»Was machst du denn jetzt?«

»Schauen, ob mir jemand geschrieben hat.«

»Auf Facebook?« Jakob macht große Augen.

»Du darfst gar nichts sagen«, meint Maja. »Facebook macht deine Komplimente sogar offline für dich.«

Am nächsten Morgen wacht Maja von den Stichen der blauweißen Sticker auf. Jakob sitzt schon aufrecht im Bett mit dem Notebook auf seinem Schoß.

»Die Leute sagen, ich verblasse«, sagt Jakob.

»Bitte?«

»Ich hab ein Foto gepostet und sie sagen, ich verblasse neben dir.«

»Was soll das denn heißen?«

»Ich war schon so lange nicht mehr im Solarium.«

»Du redest komische Dinge.«

»Nein, ich will heute ins Solarium, kommst du mit?«

Eigentlich findet Maja Solarien peinlich. Doch jetzt hat sie dieses Wort im Kopf. Verblassen. Wie eine Erinnerung oder ein altes Foto. Kann man etwas Verblasstes wieder nachzeichnen? Kann man seine Konturen wiederherstellen oder sind sie verloren? Maja denkt an ihre alte Schule, an das Klopfen und das Tippen. An den muffigen Geruch und den hellen Schnee. Etwas in ihr ist verblasst, vielleicht sollte sie herausfinden, was es ist. Vielleicht kann sie seine Farben zurückholen.

»Ja, warum nicht. Wenn du gern möchtest«, sagt Maja und versucht, dabei gelangweilt zu klingen.

Jakob freut sich, jedenfalls sieht sein Gesicht so aus, mit dem breiten Lächeln zwischen seinen noch breiteren Wangenknochen.

Sie ziehen sich an und machen das Frühstück mit Martin ganz kurz. In letzter Zeit ist Maja froh, wenn Martin nicht da ist. Er stört sie. Sein übertrieben aufgetragenes Aftershave, seine engen Hosen und die tiefen Grübchen, die er ständig zur Schau trägt, strengen sie an. Sie kann nicht mehr sehen, wie er Weizen in ein großes Glas gießt oder mit schnellen Bewegungen Zwiebeln hackt, als wäre er gelernter Koch. Beim Frühstück streicht er die Butter bis zum Rand des Brötchens. Das macht er so exakt, dass nirgends eine Stelle ohne oder mit zu viel Butter zu finden ist. Nur beim Kauen öffnet er den Mund ein bisschen zu weit. Natürlich hält er die Lippen dabei geschlossen, und doch kann Maja genau sehen, wie sein Kinn immer ein Stück zu weit unten kreist. Ihr wird ein bisschen schlecht, wenn sie hinsieht. Also sieht sie ihn beim Frühstück kaum an. Er sagt nichts, er kaut. Maja und Jakob reden nur miteinander, dann stehen sie auf und machen sich auf den Weg. Martin räumt den Tisch allein ab, er sagt nichts dazu.

Und dann steht Maja schon allein in ihrer Kabine. Hier gibt es einen Spiegel, einen Stuhl, Deo, Waschbecken und die Sonnenbank. Maja zieht sich aus und hört aus der Kabine nebenan, wie Jakob ruft: »Wie ich das vermisst hab! Das gefällt dir bestimmt auch richtig gut. Das ist wie Sommerurlaub aus der Tube.«

»Klar«, sagt Maja und sucht sich im Spiegel nach Stickern ab. Sie findet noch zwei, einer hängt ihr verknittert in den Haaren. Natürlich, in ihren lockigen Knoten kann sich so einiges verfangen. Auch Jakob mag das. Wenn er hineingreift, scheint er zu wissen, dass er so schnell nicht wieder herauskommt.

Gerade hört sie, wie Jakob nebenan sein Solarium startet. Also legt auch sie sich auf die Bank, klappt den Deckel herunter und drückt auf »Start«. Schnell schließt sie die Augen, diese hellblauen Strahlen sind bestimmt nicht gesund. Es wird warm um sie herum, irgendwoher kommt leise Musik. Sie tastet danach und findet Kopfhörer, die neben ihr liegen, setzt sie auf und hört zu. Es ist warm und dunkel, das Lied in ihrem Ohr ist ganz alt. Als es modern war, ging sie noch zur Schule. Vielleicht kann es sie an etwas erinnern. Vielleicht können die UV-Strahlen Majas Konturen wiederherstellen. Sie liegt da und wartet, hört zu. Es passiert nichts. Sie versucht, sich ihre alte Schule vorzustellen, durch die Gänge zu laufen, den muffigen Geruch in der Nase zu haben. Doch es klappt nicht. Die Melodie ruft keine Erinnerungen hervor. Dann setzt der Text ein. *Her name is Noelle. I have a dream about her. She rings my bell.* Maja stellt sich vor, wie eine Mädchenhand eine kleine Glocke hält, sie hin und her schwingen lässt. Sie schwingt in ihre Richtung, immer stärker, bald kann sie Maja berühren, bald schwingt sie gegen ihren Bauch, Maja möchte das nicht. Sie weicht zurück, doch die Hand folgt ihr langsam. Also dreht sie sich um und geht in die andere Richtung. *I got gym class in half an hour. Oh how she rocks in Keds and tube socks.* Maja läuft langsam durch die Sporthalle und sieht sich so unauffällig wie möglich um. Gerade bereiten sich alle auf die Aufführung ihrer Choreografie vor. Das sollte Maja auch tun, in ihrer Gruppe, doch sie hört die kleine Glocke noch immer hinter sich läuten. Also geht sie weiter, sie läuft zur Tür, die steht offen, sie geht den Gang entlang, vorbei an den Umkleidekabinen, bis zur nächsten Tür. Sie ist aus Glas und ein großer Sprung in ihrer Mitte erinnert an ein kleines Mädchen, das einmal dagegengetreten hat. Majas

Finger fährt nicht an dem Riss entlang, sie geht weiter und kommt im großen Aufenthaltsraum der Schule an. *And she doesn't give a damn about me. Cause I'm just a teenage dirtbag, baby.* Das Läuten begleitet sie, sie wird schneller, doch sie traut sich nicht zu rennen. Maja zwingt sich, unauffällig schnell zu sein. Sie erreicht den nächsten Gang. *He'd simply kick my ass if he knew the truth.* Die Klassenzimmer sind alle geschlossen, natürlich, man darf niemanden beim Unterrichten stören. Nur die Klotür ist offen, denn sie wurde schon vor langer Zeit aus ihren Angeln gehoben, damit die Schülerinnen nicht vor den Waschbecken stehen und rauchen können. Maja geht an den Spiegeln vorbei und sieht nicht hinein. *Man, I feel like mold. It's prom night and I am lonely. Low and behold …* Sie geht in eine der Klokabinen und schließt ab, bevor das leise Läuten ihr bis auf die Toilette folgen kann. Sie setzt sich hin und vertieft sich in die Sätze an der Wand. »Schau nach rechts. Schau nach links. Schau nach rechts. Schau nach links.« Und Majas Kopf dreht sich hin und her, hin und her. *Oh yeah, dirtbag. No, she doesn't know what she's missing.* Hin und her und Maja möchte niemals aufhören. Hinter der Tür läutet es leise, dann immer lauter und schneller. Es läutet, die Glocke klingt hell und durchdringend. *Oh yeah, dirtbag. No, she doesn't know what she's missing.* Das Läuten wird immer heller, höher, lauter, doch Maja spielt. *No, she doesn't know what she's missing. She doesn't know what she's missing. She doesn't know what she's missing.* Maja spielt und vermisst nichts. Es läutet und im Takt der kleinen Glocke dreht Majas Kopf sich hin und her, nach links, nach rechts, nach links, nach rechts, immer hin und her. Je schneller es läutet, desto schneller spielt auch Maja. Als wäre ihr Kopf mit dem Klang der Glocke verschmolzen. Ihr Hals macht das mit, er beschwert sich nicht, Maja dreht und wendet ihren Kopf, es läutet schneller, schneller und schneller. Bis jemand sagt: »Was tust du da?«

Maja weiß nicht, woher die Stimme kommt, Maja ist ganz allein in ihrer Kabine. Sollte jemand von draußen zu ihr hereinrufen, wird sie nicht reagieren. Sie spielt weiter.

»Maja, bist du okay?«

Links, rechts, links, rechts, links, rechts. Hin und her. Immer wieder. *I'm just a teenage dirtbag baby, like you. Uuuuuh.*

»Bitte, rede mit mir! Soll ich Hilfe holen?«

Hin und her, hin und her, Maja spielt so gern.

Oh yeah, dirtbag. No, she – Plötzlich bricht die Musik ab.

»Was hast du?«, fragt Jakob. Er hat ihr die Kopfhörer abgenommen. Natürlich ist es Jakob. Maja sieht ihn an. Die Wände verschwinden um sie herum, sie braucht nicht mehr hin und her zu schauen, das Läuten hat aufgehört. Sie sieht in Jakobs breites Gesicht und dahinter sieht sie die Frau besorgt gucken, die ihr vorhin sechs Euro für acht Minuten Solarium abgenommen hat. Es ist kalt geworden, das Solarium ist längst aus und Jakob steht neben ihr. Jetzt fällt Maja ein, dass sie vollkommen nackt ist.

»Alles gut, Entschuldigung, geht wieder raus, ich zieh mich an«, sagt sie schnell und die Frau verschwindet sofort aus der Tür.

»Ich bleib lieber hier. Ich mach mir Sorgen«, sagt Jakob und sieht wirklich so aus. Er schließt die Tür von innen und dreht den Schlüssel herum.

Maja setzt sich und versucht, Jakobs Blick auszuweichen.

»Was war denn los mit dir? Du hast bestimmt fünfzehn Minuten länger im Solarium gelegen, als es an war.«

»Aber das Lied war doch viel kürzer«, sagt Maja nachdenklich. Jakob sieht sie verwirrt an.

»Welches Lied?«

»*Teenage Dirtbag.*«

»Was ist damit?«

»Ich hab das gehört, war schön.«

»Okay …«

»Vielleicht hab ich dabei alles um mich rum vergessen?«

»Du machst mir Angst. Was ist los?«

Maja schüttelt den Kopf und zieht sich langsam wieder an.

»Das war schon das zweite Mal, dass ich dich so gefunden hab. Du bist dann gar nicht ansprechbar und merkst nichts um dich herum. Deine Augen gucken geradeaus nach oben an die Decke und die siehst aus, als wärst du ganz woanders. Wir haben dich von draußen so lange gerufen, du hast gar nicht geantwortet. Als wir dann reinkamen und ich dich so gesehen hab, war ich echt erschrocken. Was ist los?«

»Vielleicht kann ich ja mit offenen Augen schlafen«, sagt Maja und versucht, es möglichst unbesorgt klingen zu lassen.

»Vielleicht solltest du mal zum Arzt gehen«, entgegnet Jakob.

Maja sieht ihn mit hochgezogenen Augenbrauen an. »Weil ich einen gesunden Schlaf hab? Jetzt sei mal nicht so ängstlich.«

»Bin ich aber. Du hast dich ja nicht gesehen.«

»Werd ich auch nicht«, grinst Maja. Sie hat sich schon angezogen und schließt die Tür wieder auf.

»Ist alles in Ordnung bei dir?«, fragt draußen die Frau an der Kasse.

»Ja klar, war nur eingeschlafen, entschuldige die Umstände.« Bevor die Frau mit ihrem besorgt verzogenen Mund antworten kann, verabschiedet sich Maja und verlässt vor Jakob den Raum.

In der Straßenbahn redet sie nicht. Auch Jakob sagt nichts, manchmal streicht er mit dem Daumen über ihr Handgelenk. Sie sieht hinaus auf die Straße und denkt an die kleine Glocke, an Klotennis und den muffigen Geruch. Vielleicht kann sie herausfinden, was mit ihr los ist, wenn sie es schafft, nicht mehr zu spielen. Wenn sie das Klotennis nicht beachtet und die Tür öffnet. Aber würde sie sich das trauen? Was ist hinter der Tür? Was läutet, tippt und klopft da? Will sie das wirklich wissen?

Vielleicht muss sie es wissen, um nicht immer wieder reglos herumzuliegen und von anderen aus der Klokabine geholt zu werden. Vielleicht muss sie es wagen.

»Ich hab Angst«, sagt Jakob und Maja nickt. Es wundert sie, doch dieser Satz macht Jakob nicht schwach. Sie schweigt weiter, bis sie zu Hause ankommen. Als sie die Zimmertür hinter sich geschlossen haben, drückt Jakob Maja an die Wand und schiebt ihr den Rock hoch. Maja lacht, und während Jakob seine Finger mit ihren Haaren verknotet, schlägt sie in Jakobs Takt mit der flachen Hand gegen die Wand, um Martin zu ärgern. Sie stellt sich vor, wie seine Grübchen jetzt flach werden, dann hört sie, dass nebenan die Musik lauter gedreht wird. Sie kann den Bass in der Wand fühlen und lächelt.

IT'S FREE AND ALWAYS WILL BE.

Cat Rina
NOVEMBER 04

Jakob schreibt mir, dass er sich Sorgen um dich macht. Wie hast du das denn geschafft? Er sagt, du wärst manchmal abwesend. Was meint er? Warum geht er nicht mit dir ins Kino? Sicher macht er andere Dinge mit dir, du kleine Nutte. Muss ich mir Sorgen machen? Soll ich kommen?

Maja Jama
NOVEMBER 04

Mach dir keine Sorgen. Komm trotzdem. Und bring Svenja mit, ich würde euch echt gern wiedersehen. Ihr fehlt mir.

Jakob macht andere Dinge mit mir, ich bin eine kleine Nutte. Aber das ist gut so.

Ich hab schon eine Idee, wie ich das wegkriege. Das Abwesendsein. Ich weiß nur noch nicht, ob es klappt.

Warum bist du noch wach?

Cat Rina
NOVEMBER 04

Ich mache auch andere Dinge. Adrian ist bei mir. Aber gerade ist er schon wieder eingeschlafen.

Wir kommen gern, morgen besprech ich das mit Svenja. Das klappt bestimmt. Spätestens Silvester. Hast du schon Pläne? Und welche Idee meinst du? Das klingt sehr heilpraktisch. Probierst du's mit Schüssler Salzen? Oder Bachblüten? Jetzt mach ich mir Sorgen.

Maja Jama
NOVEMBER 04

Nein ... ich hab gependelt und das Pendel hat mir geraten, mich auf andere Methoden zu verlassen. Vielleicht hab ich mir auch Stäbchen ans Ohr gehalten. Irgendwie so war's.

Jedenfalls würde ich gern herausfinden, warum ich manchmal weg bin. Ich erzähl dir das dann genauer, werd noch ein wenig drüber nachdenken.

Und du schläfst mal wieder mit Adrian? Ist das überhaupt noch spannend?

Vielleicht komm ich Silvester zu euch. Wäre doch einfacher. Also kommt vorher zu mir. Ihr schafft das.

Maja wacht um neun Uhr auf und eigentlich ist sie viel zu müde. Trotzdem weckt sie Jakob und sagt ihm, sie würde jetzt in die Uni gehen, wenn er mitkommen möchte, müsse er aufstehen.

»Was will ich denn in deiner Uni?«

»Keine Ahnung.«

»Und was willst du da?«

»Ich kann doch nicht die ganze Woche freimachen, nur weil ich Besuch hab.«

»Ich mach auch die ganze Woche frei.«

»Aber im Gegensatz zu dir könnte ich jetzt gehen. Schlaf du einfach weiter.«

»Ich hab der Bahn doch nicht so viel Geld gezahlt, um hier allein im Bett zu liegen.«

»Dann komm mit.«

Jakob macht ein genervtes Geräusch, doch er steht auf und zieht sich an. »Und was lernen wir heute?«

»Wir sprechen über Büchner. Die paar Sachen von ihm hast du doch bestimmt gelesen, oder?«

»Klar«, sagt er und grinst.

»Echt nicht? O Gott ... ich sollte mein Sexualleben nach literarischer Bildung ausrichten.«

»Warum das denn?«

»Irgendwie unerotisch, Büchner nicht zu kennen.«

»Ich hoffe, du findest dich gerade lustig.«

Maja sieht ihn nur an und schüttelt dann den Kopf. »Unglaublich«, sagt sie und geht ins Bad, um sich die Zähne zu putzen.

Als die Vorlesung beginnt, sitzt Maja zwischen Sabine und Jakob. Der Dozent ist fest entschlossen, die Vorlesung auch vorlesend zu halten. Leicht stotternd beugt er sich über seinen Zettel und stößt immer wieder mit der Nase gegen sein Mikro, sodass es laut knistert.

Jakob hat schon nach den ersten zwei Minuten aufgehört zuzuhören, er schreibt etwas auf seinen leeren Zettel und schiebt ihn Maja zu: »Wo bist du, wenn du an die Decke starrst?« Maja nimmt einen Stift und schreibt darunter: »Ich bin lange her.«

Jakob sieht sie verwirrt an und liest ihren Satz mehrmals. Dann schreibt er: »Du erinnerst dich?«

»Ich scheine es zu versuchen.«

»Also schaffst du es nicht?«

»Nicht ganz.«

»Was fehlt?«

»Das weiß ich nicht.«

»Hast du etwas verpasst, als ich dich zurückgeholt hab?«

»Ich glaub nicht.«

»Willst du zurückgeholt werden?«

»Manchmal schon.«

»Was wäre die schönste Art, dich zurückzuholen?«

Maja sieht Jakob an und grinst.

»Ich mag deine Hand an meinem Hosenknopf.«

Jakob lacht leise, und als Maja fühlt, wie Jakobs Hand sich auf ihren Oberschenkel legt und in Richtung Reißverschluss hochrutscht, zieht Sabine das Papier zu sich heran. Sie schreibt: »Heute ist wieder Büchernacht. Kommt auch!«

Jakob und Maja lesen, während Jakob Majas Hose öffnet und wieder schließt, öffnet und wieder schließt, öffnet und grinst. Maja schreibt: »Wir haben aber keine Bücher. Jakob kann nicht so gut lesen.« Jakob lacht noch mehr und schreibt: »Ich kann richtig gut lesen. Hab sogar ein Buch dabei, das zeig ich euch, ihr werdet begeistert sein.«

Maja sieht ihn missmutig an. Jetzt möchte er auch noch dahin. Schnell schreibt sie: »Harry Potter oder was?«
»Viel besser«, antwortet er.
»Ich bin schon gespannt«, schreibt Sabine und wendet sich wieder dem Nase stupsenden Dozenten mit dem verschwitzten Gesicht zu. Er stottert sich durch die anderthalb Stunden, während Jakob mit Majas Hosenknopf spielt. Sabine merkt es nicht, sie versucht mit angestrengt konzentriertem Blick, den wissenschaftlichen Überlegungen zu folgen. Manchmal schreibt sie etwas auf und Maja schreibt es ab. Jakob macht es ihr unmöglich, selbst zuzuhören und etwas Brauchbares aufzuschnappen. Am Ende der Vorlesung ärgert sie sich, überhaupt hergekommen zu sein, denn nun sind es nur noch wenige Stunden bis zur Büchernacht. Und Jakob lässt sich einfach nicht von seinem Plan abbringen.

*

Am Abend steigen sie die vielen Treppen zu Sabines Wohnung hinauf und quetschen sich mit einem anderen literarischen Gast auf die Couch. Mehr Leute sind noch nicht da, es ist noch viel zu früh. Also sitzen sie nebeneinander und hören Jakob zu. Das hat Maja geahnt. Sobald Jakob sich in einer Gruppe befindet, muss er in ihre Mitte gelangen. Er versucht alles, um die Blicke auf sich zu lenken. Seine Stimme ist dabei ganz laut und er macht viele Gesten, sie sind viel zu groß. Am liebsten würde Maja gehen. Also geht sie immer wieder aufs Klo und bleibt länger als nötig. Durch die Tür hört sie Jakobs Stimme. Gerade erzählt er von der Schweiz, davon, wie verdammt blau die Aare ist, wie schön die Schweizer »Merci« sagen und wie gern man für den Zibelemärit schon um vier Uhr früh aufsteht. In etwa zwanzig Minuten wird er auf seine Tierschutzorganisation zu sprechen kommen und in etwa vierzig hat mindestens einer der Literaturgäste ein Studentenabonnement gekauft. Wie zufällig wird er aus seiner kleinen, chaotischen Umhängetasche ein paar Auftragszettel ziehen, die zur Überraschung aller ohne einen einzigen Knick geblieben sind. Er wird ein paar Witze machen, während er die Verträge erklärt, er wird die Nummer einkringeln, bei der man wieder kündigen kann, er wird seinen Namen darunterschreiben und sagen: »Oder du schimpfst mit mir auf Facebook.« Dann wird er lachen und die anderen auch. Sie werden ihm vertrauen, spätestens wenn er erzählt, wie viele Jahre er schon seinen Monatsbeitrag zahlt. Dann werden sie unterschreiben und er wird ihnen was Lustiges auf ihr Exemplar malen, bevor er es aushändigt.

Wenn das alles passiert, wäre Maja gern auf dem Klo. Oder in der Küche, sie fragt Sabine, ob sie Schnittchen machen soll. Sabine sagt: »Nein, danke. Setz dich einfach und entspann dich.«

Maja setzt sich immer wieder auf die Toilette, sagt zu ihrer Entschuldigung: »Sorry, aber ich hab da ein Problem«, lacht und hofft, dass Sabine und der Fremde das unangenehm finden, doch sie lachen auch. Wenn Maja wieder zu lange wegbleibt, rufen sie ihren Namen und bieten getrocknete Früchte an. »Als Starthilfe«, ruft Sabine mit einem dreckigen Lachen und die Jungs fallen ein. Maja geht in die Küche und kippt Rosinen und getrocknete Aprikosen in eine Schale. Wahrscheinlich wird sie die nächsten drei Tage durchgehend auf dem Klo sitzen, trotzdem stellt sie die Früchte auf den Wohnzimmertisch und isst tapfer mit Jakobs Stimme in ihrem Ohr. Als mehr Gäste kommen, wird Jakob immer lauter, bald wird Maja ausrasten und die bisher noch heitere Stimmung verderben, doch diesen Zeitpunkt versucht sie so weit wie möglich hinauszuzögern.

Als Sabine einen Ausschnitt aus *Die Klavierspielerin* von Elfriede Jelinek vorliest, lehnt Jakob sich zurück und legt seine Finger an die Schläfen. Maja versucht, ihn nicht anzusehen, sie schämt sich fast für sein schlecht gespieltes Interesse. Sabines Stimme ist sehr leise beim Vorlesen, zurückhaltend. Währenddessen sehen die anderen Gäste in die Schale voller Trockenfrüchte. Nur Maja schaut sich die Leute einzeln an. Sie hört Sabine kaum zu, diesen Ausschnitt hat sie selbst schon zu oft gelesen. Sie betrachtet den Typen, der von Anfang an mit dabei war. Ihn hat sie auch beim letzten Mal schon bemerkt, er ist ziemlich groß und hat ganz kurze Haare. Man könnte nicht einmal hineingreifen und trotzdem sieht man, wie sie sich leicht wellen. Wären sie länger, hätte er viele kleine Löckchen. Maja versucht, ihn sich mit längeren Haaren vorzustellen, doch der konzentrierte Blick, die ernsthaften Augenbrauen und die schöne Nase lenken sie ab. Er sieht aus, als hätte er noch nie von Jelinek gehört. Als würde diese Textfläche ihn völlig überfordern, als müsste er sich nach dem Zuhören erst mal neu orientieren.

Neben ihm sitzt ein kleines blondes Mädchen, das gerade den Dreck unter seinen Fingernägeln herauspult. Dann zieht es sich die Stulpen bis über die Knie und spielt mit ein paar Haarsträhnen. Schon diese Handbewegungen langweilen Maja, sie sieht die zweite fremde Frau an. Die Arme überkreuzt, die Beine auch, sogar der Blick scheint es zu sein. Sie wirkt, als würde sie beständig versuchen, die eigene Nase anzusehen. Neben ihr sitzt schon Sabine, sie lächelt leicht beim Vorlesen.

Maja meidet nur Jakob mit seinen Fingerspitzen an den Schläfen, vielleicht hat er im Fernsehen mal jemanden gesehen, der so zugehört hat, oder er hat ein Foto auf Facebook, auf dem er selbst so dasitzt. Darunter steht bestimmt: »Jakob voll konzentriert.« Oder etwas ähnlich Geistreiches. Und weil er dieses Foto veröffentlicht hat, denkt er jetzt wahrscheinlich, er müsste sich auch so verhalten. Damit die Menschen sein Profil ehrlich finden. Damit sie es völlig mit ihm identifizieren und sich vorstellen können, wie er seine Posts laut ausspricht.

Wäre sie nicht so genervt von Jakob, würde sie ihm das jetzt ins Ohr flüstern und ihn dabei in den Rücken kneifen, damit er sich normal hinsetzt. Doch gerade möchte sie ihn nicht einmal anfassen. Sie sieht wieder zurück in die Runde und findet diese Situation plötzlich lustig. Wenn man jetzt ein Foto machen und es auf Facebook posten würde, was würden die Leute darunterschreiben? »Macht doch mal Party!«, oder »Vergesst nicht, vor eurer Diskussion den Interpretationszugang zu klären?« Würden sie »Like« klicken? Oder nur ein paar lachende Smileys daruntersetzen? Maja würde gar nicht reagieren. Vielleicht würde sie teilnahmslos den Kopf schütteln und sich ausloggen. Doch viele andere würden darüber diskutieren, sie würden das Foto kommentieren, dann die anderen Kommentare, und vor ihren Bildschirmen würden sie genauso gucken wie die Leute hier. Genauso konzentriert, sie würden sich genauso ernst nehmen. Maja muss lachen.

»Was ist denn jetzt?«, fragt Sabine verwirrt und auch die anderen sehen sie an. Sie schüttelt nur den Kopf und Jakob sagt für sie: »Einfach ignorieren, das hat sie manchmal.«

Sabine liest weiter und versucht, nicht auf Maja zu achten, doch richtig aufhören kann die nicht. Sie bemüht sich wirklich, doch immer wieder ist ein Glucksen oder ein tiefes Luftholen zu hören. Die anderen bemühen sich, nicht mitzulachen, und halten durch.

Als Sabine endlich fertig ist, beginnen die Gäste, Jelinek zu loben, ihre textliche Tiefe, die Bösartigkeit der Wortspiele, die widerlichen Bilder. Meistens redet Jakob. Maja wundert es, dass er solche Dinge erkennen kann, trotzdem sagt sie nichts dazu. Sie diskutiert auch nicht mit, die Statements klingen drastischer, als sie sind. Bald hat Maja das Gefühl, diese Leute würden gerade auf ihre eigene Intellektualität wichsen. Wieder verschwindet sie in der Küche oder auf der Toilette. Es ist noch nicht spät genug, um sich zu verabschieden. Spätestens bis

Jakob vorgelesen hat, muss sie noch bleiben. Also treibt sie sich so lange wie möglich in der Wohnung herum, immer wieder versucht sie, das Thema von Literatur wegzuholen, doch die anderen halten kompromisslos an ihr fest.

Als Jakob endlich sein Buch aus der Umhängetasche zieht, scheinen seine Wangenknochen sich gleich noch ein wenig breiter zu machen. Sein Grinsen könnte man noch sehen, wenn man in der letzten Reihe säße und Jakob auf einer weit entfernten Bühne stünde. Maja hat absolut keine Lust, sich in die letzte Reihe zu setzen. Also sieht sie Jakob weiterhin nicht an, sie sieht in die kurzen Haare des Fremden hinein und stellt sich vor, wie er mit Bart aussehen würde. Jakob liest aus *Rumo* von Walter Moers. Anscheinend ist er sein Lieblingsautor. In der ausgewählten Textstelle wird gekämpft und gewitzelt, immer wieder unterbricht sich Jakob durch sein eigenes Lachen. Doch er liest gut vor, er nimmt sich nicht allzu ernst dabei, seine Stimme könnte sie mitnehmen und dort einiges mit ihr machen. Doch Maja hat gerade keine Lust, von Jakob mitgenommen zu werden. Sie sieht sich die Kleidung des Fremden an. Schwarz und fast schon elegant. Er trägt einen dünnen Rollkragenpulli mit grauer Jacke darüber. Seine Jeans ist schwarz und seine Uhr dunkelbraun. Es ist fast zehn – wenn Jakob fertig ist, möchte Maja gehen. Als er fertig ist, geht sie in die Küche und hofft, dass die Diskussion nicht allzu lange dauert. Durch die Tür hört sie, wie Jakob von Moers erzählt, von seiner Sprache und seinen Geschichten. Als die Tür aufgeht, wird seine Stimme lauter, der Fremde tritt ein. Er bleibt stehen und sieht Maja an. Hinter dem Holz redet Jakob, sie kann die Wörter fast verstehen, obwohl sie sich vorstellt, wie sich die Haare des Fremden anfühlen würden. Er lächelt leicht. Als wollte er sagen: »Du starrst mich die ganze Zeit an.« Maja lächelt auch. Sie hofft, dass es aussieht wie: »Ich glaube, es lohnt sich.«

Als hätte er verstanden, geht er auf sie zu. Maja bleibt stehen. Er nicht. Er geht so weit, bis sie ihn nicht mehr scharf sehen kann. Doch er berührt sie nicht. Er berührt nur ihren Hosenknopf. Öffnet ihn mit einer schnellen Bewegung, dann den Reißverschluss. Und während Maja sich an der Kochplatte in ihrem Rücken abstützt, während der Fremde nachrückt, während Maja in dieses unscharfe Gesicht sieht, während seine Hand in ihrer Hose bleibt und nur da, während er nichts sonst macht und Maja ihm nichts zurückgibt, hört sie Jakobs Erläuterungen zu. Je mehr sich die Hand des Fremden in ihrer Hose bewegt, desto interessanter findet sie Jakobs Stimme. Die Dinge, die er erzählt, sind gar nicht so dumm. Die Lautstärke passt auch, von dieser Küche aus, durch den Fremden und die Holztür hindurch. Am liebsten würde sie Jakob antworten, doch den Mund darf sie nicht öffnen. Dafür öffnet sie die Nasenflügel, das geht auch, dadurch bekommt sie genug Luft und der Fremde lächelt darüber. Sein Lächeln wird immer breiter und Majas Nasenflügel immer weiter. Sie legt den Kopf leicht in den Nacken und Jakob lacht bei einer Überlegung, die anderen lachen mit. Auch Maja lacht jetzt, ganz leise, und der Fremde erhöht den Druck seiner Hand.

Maja verliert ihre Körperspannung kurz, ihre Hände fangen sie auf, langsam atmet sie aus. Der Fremde nickt, schließt ihre Hose und verlässt die Küche.

Maja wartet noch ein paar Minuten, dann folgt sie ihm und setzt sich zurück aufs Sofa.

*

Als Jakob und Maja sich kurze Zeit später von den anderen verabschieden, nimmt sie wieder seine Hand. Auf dem Heimweg sagt sie: »Das ist ja fast schon erotisch, wie du über Literatur sprechen kannst.«

»Das hast du nicht erwartet, oder wie?«
»Wie auch?«
»Red ich sonst nur Scheiße?«
»Immer mal Bangloses, würde ich sagen.«

Maja dachte, Jakob würde jetzt lachen. Doch das tut er nicht. Er antwortet nicht. Er geht schweigend neben ihr her und Maja ist zu müde, um ihn zu fragen warum.

Svenja Niemann
NOVEMBER 05

Hast du die Tür aufgemacht? Oder klopft es bei dir immer noch?

Ich hab angefangen, immer mit der frühen Bahn in die Uni zu fahren. Das hab ich noch nie gemacht. Aber jetzt hab ich das Gefühl, ich hab einen Freund gefunden. Es ist nichts Sexuelles, bestimmt nicht. Das wäre seltsam, bei der Brille. Vielleicht ist er fünfzehn, ich hoffe nicht noch jünger. Ich erzähl dir das wahrscheinlich nur, weil du nicht da bist, so kannst du mich wenigstens nicht belustigt angucken. Obwohl ich mir deinen Blick grad so gut vorstellen kann. Verständnisvoll und ironisch zugleich. Katrina hat so recht, du bist eine Nutte. Schäm dich!

Jedenfalls, dieser Junge. Als ich ihn das erste Mal gesehen hab, hat er dunkelbraune Schuhe zu einer grauen Hose getragen. Das passt einfach nicht zusammen. Ich hab versucht, nicht hinzusehen, aber morgens ist es draußen noch so dunkel und da spiegeln sich sogar die Farben in der Fensterscheibe. Also hab ich natürlich trotzdem angefangen zu weinen und er hat es gesehen. Normalerweise ist es vollkommen ungefährlich, in der Bahn zu weinen. Hast du das schon mal gemacht? Solange du nicht laut schluchzt, sieht dir niemand ins Gesicht. Alle schauen wie zufällig an dir vorbei. Da kannst du dir die Nase so oft putzen, wie du willst. Du kannst die Tränen die ganze Fahrt über auf der Wange hängen lassen, das stört keinen. Aber der Junge hat mich angesehen und bis zu seiner Haltestelle nicht mehr weggeguckt.

Kennst du das: Wenn dich einer umarmt, weinst du noch viel mehr? Wenn dich einer ansieht, funktioniert das auch.

Jetzt seh ich den Jungen jeden Morgen und er steht immer an der gleichen Tür, er sieht mich immer an. Ich muss jedes Mal heulen, nur weil er guckt. Dabei passt meistens sogar alles zusammen, was er anhat. Es ist, als würde sein Blick meine Tränen locken. So als bräuchte ich nur jemanden, der mir beim Heulen zusieht. Vielleicht mach ich das deswegen so oft.

Das mit uns läuft jetzt fast drei Wochen und seitdem muss ich immer seltener heulen. Vielleicht reicht es bald, das einmal morgens in der Bahn getan zu haben. Vielleicht krieg ich mich jetzt wieder in den Griff. Meinst du, ich sollte das trotzdem lassen? Wegen dem armen Jungen? Der guckt immer so traurig. Aber er hilft mir.

Hilft Jakob dir beim Türenöffnen?

Maja Jama
NOVEMBER 06

Ich find's nett von dem Jungen, dass er dir hilft. Vielleicht überlegt er schon die ganze Zeit, wie er dich fragen kann, was mit dir los ist. Vielleicht nimmt er wie du immer die gleiche Bahn, damit er dich sehen kann. Vielleicht erinnerst du ihn an seine Mutter. Hihi. Entschuldige, aber der ist echt erst 15? Das wird das Trauma seines Lebens! Na ja, was soll man machen, er ist ja selbst schuld. Hauptsache, dir geht es dadurch besser. Vielleicht ist er deine Kanalisation. Aber besser wär's, du würdest dir von jemand anderem helfen lassen. Von mir zum Beispiel. Wenn du willst, skypen wir jeden Morgen und ich guck dich an, bis du fertig geheult hast. Und dann erzählst du mir, warum du das immer machst. Es muss doch Gründe geben!

Auch für mein Klopfen muss es doch einen Grund geben! Jakob hat keine Ahnung, der kann mir auch nicht helfen. Aber er kann andere Dinge ... Die wird dein 15-Jähriger hoffentlich noch nicht können. Und noch mehr hoffe ich, dass du das nicht herausfinden möchtest.

Gerade versucht Jakob herauszufinden, warum ich mir die Haare nicht kämme. Gestern Nacht bin ich davon aufgewacht, dass etwas an meiner Kopfhaut gezerrt hat, und da saß Jakob hinter mir, die Beine rechts und links neben meinem Kopf und meine Haare in der Hand. Der hat wirklich versucht, mich zu kämmen! Ich weiß gar nicht, woher er diese Bürste hatte. Anscheinend wollte er nicht, dass ich es merke, ich sollte nur am nächsten Morgen in den Spiegel sehen. Bis dahin hätte er gespannt auf meine Reaktion gewartet. Als hätte ich mich noch nie mit gekämmten Haaren gesehen! Manchmal mach ich das für meinen Opa, aber doch nicht für Jakob! Und schon gar nicht lass ich das mit mir machen, ohne gefragt worden zu sein. Ich hab ihn so lang angeschrien, bis Martin im Zimmer stand. Ich wusste gar nicht, dass Martin wütend sein kann, aber er ist schlimmer als ich, ohne Scheiß. Wenn der eine Packung Zigaretten dabeigehabt hätte, er hätte sie mir alle im Gesicht ausgedrückt. Bei ihm werden nicht nur die Ohren rot, der hatte sogar pinke Oberarme. Anscheinend ist mein perfekter Hausmann ein kleiner Choleriker, er hat mir sogar gedroht, mich zum nächsten Monat vor die Tür zu setzen. Hab ihn nur angelächelt und wieder aus dem Zimmer geschoben. Trotzdem. Danach haben wir nur noch geflüstert und ich hab nach anderen Masterstudiengängen gegoogelt. Gerade weiß ich nicht, warum ich in dieser Stadt bleiben sollte. In dieser Wohnung bleib ich sicher nicht mehr lange. Jakob auch nicht, nur noch zwei Tage. Irgendwie traurig. Auch wenn er mir heimlich die Haare kämmt.

Martin Z. *wants to be friends with you on facebook.*

Maja Jama *is now friends with* **Felix S.** *and 2 other people.*

»Findest du wirklich, dass ich viel Belangloses erzähle?«, fragt Jakob und sieht Maja so ernst an, dass sie wegschauen muss. Das passiert ihr selten. Sie schaut sich im Zimmer um. Martin hält natürlich alles in bester Ordnung: Der Kleiderschrank ist sauber geschlossen, ohne dass ein Ärmel oder eine Socke heraushängt. Der Schreibtisch ist vollkommen leer, nur an der einen Seite liegen ein leerer Zettel und ein Kugelschreiber. Sogar das Fensterbrett ist staubfrei und auf dem Sofa liegt nicht einmal eine gerade getragene Hose. Nur das Bett ist nicht mehr ordentlich, schließlich hat Maja Jakob vor einer halben Stunde in das Zimmer gezogen. Jakob hat gelacht und wollte sie zum Sofa schieben oder zum Schreibtisch. Doch Maja hat nicht lockergelassen, sie hat sich von ihm losgemacht und sich in Martins frisch riechendes Bett gelegt. Also hat Jakob sich auf die frisch riechende Maja gelegt und gemeinsam haben sie versucht, diesem Zimmer seine Ordnung zu nehmen. Jetzt ist die Bettwäsche nicht mehr ganz so frisch, Majas Rücken fühlt sich ein wenig feucht an und Jakobs Bauch sieht verschwitzt aus.

Erst wollte Jakob sofort wieder in Majas Zimmer gehen, doch Maja weiß, Martin ist erst in ein paar Stunden zurück. Außerdem will sie diese Vorstellung noch ein bisschen genießen: Martin in seiner eigenen Tür, Maja und Jakob im falschen Bett, wie soll er das jemals wieder sauberkriegen, wie soll er jemals wieder ruhig einschlafen können? Seine Oberarme werden pink, seine Finger suchen in sämtlichen Taschen nach ausdrückbaren Zigaretten. Er schreit und zerrt Maja an den Armen aus seinem Bett. Dann ist es ihm peinlich, weil sie kaum etwas anhat und sein Blick auf das Kondom fällt, das noch an Jakob klebt. Er wird ganz still und verlässt die Wohnung. Im Rausgehen sagt er noch: »Ich geb dir drei Tage, dann bist du weg.« Und Maja sieht sich schon packen, bestellt in Gedanken einen Umzugswagen. Doch wohin?

»Maja?«, fragt Jakob und zwingt ihr seinen Anblick auf, indem er ihr Kinn zu sich zurückdreht.

»Was?«

»Glaubst du wirklich, ich erzähl viel Belangloses?«

»Das ist doch nichts Schlimmes.«

»Ich dachte immer, ich wär eher der tiefsinnige Typ.«

»Hast du das bei ›About me‹ eingetragen?«

»Du redest schon wieder von Facebook?«

»Hast du oder hast du nicht?«

»Du redest ständig von Facebook. Dabei hat das doch gar nicht so viel mit mir zu tun.«

»Natürlich hat es! Da versuchst du, dich selbst zu definieren. Was steht bei ›About me‹?«

»Ich wär eher der tiefsinnige Typ.«

»Und was macht ein tiefsinniger Typ?«

»Tiefsinnige Dinge besprechen. Mit dir zum Beispiel. Wir besprechen doch ständig Sachen von Belang!«

»Was denn zum Beispiel?«

»Zum Beispiel das, was mit dir im Solarium passiert ist.«

»Darüber haben wir nur einmal geredet, ich bespreche das mit Svenja und Katrina viel öfter.«

Jakob sieht sie noch ernster an und Maja versucht, dem Blick trotzdem standzuhalten.

»Was soll das denn jetzt?«, fragt er. »Ich weiß ja, dass Sensibilität absolut nicht zu deinen Stärken gehört, aber bisher warst du kein Arschloch.«

»Steht das bei ›About me‹?«

»Das steht gerade zwischen uns.«

Jakob richtet sich auf, wirft das Kondom in Martins Mülleimer und zieht seine Hose wieder an. Maja sagt nichts, bis er den Raum verlassen hat. Dann stellt sie sich vor, wie Martin das Kondom im Mülleimer findet. Wie er sofort aufspringt, schnell noch den Stuhl zurückschiebt, damit die Unordnung nicht überhandnimmt, und in Majas Zimmer hineinstürmt. Wie er ihr sagt: »Mir reicht's, du ziehst sofort aus!«

Langsam zieht sie sich an, ordnet flüchtig die Bettwäsche und geht rüber in ihr eigenes Zimmer.

Jakob sitzt auf ihrem Bett und hat das Notebook auf den Knien. Sie setzt sich neben ihn und überlegt. Er schaut nicht auf. Irgendwann fängt sie an: »Wenn ich woanders bin, lauf ich durch meine alte Schule. Es ist nicht wie eine Erinnerung, eher wie ein Traum. Ich laufe durch die alten Gänge und kann sogar alles riechen. Meistens geh ich bis zu der Toilette, die ich früher immer benutzt habe. Ich schließe hinter mir ab und dann beginnt es, gegen die Tür zu klopfen. Aber ich mache nicht auf.«

Jetzt sieht Jakob sie an.

»Denkst du, ich sollte die Tür aufmachen?«

»Was ist es für ein Klopfen?«

»Es wird immer härter und schneller.«

»Glaubst du, dahinter ist es gefährlich?«

Maja zieht die Schultern kurz hoch. Sie schweigt, er auch.

»Wer holt dich da weg, wenn ich wieder in Bern bin?«

Wieder zuckt sie mit den Schultern.

»Martin ist doch eigentlich ganz nett«, sagt er.

»Ich weiß.«

»Der würde dir sicher helfen.«

»Sicher.«

»Mein Zug geht morgen um drei.«

Sie nickt und zum ersten Mal legt sie ihren Kopf auf seinen Bauch. Vorsichtig kämmt er ihre Haare mit seinen Fingerspitzen.

Jakob Meisenbach
ist wieder unter seiner Festnetznummer erreichbar. Aber so hässlich ist Kassel gar nicht.

Cat Rina
Als hättest du so viel von der Stadt gesehen. Du meinst wohl, Kassels Bewohner sind nicht so hässlich.

Jakob Meisenbach
Als hättest du den Durchblick. Hase, mach die Musik heute Nacht ein bisschen lauter, dabei kann ich besser einschlafen.

Martin Z.
Besser als bei was? Das musst du grad sagen, Mann. Werd diese Nacht zum ersten Mal wieder durchschlafen!

»Warum nimmst du meine Freundschaftsanfrage bei Facebook eigentlich nicht an?«, fragt Martin und nippt an seinem Glas Weizen.

Maja sieht ihn an und will etwas Lustiges sagen. Sie will ihn nicht ernst nehmen, sich noch ein Stück Lasagne aus der Auflaufform nehmen und weiter CNN schauen. Doch Martins Blick lässt sie stocken. Er sieht aus, als hätte er gefragt: »Warum hast du meine kleine Schwester verprügelt?« Oder: »Ich habe gehört, du wählst die FDP, ist das wahr?« Maja schüttelt leicht den Kopf – nein, bei dieser Frage würde er eher stolz aussehen, sicher wählt Martin selbst die FDP, vielleicht denkt er sogar darüber nach, Mitglied zu werden. Sie versucht, ihr Lachen zu unterdrücken.

»Was grinst du denn jetzt?«
»Entschuldige, ich hab an was Lustiges gedacht.«
»Und ich hab dich gefragt, warum du meine Freundschaftsanfrage nicht annimmst.«
»Wir sehen uns doch jeden Tag!«
»Und das ist dir schon zu viel.«
»Ich nutze Facebook nur wegen Leuten, die zu weit weg wohnen, um sich mit mir zu treffen. Ansonsten macht die Seite für mich keinen Sinn.«
»Du willst nicht, dass deine Freunde wissen, bei wem du wohnst.«
»Warum sollte ich das denn nicht wollen?«
»Du hast noch nie wen mit hergebracht.«
»Weil ich niemanden habe.«
»Du bringst nur die Typen, mit denen du bumst.«
»Seit wann benutzt du denn so komische Wörter?«

»Das ist kein komisches Wort! Du darfst ständig an meiner Wand bumsen und ich darf noch nicht mal ›bumsen‹ sagen?«

»Sag irgendwas weniger Peinliches!«

»Wer ist denn hier peinlich?«

»Du kannst doch auch bumsen, wen du willst, von mir aus auch an meiner Wand!« Jetzt lacht Maja, doch Martin lacht nicht mit.

»Warum nimmst du meine Einladung nicht an?«, fragt er stattdessen.

»Ich hab keine Ahnung, warum wir dieses Gespräch führen.«

Maja nimmt sich ein Stück Lasagne und versucht, das Geschehen im Fernseher zu verfolgen. Doch Martin schaut Maja unverändert ernst an. »Warum wohnst du eigentlich noch hier?«, fragt er und Maja sieht, wie seine Oberarme sich langsam pink färben.

»Was soll das denn jetzt?«

»Das frag ich dich. Warum bleibst du hier?«

»Warum sollte ich gehen?«

»Weil du mich nicht ertragen kannst.«

»So ein Scheiß! Wir verstehen uns doch!«

»Am Anfang.«

»Bevor ich an deiner Wand gebumst hab?«

»Davor, genau.«

»Ich überlege, aus Kassel wegzugehen.«

Martin antwortet nicht gleich, also lehnt Maja sich zurück und isst weiter Lasagne.

»Wegen mir?«

»Ich verlass doch nicht wegen dir die Stadt.« Maja grinst wieder und Martin versucht, mitzugrinsen. Sie schweigen. Martin isst weiter. Dann sagt Maja: »Du bist mir wirklich nicht peinlich.«

Martin nickt.

»Aber ich streng dich ganz schön an, oder?«

Wieder nickt er.

»Das passt einfach nicht.«

Jetzt nicken beide und still essen sie die Lasagne auf. Sie sitzen einander gegenüber, der Fernseher bringt eine Reportage, aber das Besteck auf den Tellern ist viel lauter. Es macht das lauteste Geräusch im Raum. Maja hört zu, wie Martin isst, und Martin hört zu, wie Maja isst. Beide sagen nichts, sie hören nur und essen, bis die Auflaufform ganz leer ist. Bis nicht mal mehr ein Schinkenrest am Rand klebt. Dann erst stehen sie auf und gehen in ihre Zimmer.

»Gute Nacht«, sagt Martin und Maja antwortet: »Gute Nacht.«

Schon als sie die Tür ihres Zimmers schließt, hat sie das Gefühl, sie wäre aus Glas. Also macht sie sie ganz vorsichtig zu und legt sich auf ihr Bett, sie kann schon den muffigen Teppichboden riechen. Und dann auch sehen: graubraun, hart. Sie ist barfuß und weiß nicht wieso. Barfuß läuft sie den Gang entlang und spürt den harten Teppich unter ihren Füßen. Vielleicht übernachten sie heute in der Schule, manchmal haben sie das gemacht, zum Beispiel in der Lesenacht. Alle lagen dann mit ihren Schlafsäcken auf unbequemen Isomatten und schliefen nicht. Nur fühlt Maja sich nicht nach Lesenacht. Nicht nach Lachen oder der Stimme der Lehrerin, nicht nach dem Geruch von Buchseiten und Schlafsäcken. Es ist ganz still, sie weiß nicht, wo ihre Klasse ist. Vielleicht ist sie gar nicht hier. Hinter den Fenstern ist es schon dunkel, nur die Lampen an der Decke machen ein grünliches Licht. Sie glaubt, sie sollte die Gänge entlanglaufen. Am besten wäre es, sich zu verstecken. Doch sie möchte nicht auf die Toilette gehen, das hat sie schon zu oft gemacht. Und immer wurde sie gefunden. Sie muss sich einen neuen Ort suchen. Sie läuft zur nächsten Glastür. Es ist die mit dem großen Riss in der Mitte. Sie öffnet sie und tritt ins Treppenhaus, sie springt die Stufen hinunter, öffnet die nächste

Tür, ist auf einem neuen Gang. Gleich kommt sie in der Aula an, dem arenaförmigen Raum, der »Badewanne« genannt wird. In jeder Pause füllt er sich stetig mit Schülern. Bis der Pausengong den Stopfen zu ziehen scheint und die Anwesenheit der Kinder langsam wieder versickert.

Jetzt ist er vollkommen leer. Es ist fast dunkel, die Lampen sind nur noch in den Fluren eingeschaltet. Als Maja über den gefliesten Boden der Aula läuft, kann sie ihre eigenen Schritte hören. Wie sie die Arena-Stufen hinuntergeht, den mittleren Teil überquert, auf der anderen Seite wieder hochsteigt. Und irgendwo hinter ihr könnten fremde Schritte sein. Sie ist sich nicht sicher, vielleicht hallen nur ihre eigenen an den Wänden wider. Vielleicht aber ist da noch jemand anderes, der hinter ihr läuft, der wie sie die Aula durchquert und auf die nächste Tür zusteuert. Maja will es nicht wissen, sie dreht sich nicht um und geht auch nicht schneller. Schneller gehen bedeutet Angst kriegen, panisch werden, rennen und eingeholt werden. Also geht sie bedächtig weiter und hört nicht auf die fremden Schritte, sie betritt den Gang mit den Umkleidekabinen. Rechts ist eine Tür nur angelehnt, sie stößt sie auf und tritt ein. Es riecht noch nach dem Pubertätsschweiß vom letzten Sportunterricht. Als hätte er sich an den vielen Kleiderhaken über den langen Bänken aufgehängt. An jedem Haken eine ganz eigene Note Schweißgeruch, der leise ins bemalte und eingeritzte Holz der Bank tropft, auf die angelaufenen Fliesen darunter. Maja möchte nicht zu weit in diesen Raum reinlaufen, sie setzt sich gleich links in die Ecke, zieht die Beine hoch und umarmt ihre Knie. Dann hört sie in die stille Schule hinein. Die Schritte sind nicht mehr zu hören. Vielleicht waren sie doch nur ihr eigenes Echo, vielleicht ist sie hier ganz allein. Doch dann zuckt Maja zusammen: ein anderes Geräusch. Das sind keine Schritte, doch irgendwas prallt auf, vorsichtig, als würde es sofort wieder zurückweichen. Und dann sieht Maja, wie ein Basketball in die Umkleidekabine hüpft. Jedes Mal, wenn er auf dem Boden aufkommt, macht er ein ganz lautes Geräusch; wenn er in der Luft ist, bleibt alles still. Er schlägt auf, hüpft, schlägt wieder auf und hüpft noch zweimal ganz leicht. Dann rollt er ein paar Zentimeter über den Boden. Als er endlich liegen geblieben ist, bleibt es wieder still.

Maja hört nichts. Doch der Ball liegt da mitten in der Umkleidekabine und bewegt sich nicht. Wer hat ihn hineingerollt? Es muss jemand hier sein, doch was tut er und wo ist er jetzt? Vielleicht hat er den Ball aus Versehen hier hineingeworfen und vielleicht ist er ein Junge und darf ihn deshalb nicht aus der Mädchenumkleidekabine zurückholen. Doch Maja möchte, dass dieser Ball wieder verschwindet. Er gehört hier nicht hin, er ist einfach eingedrungen und macht auch keine Anstalten, sich wieder zu entfernen. Maja hört nichts, keiner wird kommen und ihn holen. Doch er muss hier raus. Sofort.

Leise rutscht Maja auf ihrer Bank entlang. Immer weiter in den Raum hinein, ihre Hände halten sich dabei vorsichtshalber am Holz fest, ihre Füße schieben sie vorwärts. Bis sie auf der Höhe des Balls angekommen ist. Vorsichtig streckt sie ein Bein aus, doch es reicht noch nicht ganz an den Ball heran. Sie muss sich mit den Armen abstützen, damit sie sich ein wenig von der Bank wegdrücken kann. Jetzt berührt sie sie nur noch mit den Händen, der Fuß berührt den Ball und mit einem kräftigen Tritt schießt sie ihn aus der Umkleidekabine heraus. Wie laut er dabei ist.

Schnell setzt sie sich wieder hin und starrt in Richtung Tür. Dahinter ist es dunkel und still. Bis der Ball zurückkommt. Er hüpft und rollt wieder mitten in den Raum und bleibt vor Maja liegen. Schnell schießt sie ihn zurück. Und er kommt wieder. Sie schießt, er rollt ihr vor die Füße. Sie schießt und er kommt zurück. Fast wirkt es, als würde Maja ihn gegen die Wand draußen auf dem Flur kicken, als würde er daran abprallen, doch die Verzögerung sagt ihr, das kann nicht sein. Auch hört sie draußen keinen Aufprall. Nur einen fremden Schuss. Einen Fuß, der nicht zu ihr gehört, der gegen den Ball tritt, und dann ihren eigenen Fuß gegen denselben Ball. Er geht hin und her. Hin und her. Hin und her. Bald weiß Maja nicht mehr, wie lange sie schon hier ist und wie lang sie dieses Spiel schon spielt.

Vielleicht sollte sie damit aufhören. Ihn einfach da liegen lassen und ignorieren. Doch das kann sie nicht, sie möchte ihn nicht in ihrem Raum haben. Sie wird wütend und tritt immer fester. Langsam rollt er zurück. Sie holt weit aus und schießt mit aller Kraft. Wieder rollt und hüpft er gemütlich zurück. Sie weiß nicht, wie dieses Spiel enden soll. Wann hat einer gewonnen? Geht es noch ums Gewinnen? Maja hat keine Lust zu spielen. Doch sie spielt mit. Sie tritt. Und tritt. Und tritt.

Dann, irgendwann, nach unzähligen Ballwechseln, hört Maja ein ganz anderes Geräusch. Es klingt wie Musik. Aber nur fast. Majas Hand tastet danach, etwas Kleines, Eckiges, Maja drückt einen Knopf und hält sich das Handy ans Ohr.

»Wo bitte bist du denn?«, sagt eine Stimme und erst weiß Maja nicht, wer da spricht. Sie sieht sich verwirrt um. Sie liegt wieder in ihrem Zimmer, rücklings auf ihrem Bett, es ist so unordentlich wie immer und jetzt kommt noch dazu, dass es schrecklich muffig ist. Als hätte Maja seit Ewigkeiten nicht mehr gelüftet.

»Wie: Wo ich bin?«, sagt sie und ihre Stimme wirkt ganz komisch. Unsicher und leise.

»Maja? Ist alles in Ordnung?«

Es ist Sabine, sie klingt wirklich besorgt.

»Ja natürlich«, sagt Maja, »alles wie immer, warum rufst du an?«

»Weil dein Lieblingsseminar gerade vorbei ist und du nicht da warst.«

»Ist es denn schon Morgen?«

»Es ist schon wieder Abend.«

Jetzt setzt Maja sich auf und sieht aus dem Fenster. Stimmt, es ist dunkel, hat sie den ganzen Tag hier gelegen?

»Ich glaub, ich bin krank«, sagt sie also.

»Du klingst auch gar nicht gut.«

»Ich hab wohl den ganzen Tag verschlafen«, antwortet sie und dann schwindelt sie noch: »Fühl mich auch ganz heiß an, ich ruf dich wieder an, wenn's mir besser geht.«

»O nein, du Arme. Dann kurier dich mal aus.«

»Klar.«

Mabine Süller *suggests you like* **Noch eine Büchernacht.**

CREATE EVENT.

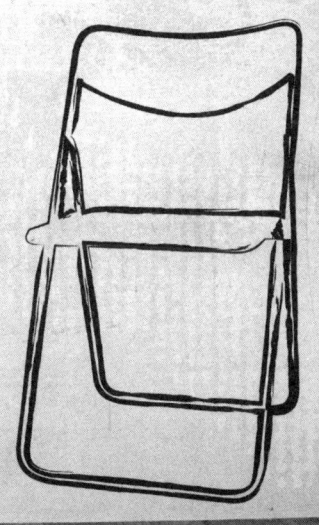

Jakob Meisenbach
NOVEMBER 10

Heute hatten wir Klassentreffen. Ich musste mir die ganze Zeit vorstellen, wie du durch die Gänge der Schule läufst und die Toilette suchst. Dabei waren so viele Leute da. Es ist unglaublich, wie dick viele jetzt schon geworden sind. Und wie viele eine Ausbildung zur Krankenschwester oder Kosmetikerin gemacht haben. Wär ich nicht da gewesen, hätte wahrscheinlich kaum jemand geredet. Ich musste so um Gespräche kämpfen, das war wirklich anstrengend. Früher war das doch anders. Da haben sich alle noch so viel zu sagen gehabt, dass sie es noch während des Unterrichts auf kleine Zettel schreiben mussten. Und jetzt sitzen sie still da und gucken mich dankbar an, weil ich immer noch den Klassenclown mache. Als hätte sich nichts geändert. Manchmal hab ich das Gefühl, ich bin verdammt konstant. Dabei wollte ich das nie sein. Vielleicht rede ich deshalb so viel – vielleicht will ich überraschen. Aber das klappt nicht. Gerade ist nichts sicherer, als meine Art, mit Gruppen umzugehen. Glaubst du, die Gruppen freuen sich darüber? Darüber, dass sich keiner mehr um ein Gespräch bemühen muss? Oder nerve ich oft? Gestern hab ich bestimmt nicht genervt, die kleinen Kosmetikerinnen haben mich die ganze Zeit angelächelt. Wie früher. Als wären sie erleichtert: wenigstens das ist geblieben, wie es war.

Aber auf Sabines Büchernacht hab ich dich genervt, ich weiß. Seitdem überlege ich, ob ich das mal weglasse. Ich könnte einfach mal schweigen. Nur reden, wenn ich gefragt werde. Doch dann langweilt mich das so schnell und die Leute reden so wenig, ich mag leise Räume nicht.

Meinst du, da muss ich mal durch? Wann kommst du nach Bern?

Maja Jama
NOVEMBER 12

Ich will erst mal nach Frankfurt. Ich glaube, ich mache meinen Master nicht hier weiter. Kassel kann ich nicht mehr sehen. Ich mag leise Räume auch nicht und Kassel wirkt wie ein ganz leiser Raum. Martin läuft auf Zehenspitzen und Sabines Stimme klingt so schwach, wenn sie vorliest.

Ich will, dass alles ein bisschen lauter wird und wichtiger. In Frankfurt ist doch mehr los, oder? Kommst du mich auch in Frankfurt mal besuchen? Manchmal nervt es zwar, dass du jedes Gespräch an dich reißt, trotzdem hab ich dich gern in meinem Raum. Deine Stimme ist viel besser als die peinlichen Pausen, die es ohne sie gäbe. Wenn du auch dabei bist, hat keiner Angst vor stockenden Gesprächen. Ändere das nicht, wofür denn? Es ändern sich schon genug Dinge. Auch du änderst dich ständig. Als ich dich kennengelernt hab, waren deine Haare ganz kurz und dein Lieblingswort war »pendeln«. Jetzt sagst du ständig »konstant« und fährst dir mit der Hand durch die langen Haare, als wärst du erst vierzehn.

Ich war letztens auch in meiner alten Schule. Natürlich nicht wirklich, ich hab es geträumt. Oder so. Aber es war kein Klassentreffen. Vielleicht war ich ganz allein da. Trotzdem hab ich mit jemandem Ball gespielt. Ich hab ihn nicht gesehen. Das ging anscheinend 24 Stunden so, irgendwann hat Sabine mich angerufen. Martin holt mich da nicht raus. Er ist nur froh, wenn ich aus der Wohnung raus bin. Und das bin ich dann auch.

Heute hat er ein Date. Deswegen muss ich gleich zu Sabine, er ist schon in der Küche und kocht was mit Kokos. Am liebsten würde ich ja hier bleiben und lauschen. Aber so viel werd ich da eh nicht zu hören bekommen. Dich würde ich gern mal wieder hören. Mein Lieblingssatz aus deinem Mund: »Dreh dich um.« Aber von mir aus hör ich dir auch in einer Gruppe zu. Kommst du bald wieder?

Cat Rina
NOVEMBER 15

Maja! Ich hör nur noch von dir, was Jakob mir erzählt. Dabei wolltest du doch nie so ein Mädchen sein! Du gehst nach Frankfurt? Nicht nach Bern? Warum denn gerade Frankfurt? Jakob spricht ständig davon, wie seltsam du bist. Und Svenja hab ich schon lange nicht mehr heulen gesehen. Was ist hier los? Alle machen seltsame Sachen. Nur ich mache immer noch das Gleiche. Adrian hat gestern eine von den neuen Erasmus-Schwedinnen gefickt. Und es stört mich. Vielleicht mach ich also doch nicht das Gleiche. Ich werd es ihm nicht sagen, aber eifersüchtig bin ich schon. Scheiße. Meinst du, ich sollte ihm sagen: ganz oder gar nicht? Oder so weitermachen wie bisher? Was machst du? Wir haben Jakob aus Spaß gefragt, ob ihr zusammen seid, und er hat mit den Schultern gezuckt. Wieso zuckt er da mit den Schultern? So was machst du doch nicht, oder? Fernbeziehung? Nein, so was würdest du nicht tun. Oder hab ich was verpasst?

Als Maja diese Nachricht gelesen hat, ruft sie Sabine an.
»Lass uns feiern gehen.«
»Feiern?« Sabines Stimme klingt verwirrt.
»Ich hab Lust, mich zu betrinken und völlig betrunken mit fremden Männern zu tanzen. Du nicht?«
»Ich nicht, nein.«
»Bist du eigentlich asexuell?«
»Ich würd dir gern ins Gesicht schlagen«, lacht Sabine.
»Das wär lustig.«
»Ich bin nicht so die Partymaus.«
»Ich weiß. Aber heute Nacht könnte doch schon alles anders werden.«
»Du klingst grad wie der Typ aus *Studio 54*.«
»Was ist das denn?«
»Ein alter Film.«
»Klingt gut.«
»Also, wir glühen vor oder wie?«
»Wann hast du das denn das letzte Mal gemacht?«
»Ich war bestimmt noch minderjährig.«
»Ich freu mich.«
Doch das ist nicht ganz die Wahrheit. Eigentlich ist Maja müde und lustlos. Nebenan hört sie, wie Martins viertes Date laut kichert. Sie zieht ein Kleid an, es passt ihr noch, ihre Strumpfhosen sind aber alle kaputt. Sie trägt zwei übereinander, damit das nicht auffällt, und schminkt sich die Augen so dunkel wie möglich. Dann geht sie aus dem Haus, bevor Sabine es sich anders überlegen kann.

Als sie mit ihr im Büchernacht-Wohnzimmer sitzt und Wodka mit Orange mischt, muss sie an Katrina denken. Natürlich an sie, wie sie jetzt schon die Musik aufgedreht und im Sitzen getanzt hätte. Maja mag, wie Katrina aussieht. Die meisten Menschen fühlen sich schon bedrängt, wenn sie sie nur sehen: die weiten Ausschnitte und die ausladenden Hüften – der ganze Körper ist ständig in Bewegung und kommt einem immer etwas zu nah. Es ist, als wäre Katrinas natürlicher Körperabstand zu Fremden ein klein wenig geringer als der der anderen. Viele weichen zurück und Katrina merkt es nicht. Sie rückt nach und lacht und alles bewegt sich. Maja mag ihre dunkle Hautfarbe und am liebsten die dunkle, matte Stirn. Immer wenn sie Katrina sieht, tippt sie ihr mindestens einmal darauf. Katrina lacht dann. An dem einen Abend, als sie sich betrunken geküsst haben, hatte sie ihre Finger die ganze Zeit an ihrer Stirn und Katrina konnte nicht aufhören zu lachen.

Jetzt sitzt Sabine neben Maja und nippt an ihrer Wodka-Orange. Ihre Stirn möchte Maja ungern anfassen, lieber ihre Wangen, die sind schon von zwei Schlucken rot angelaufen. Als sie das ganze Glas ausgetrunken hat, beginnt Sabine, lange Geschichten zu erzählen von ihrem Traum, Tänzerin zu werden. Wie sie in ihrem Heimatdorf die beste Tänzerin gewesen ist, doch die Ballettschule sie nicht wollte. Wie sie Hip-Hop entdeckt hat und Modern Jazz. Schon um elf Uhr will Maja aufbrechen und Sabine wankt. Sie kichert viel und Maja ist genervt.

»Kassel hat nicht viel zu bieten«, sagt Sabine, als sie den Gang zum Clubeingang entlangläuft. Und Maja weiß sofort, was sie meint. Dieser Club heißt wie eine Süßigkeit, doch er sieht absolut nicht so aus. Es riecht nach Rauch, der aus dem vollen Raucherraum quillt, auf der Tanzfläche bewegen sich nur zwei kaum angezogene Gogo-Girls und Sabine sagt: »Wie gern ich da selbst stehen würde.«

Maja sieht sie ungläubig an. »Du? Halbnackt?«

»Du hast ja keine Ahnung, wie gut ich halbnackt aussehe«, lacht Sabine und fängt sofort an zu tanzen. Sie wirkt seltsam, wenn sie tanzt. Als hätte sie keine Kontrolle mehr über sich und würde dem Takt nachjagen.

»Ich hätte gar nicht gedacht, dass du feiern kannst«, sagt Maja und tanzt ein wenig mit Sabine. Die lacht nur mit ihren roten Wangen und schüttelt sich weiter.

Der Raum füllt sich kaum, Maja schaut immer wieder auf die Uhr, dann sieht sie sich um, hier ist niemand, mit dem sie sich betrinken möchte. Sabine trinkt weiter, doch Maja hat keine Lust. Wäre Katrina hier, hätte sie bestimmt mehr Spaß. Die beiden würden sich Cocktails bestellen und beim Bestellen die Männer kennenlernen, die ihre Getränke bezahlen würden. Dann hätten sie Lust, mit ihnen zu tanzen und ihnen dabei die Hände in die hinteren Hosentaschen zu schieben.

Sie würden so lange tanzen und trinken, bis die Männer ein Taxi bestellt hätten. Dann würden sie in einen Stadtteil fahren, den sie bisher noch nicht kannten, und Treppen hinaufsteigen, ohne zu wissen, im wievielten Stock sie ankommen würden.

Mit Sabine möchte sie keine Treppen hinaufsteigen. Maja bereut schon, dass sie nicht allein hierhergekommen ist, dann hätte sie bestimmt besser feiern können. Gerade spricht ein Typ Sabine an. Er ist kleiner als sie und seine Locken hängen dünn in sein Gesicht hinein. Sabine tanzt ihn an und Maja geht lieber. Sie hat keine Lust, sich zu verabschieden. Ohne ein Wort dreht sie sich um und holt ihre Jacke aus der Garderobe. Dann geht sie zurück auf die Straße.

Es ist kalt geworden, der Wind kriecht ihr unter den dünnen Schal. Wie so oft in Kassel sind die Straßen leer. Über der Oberen Königsstraße leuchten ein paar Lichterbögen schon für Weihnachten und eine Gruppe Jugendlicher spuckt auf die Schienen der Straßenbahn. Maja läuft an ihnen entlang. Die letzte Bahn ist längst gefahren und das Geld fürs Taxi möchte sie lieber sparen. Sie läuft wie von allein, als würde sie auf den Schienen fahren, als würde sie in den Leitungen der Straßenbahn hängen. Maja stellt sich vor, ihre Hände hätten sich dazwischen verfangen und ihre Zehen schleiften auf dem Metall entlang – ein Fuß rechts, einer links. Jetzt müsste nur noch wer einsteigen. Das wäre kein Problem. Ihre Arme sind offen und ihre Beine weit auseinander auf den parallel verlaufenden Schienen, der Körper bewegt sich immer weiter vorwärts. Wie Maja da hängt, könnte jeder einsteigen. Sie müsste nur an der nächsten Haltestelle stehenbleiben.

Sie hat sich schon einmal so gefühlt, aber das ist lange her. Sie musste nichts dafür tun und ist trotzdem vorwärts gekommen. Wie in einem Spiel. Der Würfel sagt »Drei«, und schon wird sie drei Felder vorwärts geschoben. Auf welchem Feld sie anhält, bestimmt nicht sie, sie lässt sich von den Spielregeln treiben. Wie die Straßenbahn. Sie hält nur, wenn jemand das wünscht. Maja fährt weiter und keiner drückt auf »Stopp«, keiner steht an den Haltestellen.

Als sie sich das letzte Mal so gefühlt hat, ist jemand zugestiegen. Vielleicht war er der Grund, warum sie die Fahrt überhaupt begonnen hat. Es ist wie ein Spiel gewesen. Aber mehr weiß Maja nicht mehr. Vielleicht haben sie Straßenbahn gespielt und Maja durfte nur anhalten, wenn ihr Fahrgast »Stopp« gedrückt hat. Vielleicht stand er die ganze Zeit am Stopp-Knopf, hat sich genau daneben festgehalten – den Zeigefinger über und den Daumen unter dem Knopf. Vielleicht war sie immer in Bereitschaft anzuhalten. Vielleicht hat die Fahrt viel länger gedauert als geplant. Maja kann sich nicht mehr erinnern.

Als sie so die Schienen entlangfährt und über das letzte Mal nachdenkt, breitet sich in ihr ein ungutes Gefühl aus. Als hätte sie etwas Falsches gegessen. Oder zu starken Kaffee getrunken. Sie sollte die Seitenstraßen entlanglaufen. Das wäre sicherer. Sie könnte unter den Vordächern entlanggehen, wo zu dieser Tages- und Jahreszeit keine Caféstühle stehen. Wenn sie hier anfangen würde zu rennen, könnte sie Haken schlagen. Dann würde sie sicher ein Versteck finden. Doch sie bleibt auf der geraden Bahn der Schienen und lässt den Kaffee weiter durch ihre Speiseröhre in den leeren Magen laufen.

Als sie merkt, dass der Kaffee gar kein Kaffee, dass er nicht mal flüssig oder schwarz gewesen ist, da ist es schon zu spät. Natürlich ist der Kaffee ein Fahrgast und er ist längst eingestiegen. Er hat sich gleich vorn in die erste Reihe gesetzt und der Halteknopf ist nur eine halbe Armlänge von ihm entfernt. Bei diesen menschenleeren Straßen wird er entscheiden, wann sie anhält. Und wie immer spielt Maja mit. Die Obere Königsstraße haben die beiden längst verlassen, die kleine Seitenstraße, durch die die Straßenbahnleitung Maja gerade führt, hat sie zuvor noch nie gesehen.

Die Ecke, in der er dann den Zeigefinger ausstreckt und ihn auf dem kleinen »Stopp« platziert, erscheint Maja besonders dunkel. Sie hält an. Und er steigt aus. Doch Maja wird nicht weiterfahren, das war ihr von Anfang an klar.

Er schließt eine Wohnungstür auf und sie betritt den dunklen Hausflur. Er steigt erst gar nicht die Treppen hinauf, wie Maja das immer mit Katrina und den Männern gemacht hat. Er drückt sie gegen die Wand und schiebt ihr Kleid hoch. Zuerst zerrt er ihr die eine Strumpfhose runter, dann entdeckt er die zweite. Eigentlich hätte Maja in dieser Situation gelacht, doch nach Lachen ist ihr nicht zumute. Sie hilft ihm bei der zweiten Strumpfhose, beim Höschen und dabei, ihr Bein um seine Hüfte zu legen.

*

Als Maja nach Hause kommt, will sie das Licht nicht anmachen. Alles soll so dunkel bleiben wie der Hausflur, wie Kassels Straßen bis zu ihrer Wohnung, so dunkel wie der Schlitz unter Martins Tür und das gemeinsame Wohnzimmer. Sie schaltet ihr Notebook an und sein Licht ist ihr schon zu viel. Sie versucht, daran vorbeizusehen, doch dann liest sie ihre neue Benachrichtigung:

Jakob Meisenbach *listed you as his girlfriend on facebook. To confirm this relationship request follow the link below.*

Sie klickt den Link an und dann möchte sie »Ablehnen« drücken und ihm eine böse Nachricht schreiben. Doch vielleicht zittern ihre Hände zu stark, vielleicht ist sie noch so benommen, dass sie die Maus nicht richtig führen kann. In ihrem Kopf formuliert sie schon ihren Korb: »Du bist ein armer kranker Mensch, Beziehungen mit Facebook zu beginnen. Du willst mir nur zeigen, dass ich dieser Entwicklung nicht mal auf der Beziehungsebene entgehen kann. Oder du willst mich verarschen. Aber das alles wird scheitern. Ich erwarte eine schnelle Entschuldigung und einen großen Gestus der Wiedergutmachung.«

Doch während sie noch an ihrer Formulierung feilt, klicken ihre Finger schon »Annehmen« und plötzlich zeigt Facebook an, Maja wäre mit Jakob zusammen. Erschrocken starrt sie auf ihr Profil. Jetzt kann jeder, der es sieht, auf Jakobs Namen klicken. Jeder wird dabei wissen, dass er ihr Freund ist, und dann auch noch sein Foto sehen. Gerade ist es ein Foto aus Kassel, Sabine hat es in ihrer Büchernacht geschossen. Es ist nur Jakob zu sehen, wie er lachend ein Buch in der Hand hält. Rechts und links ragen noch Schultern in das Bild hinein. Die eine gehört zu Maja, die andere kann sie nicht mehr zuordnen. Sie scrollt runter zu *Jakob is in a relationship with Maja Jama*. Sie klickt auf ihren eigenen Namen und ist zurück auf ihrem Profil. Immer noch der Umzugswagen. Und nicht weit darunter Jakobs Name. Und jetzt? Kann sie das so lassen?

Sie schreibt ihm eine Nachricht:

Maja Jama
NOVEMBER 15
Das war ein Versehen. Ich hoffe, von dir auch.

Dann geht sie schlafen und hofft, nicht von ihrer Schule zu träumen.

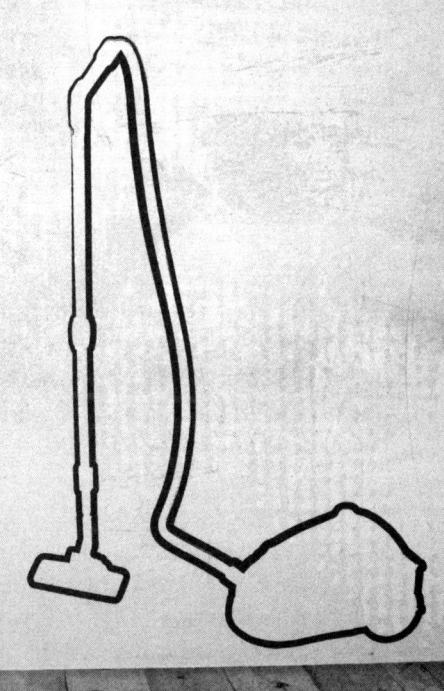

Jakob schreibt tagelang nicht zurück. Vielleicht hofft er, dass Maja sich erst mal auf den Gedanken einlässt und sich beruhigt. Vielleicht weiß er nicht, wie er antworten soll. Vielleicht war das Ganze nur ein Witz. Doch er beendet die Verbindung nicht, Maja sieht jeden Tag auf die Seite und findet sie unverändert. Sie schreibt ihm nicht noch einmal.

Maja Jama
darf in Frankfurt weiterstudieren!

Svenja Niemann *and* **Cat Rina** *like this.*

Sabine meldet sich nicht mehr, seit Maja einfach gegangen ist. In der Uni setzt sich Maja neben Sabine, doch Sabine setzt sich nicht neben Maja. Sie reden nicht miteinander, sie schreiben sich auch keine Briefe. Maja möchte sich entschuldigen. Am liebsten würde sie es erklären können. Doch Sabine fragt nicht nach. Selbst schuld, denkt sich Maja also, doch sie denkt es nicht nur über Sabine, vor allem denkt sie es über sich selbst.

*

»Der Müll muss runter!« steht auf einem kleinen Zettel. Er ist gelb und der Satz unterstrichen. Er klebt am übervollen Eimer und Maja öffnet den Deckel. Sie drückt noch eine Müslipackung hinein, sodass der Saft einer vergammelten Mandarine das Plastik des Eimers hinunterläuft.

Maja Jama
hat keine Lust, den Müll runterzubringen.

   Svenja Niemann
   auch nicht, aber ich bin dran mit den leeren Flaschen!

Maja Jama
Dabei würde ich dich sogar begleiten! Wann kommt ihr endlich nach Kassel?

Svenja Niemann
Jakob sagt, jetzt bist erst mal du dran, nach Bern zu fahren.

Maja hat keine Lust, woanders hinzufahren als nach Frankfurt. Jetzt, wo sie sich für den Umzug entschieden hat, würde sie die nächsten Monate am liebsten überspringen. Am liebsten hätte sie den Umzug gleich morgen, sie würde gern ihre Eltern anrufen und mit ihnen alles planen. Sie ruft ihre Eltern an und plant mit ihnen, wann sie über Weihnachten nach Hause fährt. Nicht mal auf Weihnachten hat Maja Lust, obwohl sie ihren Opa so lange nicht gesehen hat. Auch Silvester würde sie am liebsten in Frankfurt feiern – dabei kennt sie da noch niemanden.

Jakob Meisenbach
DECEMBER 10
Sehe ich meine Freundin an Silvester?

Maja Jama
DECEMBER 11
Wenn keine Facebook-Party stattfindet, wäre das nicht auszuschließen.

Jakob Meisenbach
DECEMBER 11
Wir könnten natürlich eine ganz private Facebook-Party feiern. Ansonsten haben Katrina und Svenja vorgeschlagen, Raclette zu machen und danach auf die Wohnheimparty zu gehen. Bist du dabei?

Maja setzt sich immer wieder in die Straßenbahn und fährt ein paar Stunden. Immer hin und her. Hin und her. Hin und her. Sie möchte nicht ankommen. Sie stellt sich vor, am anderen Ende ist Frankfurt. Und dann macht die Straßenbahn eine kleine Runde und fährt zurück in Richtung Innenstadt. Dass in dieser Stadt alle Bahnen durch die hässliche Innenstadt fahren. Es sollte eine Bahn geben, die nur durch den Aue-Park fährt. Und dann zum Schloss Wilhelmshöhe. Doch sie fahren alle in die Innenstadt, diese graue, breite Straße entlang, vorbei an vielen roten Nasen und durchgetretenen Schuhen. Das Parfüm eines Jugendlichen mit weiten Hosen vermischt sich mit dem Geruch eines offenen Bieres und dem des dazugehörigen, offenen Biermundes. Maja atmet in ihren Schal hinein und sieht aus dem Fenster.

*

»Warum denn Frankfurt. Maja. Frankfurt ist doch nebenan.«

Maja hört, wie die Stimme ihrer Mutter mit jedem Wort tiefer wird. Das tut sie immer, wenn sie ein ernstes Wörtchen mit Maja sprechen möchte. Das ist ihr Lieblingsausdruck: »Maja, ich muss ein ernstes Wörtchen mit dir sprechen.« Ernste Worte sind also tief, je tiefer, desto ernster.

Maja versucht, ebenfalls die Stimme zu senken. »Frankfurt passt besser zu mir.«

»Da ist es genauso grau wie in Kassel.«

»Aber nachts ist es bunter.«

»Du ziehst für Partys um.«

»Mama! Da ist literarisch einfach mehr los!« Jetzt wird Majas Stimme doch höher als geplant.

»Was ist denn da literarisch los.«

»Es gibt bessere Theater und mehr Lesungen.«

»Was sagt denn deine Uni dazu.«

»Kein Problem.«

»Dir wird das erste Semester also angerechnet.«

»Ich denke schon.«

»Bitte bring das rechtzeitig in Erfahrung.«
»Mama! Ich mach das schon!«
»Ja«, sagt ihre Mutter und scheint dabei ein wenig zu lächeln, »du hast ja recht.«
Maja nickt mit dem Hörer in der Hand, das kann die Mutter jetzt natürlich nicht hören, es entsteht eine kleine Pause.
»Mona fragt immer wieder nach dir«, sagt die Mutter jetzt.
»Mona?«
»Deine Freundin von früher, weißt du noch? Ihr habt alles zusammen gemacht!«
Maja lacht. »Da war ich höchstens zwölf.«
»Genau die. Sie wohnt jetzt wieder im Nachbardorf.«
»Arbeitet sie, oder was?«
»Sie ist jetzt Apothekerin.«
»Bei uns in der Nähe?«
»Seit Kurzem. Sie fragt, ob du über Weihnachten da bist.«
»Ich dachte, ich komme am 23.«
»Schön. Wir freuen uns.«

*

Nur zufällig entdeckt Maja, dass Sabine und Martin sich schreiben. Martin ist gerade in der Küche und schneidet Zucchini so schnell wie ein Koch. Maja geht leise in sein Zimmer, um sich seine Schere auszuleihen. Neben der Schere steht Martins Laptop und auf dem Laptop ist noch eine Nachricht offen.

Mabine Süller
DECEMBER 14
Ich habe noch niemanden kennengelernt, der so egoistisch ist wie Maja. Sie denkt nur an sich, sie macht nur, was ihr gerade Spaß macht. Alles andere ist ihr egal. Und dass sie in deinem Bett Sex hatte, ist widerlich. Meinst du, sie steht auf dich?

Maja möchte gern runterscrollen, um den ganzen Nachrichtenverlauf zu lesen, doch jetzt hört sie das Geräusch von Martins Messer nicht mehr. Schnell geht sie zurück in ihr Zimmer.

*

Immer wieder spielt Maja Klotennis. Nächtelang. Manchmal vergisst sie, wie lange sie weg gewesen ist. Dann geht sie zur falschen Zeit in die Uni oder sie geht gar nicht. Einmal spielt sie in der Uni. Sie sitzt in der hintersten Bank und alle anderen sehen nach vorn. Nur sie nicht. Sie sieht auf ihren eigenen Schoß, auf die blaue Jeans und die braunen Stiefel, die ihr fast bis zu den Knien reichen. Sie sieht die Stiefel schrumpfen. Früher hatte sie mal Stiefeletten. Ohne Absatz, aber mit Bändern daran, die bei jedem Schritt auf und ab wippten. Maja lässt sie wippen. Sie versucht, sie immer schneller wippen zu lassen, sie beeilt sich. Und dabei sieht sie auf ihre Schuhe. Die Bänder wippen hin und her, hin und her, hin und her. Bis eine fremde Hand auf Majas Schulter liegt. Ob sie nicht langsam mal nach Hause gehen wolle, fragt ein Dozent, den sie noch nie gesehen hat. Er müsse den Raum jetzt abschließen – sie solle doch zu Hause weiterschlafen.

Ein anderes Mal wird sie von Martin zurückgeholt. Er wirft ihr einen kalten Waschlappen ins Gesicht und Maja hört nur, wie er ihre Tür wieder schließt. Langsam steht sie auf, wischt sich das Gesicht trocken und geht ihm nach.

»Was sollte das denn?«

»Du hast schon den zweiten Tag so dagelegen. Und die Küche ist immer noch dreckig.«

»Das hättest du auch netter sagen können.«

»Ich wüsste nicht warum.«

Svenja Niemann *suggests you like* **Bern.**

Am Tag, an dem Maja Sabines Stimme aus dem Wohnzimmer hört – und diese Stimme erinnert sie stark an Sabines Disco-Stimme, nicht so sehr an ihre Büchernacht-Stimme –, packt Maja ihre Sachen.

»Das sieht so professionell aus!«, hört sie Sabine sagen.

»Ich koche einfach gern«, antwortet Martin und Maja kann sein breites Grinsen mit den tiefen Grübchen dabei hören.

Maja holt ihre Reisetasche unter dem Bett hervor und beginnt, relativ wahllos hineinzuwerfen, was sie auf dem Boden, dem Sofa und dem Bett einsammeln kann. Bei den Worten: »Sie muss aufräumen, wenn du jemandem das Zimmer zeigen willst!«, schließt Maja nicht ihre Schranktür, sie macht auch nicht das Bett, sie verlässt das Zimmer und schließt die Haustür so leise wie möglich.

Maja Jama
DECEMBER 20

Ich bin fast eine Woche früher nach Hause gefahren. Ich halte Martin nicht mehr aus. Wenn ich schon seine Stimme höre, habe ich Lust, Straßenbahn zu fahren. Dabei verstehe ich, dass ich ihn nerve. Momentan bin ich unfair, dreckig, rücksichtslos und egoistisch. Aber sobald ich sein Gesicht sehe, hab ich kein schlechtes Gewissen mehr. Eigentlich wollte ich dich fragen, ob ich das Richtige tue. Aber ich weiß, dass es nicht so ist. Triffst du den Minderjährigen noch morgens in der Bahn?

Svenja Niemann
DECEMBER 22

Er hat mich auf einen Kaffee eingeladen. Vielleicht hätte ich nicht annehmen dürfen, vielleicht macht das alles kaputt. Sein Blick ist immer fester geworden, er ist morgens in die Bahn gekommen und hat mich sofort gesucht. Dann hat er sich so hingestellt, dass er mir direkt ins Gesicht gucken konnte, und sobald er mich angesehen hat, sind meine Augen nass geworden. Er hat gewirkt, als würde er mir etwas abnehmen.

Als würde er es tragen. Dabei ist er aber nicht kleiner geworden, sondern größer. Irgendwann fand ich seinen Blick richtig erotisch. Wie er mit jedem Morgen sicherer geworden ist. Wie er mir den ganzen Körper zugewendet hat. Wie er breitbeinig dastand und dann sogar anfing, ein wenig zu lächeln. Als hätte ich meine Hände nicht unter meinen Augen, sondern ganz woanders. Als würde ich das nur für ihn tun.

Letzte Woche ist er dann nicht vor mir ausgestiegen. Er ist einfach weitergefahren, an seiner Haltestelle vorbei. Die nächste war meine, doch als ich aussteigen wollte, hat er mich am Handgelenk festgehalten. Er war ziemlich aufgeregt, ich glaub, das hatte er sich schon lange vorgenommen. Seine Hand war kalt und seine Stimme hat gezittert. Aber der Kaffee war lecker. Darf man sich von einem Minderjährigen einladen lassen? Er hat drei Kaffee gezahlt und ein Stück Kuchen. Immerhin ist er schon sechzehn und vielleicht kriegt er ja genug Taschengeld. Heute Abend gehen wir ins Kino. Er hat noch nicht gefragt, warum ich jeden Morgen weine. Er steigt auch nicht mehr in unsere Bahn. Keine Ahnung, ob diese Entwicklung gut ist. Aber ich rede gern mit ihm. Und ich seh ihn gern an. Trotz der Brille, der Junge hat was.

Wie ist es zu Hause? Und wann kommst du nach Bern?

Maja Jama
DECEMBER 23

Ich bin nicht so schockiert, wie ich sein sollte. Du bist eine genauso kleine Nutte wie Katrina und ich. Du tust nur so, als würdest du vor Sechzehnjährigen zurückschrecken. Schäm dich!

Wie sieht denn die Brille aus? Und worüber redet ihr?

Zu Hause ist es schön, wie immer. Ich weiß gar nicht, warum ich so selten heimfahre. Alle beneiden mich um meine Eltern, wir gehen ständig essen und einkaufen. Auf dem Rückweg fahren wir bei meinem Opa vorbei und er freut sich jedes Mal. Er plant Weihnachten, seit es in den Geschäften Lebkuchen gibt. Einmal in der Woche wirft er alle Pläne um und dann gibt es doch Gans bei ihm oder doch Gulasch bei uns. Gerade glaube ich, wir holen ihn morgen ab und kochen bei meiner Tante Cannelloni. Aber wer weiß.

Ich bin viel ruhiger, wenn ich hier bin. Ich hab mich noch nicht mal mit Mama gestritten. Und wenn Papa immer wieder fremde Menschen in Gespräche verwickelt, kann ich lächeln! Keine Ahnung, was mit mir los ist.

Silvester komme ich trotzdem nach Bern. Ich dachte, ich fahre am 27. los. Jetzt kämme ich mir erst mal die Haare.

Maja sitzt auf dem Sofa ihres Opas und wendet ihm den Rücken zu. Der Opa lächelt, und obwohl Maja zum Fenster hinaussieht, kann sie sich sein Gesicht so gut vorstellen: die ungewöhnlich glatte Stirn, die runden Wangen, die Züge um seinen Mund herum, die andeuten, wie ähnlich er Maja ist. Ein leicht arrogantes Zucken nach unten, die Mundwinkel ironisch gehoben und ein schalkhafter Schwung der Oberlippe – als könnte man ihm nicht so recht über den Weg trauen. Und doch haben es die Menschen immer wieder versucht. Vielleicht, weil seine Nase so rund ist. Wie die Augenbrauen.

Maja sitzt auf dem Sofa und hat Opas Hände in ihren Haaren. Mit vorsichtigen Bewegungen kämmt er sie und jedes Mal, wenn er ein wenig ziehen muss, murmelt er eine gelächelte Entschuldigung.

Aus den Augenwinkeln kann Maja ihr Weihnachtsgeschenk für den Opa sehen. Der Gutschein liegt auseinandergefaltet auf dem Wohnzimmertisch: »Für fünfmal Haare kämmen.« Die Bürste hat in Geschenkpapier eingewickelt danebengelegen.

Maja Jama
fühlt sich, als würde sie noch einmal von zu Hause ausziehen.

Jakob Meisenbach
Meine Sticker liegen schon bereit.

»Am liebsten wäre ich auf einem Spielplatz«, sagt Maja, dabei hat Jakob ihr schon das Oberteil ausgezogen.

»Und dann?«
»Könnten wir auf der Rutsche vögeln.«
»Und oben auf dem Klettergerüst.«
»Oder auf einem dieser wippenden Pferde.«
Jakob setzt sich auf seinen alten Schaukelstuhl und winkt Maja zu sich heran. Als sie sich auf seinen Schoß setzt, wippt Jakob auf und ab.

Später steht Maja auf und zieht die Matratze ein Stück vom Bett herunter. Sie legt sich auf die Schräge und versucht, nicht runterzurutschen. Jakob hilft ihr dabei.

Seine Wand wird zum Klettergerüst, sein Schreibtisch zur Schaukel und sein Drehstuhl zum Karussell.

Als die beiden fertig sind, liegen sie rücklings im Sandkasten und schauen durch die Dämmerung auf kahle Äste. Fast ist Maja sogar ein bisschen kalt, sie überlegt, ob ihre Lippen schon blau sind, und drückt Jakob ihre kühle Nase in den Oberarm.

*

Wenn Maja mit ihren Freunden in der Wohnheimküche steht, kann keiner die Zucchini so klein hacken wie ein Koch. Katrina schneidet sich in den Finger und Adrian nimmt ihn in den Mund. Svenja weint darüber nicht, sie kichert sogar ein bisschen und kümmert sich um den Rest der Zucchini.

Als es zwölf Uhr ist, schläft Maja längst. Das ist ungewöhnlich, eigentlich hat sie keinen tiefen Schlaf und eigentlich müssten die Raketen und Böller sie wecken. Doch sie liegt auf einem unangenehm riechenden Sofa im Saal des Wohnheims und schläft. Erst zehn Minuten später merkt Katrina, was los ist. Sie bricht das Gespräch mit einem Typen ab, der genau das Gegenteil von Adrian zu sein scheint, und setzt sich neben Maja auf das Sofa.

»Frohes Neues, kleine Nutte«, sagt sie vorsichtig lächelnd und langsam nickt Maja. »Einmal haben wir Silvester in der Schule gefeiert«, sagt sie.
»Und was hast du da gemacht?«
»Ich hab mich auf der Toilette versteckt.«
»Warum das denn?«
»Ich weiß es nicht mehr.«
»Hattest du Angst vor dem Feuerwerk?«
»Nein, nie.«
»Hattest du Angst?«
»Ich kann mich nicht erinnern.«

*

Maja kommt zurück nach Kassel und jetzt hat Martin einen Schlüssel innen an seiner Zimmertür stecken. Also telefoniert Maja im Flur mit fremden WGs, sie ist laut dabei und immer wieder lehnt sie ihren Rücken gegen Martins verschlossene Tür. Noch hat keiner zugesagt.

Manchmal hört Maja Sabines Stimme ganz leise hicksen. Sie braucht lange, bis sie auch Martin hicksen hört. Sie stellt sich vor, die beiden würden gerade an ihrer Wand lehnen und sich nicht trauen, in ihrem ganz eigenen Takt auf den weißen Putz zu schlagen.

An jedem zweiten Wochenende kommt Jakob und verwandelt ihr Zimmer mal in einen Spielplatz, dann in ein Schwimmbad, in einen kleinen Park, einen Zoo, eine Disco, eine Eissporthalle. Maja liebt es, wenn ihre Handflächen am Eis festfrieren.

Maja Jama
hat das Gefühl, die letzten Wochen sind eine Pinnwand und alles, was passiert ist, wurde hier nur kurz gepostet.

Jakob Meisenbach
hofft, dass sein Foto auf dieser Pinnwand auftaucht. Am besten immer wieder.

Cat Rina
weiß es und das gefällt ihr.

Maja Jama
möchte runterscrollen können. Aber das ist das Einzige, was nicht geht.

Svenja Niemann
würde lieber hochscrollen, das wäre doch spannender.

Jakob Meisenbach *likes this.*

2

STOPPTANZEN.

DER STAUB UNTER
MAJAS FINGERNÄGELN.

UND MINDESTENS EIN SPIELGESICHT.

ADD YOUR HOMETOWN.

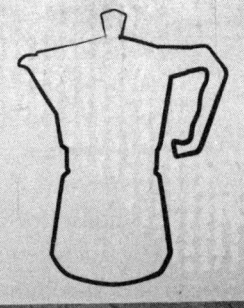

Um sich ein WG-Zimmer anzusehen, steigt Maja in einen alten Ford Fiesta. Die anderen Mitfahrer sitzen schon im Wagen und drehen sich zu ihr um, sagen »Hallo« oder »Hey« und schauen wieder aus dem Fenster. Der Fahrer lässt den Motor an und geht etwas zu stark aufs Gas. Trotzdem versucht Maja, sich entspannt zurückzulehnen und nicht einzuschlafen. Hier sollte sie nun wirklich keinen alten Schulerinnerungen nachhängen.

Sie sieht sich die dunklen Härchen auf dem Nacken ihres Vordermanns an. Zum Kopf hin werden sie immer länger und voller, Maja hat Lust, ihm in die Haare zu fassen, weil sie so dick aussehen und glänzen. Was würde dann passieren? Würde er sich erschrocken umdrehen? Würde er irgendeinen lustigen Ton von sich geben? Oder würde er nur kurz zusammenzucken und dann stillhalten und schauen, was als Nächstes passiert? Maja möchte es ausprobieren, doch sie muss noch anderthalb Stunden mit diesen Leuten im Auto sitzen, also hält sie sich zurück.

»Und was macht ihr alle in Frankfurt?«, fragt sie, um nicht einzuschlafen.

Der Fahrer antwortet zuerst: »Ich wohne da. Fahr aber oft nach Kassel zu meiner Freundin.«

Das Mädchen neben Maja nickt und sagt: »Die meisten Leute pendeln wegen einer Fernbeziehung.«

»Du auch?«, fragt Majas Vordermann mit den dunklen Haaren.

»Ja, ich wohn aber in Kassel.«

»Ich wohn auch da«, sagt der Dunkelhaarige und jetzt erzählt er, wo er wohnt, und das Mädchen erzählt, wo sie wohnt, und dann finden sie es lustig, im gleichen Stadtteil zu wohnen, und Maja schläft doch ein. Sie träumt nicht von ihrer alten Schule, sie sieht auch keine Kleiderstücke von früher rennen. Sie schläft ganz normal und wacht in Frankfurt wieder auf. Gerade fahren sie am Zentrum vorbei und Maja freut sich über die hohen Häuser mit ihren Glasfassaden. Viel schöner als Kassel, denkt sie und hofft, dass sie das auch ohne Sonne und blauen Himmel glauben würde.

Maja hat keine Lust auf ein WG-Casting. Sie hatte schon so viele. Die Mitbewohner werden lächeln, Notizblock und Stifte zücken oder sagen: »Wir hoffen, du hast damit kein Problem« und einen Fotoapparat hochhalten. Vielleicht fragen sie Maja noch nach ihrem Lieblingsessen und danach, wie gut sie es kochen kann.

Am besten wäre es, alle Facebook-Möglichkeiten ausgereizt und ein vollständiges Profil gestaltet zu haben, um sich vor dem Casting mit den Neuen vernetzen zu können. Dann bräuchten sie nicht mehr nach Hobbys, Musik oder Literatur zu fragen, sie wüssten, wie Maja Party macht und was sie dabei trägt. Es wäre klar, wie Maja sich gern darstellt. Dann könnte man gemeinsam ein Bier trinken und über wichtigere Themen sprechen. Maja fällt gerade kein wichtigeres Thema ein, eigentlich hat sie keine Lust zu reden. Doch dann steht sie schon vor der fremden Haustür. Die Fassade ist grau, das Haus relativ hoch und die Vorhänge der Fenster sind wegen der Spiegelungen nicht zu erkennen. Ein Summen ertönt und Maja steigt die Treppen hoch bis in den vierten Stock. Schwitzend betritt sie die Wohnung. Vor ihr stehen zwei lächelnde Mädchen: die eine groß, mit kaputt aussehenden, blonden Locken, die andere kleiner mit großer, eckiger Nase. Sie reichen Maja ihre Handgelenke, da ihre Hände voller Farbe sind.

»Ich bin Jolanda«, sagt die Große.

»Filis«, die mit der großen Nase.

»Maja, hi. Seid ihr gerade am Malen?«

Maja tritt ein und sieht sich um. Während Jolanda »Ja, wie immer« sagt, betrachtet Maja die bunten Wände. Auf jeder Wand sind mindestens vier Farben auszumachen, meistens mehr. Sie sehen aus wie abstrakte Bilder. Von Malerei hat Maja nicht viel Ahnung, doch die Gestaltung dieser Wände kommt ihr sehr gewollt vor. Überall Farbkleckse, Streifen, Schlieren und Spiralen. Manchmal stehen Wörter dazwischen wie »Dämmerung« oder »Magendarm.«

Maja hat das Gefühl, in einem viel zu bunt geratenen Kinderparadies zu stehen.

»Wir malen ständig, hier ist nichts vor uns sicher«, sagt Filis gerade und ihre große Nase verdeckt dabei die Hälfte ihres Lächelns.

»Wir zeigen dir erst mal dein Zimmer«, schlägt Jolanda vor und öffnet die erste Tür.

Das Zimmer dahinter ist noch vollkommen weiß. Es ist groß und hell, vor Kopf befindet sich ein großes Fenster. Maja ist überrascht. »Hier habt ihr euch noch nicht ausgetobt.«

»Wenn die Neue das möchte, werden wir das natürlich nachholen. Aber wir wollten erst mal fragen.«

Maja nickt und die Mädchen führen sie weiter durch die Wohnung. Auch ihre Kleidung ist voller Farbkleckse, sie tragen Maleranzüge und die Haare haben sie zu unordentlichen Zöpfen hochgebunden. Der Flur ist größtenteils rot-orange mit blauen Akzenten.

»Das ist unsere Küche«, sagt Filis und zeigt in einen kleinen, gedrungenen Raum mit gelb-grünen Wänden. »Magenknurren« und »Duftzentrum« steht in geschwungenen Buchstaben über Herd und Spüle. Obwohl Maja das nicht sehr originell findet, lächelt sie und sagt: »Hier steckt ja viel Zeit drin.«

»Na ja, wir arbeiten schnell.« Jolanda kratzt sich einen dunkelblauen Punkt von der Wange.

Das Wort »arbeiten« stößt Maja seltsam auf, doch sie lächelt weiter und folgt den beiden in das gemeinsame Wohnzimmer. Es ist genauso klein wie die Küche und ebenso gedrungen. Einen Farbschwerpunkt kann Maja hier nicht ausmachen.

Blau, Rot, Pink und Türkis halten sich die Waage und scheinen sich dabei gegenseitig zu stören. Auf dem Boden liegen zwei alte Matratzen unter Wolldecken, davor gibt es einen kleinen Fernseher. Ansonsten ist das Zimmer vollkommen leer. Es stapeln sich nur ein paar Farbtöpfe, Pinsel und Farbpaletten in den Ecken.

»Abends sitzen wir oft hier und planen neue Projekte.«

»Was denn für Projekte?«, fragt Maja, und während sich die Mädchen auf die Matratzen setzen, erzählt Filis: »Wir sind fast fertig mit unserem Studium.«

»Kunstgeschichte und Politikwissenschaft«, ergänzt Jolanda.

»Und da wollen wir rechtzeitig in die Künstlerszene einsteigen. Das ist natürlich nicht leicht, aber in Frankfurt gibt es viele wohlhabende Menschen, hier ist auf jeden Fall was zu holen. In ein paar Wochen ist unsere erste Ausstellung.«

»Wir sind ein Künstlerteam. Farbpfoten. Hast du schon einmal von uns gehört?«

»Noch nicht«, sagt Maja.

»Wir sind auch bei Facebook, deswegen dachte ich … Na ja, wir fangen jedenfalls gerade richtig an. Zuerst eine Ausstellung mit Performances.«

»Wir malen live mit den Zuschauern.«

»Und wir haben noch viel mehr Ideen.«

»Das klingt spannend«, sagt Maja und setzt sich neben die Farbpfoten. Die Matratze unter ihr ist sehr weich, nur die Wolldecken sind es nicht, sie kratzen leicht.

»Magst du ein Bier?«, fragt Filis und steht schon wieder auf. Wenig später ist sie mit drei Flaschen zurück und öffnet sie aneinander. Die letzte mit ihren Zähnen, sie reicht sie Maja.

»Ich hoffe, wir haben dich nicht gleich abgeschreckt?«, fragt Jolanda und ihre kaputten Locken zittern bei jedem Wort. Maja nimmt einen großen Schluck.

»Nein, warum? Das ist mal was anderes.«

Anders als Martin, denkt sie und freut sich über die Staubmäuse in den Ecken. Hier kann bestimmt keiner perfekt Gemüse hacken oder Kokossoße anrühren.

Während Filis und Jolanda von ihren Plänen erzählen, trinkt Maja ihr Bier aus und hält schon das nächste in der Hand. Am liebsten würde sie hier versacken, nicht zurück nach Kassel fahren müssen und morgen verwirrt auf den Matratzen aufwachen. Also trinkt sie in großen Zügen.

»Wir haben einen ganz eigenen Weg gefunden, uns die Bewerber zu merken«, sagt Filis jetzt und deutet auf die Wand hinter sich. Bisher hat Maja es bei all den Farbklecksen und abstrakten Formen nicht bemerkt, aber an dieser Wand ist bei genauer Betrachtung wirklich etwas zu erkennen. Hier sind über- und nebeneinander in einfachen Strichen Profile gezeichnet. Vom Haaransatz bis zum Kinn, die Nasen ganz genau und die Einkerbungen der Augen. Auf den untersten Strichen, an denen die Kinne fast in Hälse übergehen, Vornamen: Tina, Adam, Jens, Marion, Svenja, Julius. Sie alle schauen in Richtung Fenster und Maja folgt ihren Blicken. Vor dem Fenster sitzt Jolanda.

»Hättest du was dagegen, wenn wir dich auch zeichnen?«

Eigentlich möchte Maja sich wehren, »Das ist ja noch schlimmer als Fotos und Notizblöcke« rufen und abhauen, doch Filis läuft schon in Richtung Farbtöpfe.

»Was ist deine Lieblingsfarbe?«

»Hellbraun«, sagt Maja und weiß nicht warum. Hellbraun war noch nie ihre Lieblingsfarbe. Vielleicht spricht nur das Bier aus ihr, das ist ja auch ein bisschen hellbraun, denkt Maja und beobachtet Filis, wie sie die Farbe auf einer Palette mischt.

Jolanda führt sie zu einer freien Stelle an der Wand, nimmt ihr Kinn in die Hand und schiebt es so nah wie möglich an den weißen Putz. Dort hält sie es mit zwei kühlen Fingern fest, bis Filis fertig ist.

»Mach lieber die Augen zu«, sagt sie.

Maja kann hören, wie der Pinsel auf der Palette kreist. Dann fühlt sie ihn fast an ihrer Haut. Er berührt kurz ihre Nase – ganz kalt und nass. Jetzt fährt er an ihren Lippen entlang, an ihrem Kinn, am Hals.

»Du kannst gucken«, sagt Filis.

Maja dreht ihren Kopf und findet sein Abbild viel zu groß und grob. Trotzdem nickt sie.

»Ihr seid schon ein bisschen seltsam.«

»Du musst nur noch deinen Namen reinschreiben.«

Maja nimmt Filis den Pinsel aus der Hand und schreibt in ihr eigenes Kinn hinein. Jetzt schaut Majas Profil zum Fenster, genau wie die der anderen Bewerber.

»Ich glaub, mittlerweile haben wir uns genug Leute angesehen. Wir melden uns diese Woche bei dir«, sagt Jolanda und etwas überrumpelt steht Maja auf. Sie darf hier doch nicht versacken. Stattdessen wankt sie verwirrt durch den bunten Flur zu einer himmelblauen Tür mit Schönwetterwolken um den Türgriff herum.

»Krieg ich jetzt noch einen Zug?«, fragt sie.

Filis sagt: »Klar, die fahren bis Mitternacht in Richtung Kassel.« Und leicht betrunken macht Maja sich auf den Weg.

Felix S.
FEBRUARY 14
Na, erinnerst du dich?

Maja starrt auf die Nachricht. Wer ist Felix? Woran sollte sie sich erinnern? Und warum ist sie mit ihm bei Facebook befreundet? Sie klickt auf sein Profil: ein Passfoto wie für eine Bewerbung. Dunkle Haare, konzentrierter Blick, eine schöne Nase und ernsthafte Augenbrauen. Dieses Gesicht kommt ihr wirklich bekannt vor.

Maja Jama
FEBRUARY 15
Bist du heute mitgefahren?

Felix S.
FEBRUARY 15
Natürlich bin ich heute mitgefahren. Aber du müsstest dich noch an etwas anderes erinnern.

Maja Jama
FEBRUARY 15
Mein Gedächtnis ist nicht ganz funktionsfähig.

Felix S.
FEBRUARY 15
Ich wohne in Kassel. Und ich mag Literatur.

Majas Gesicht öffnet sich vor Schreck: die Augen, die Nasenflügel, der Mund. Sabines Büchernächte! Der Mann in der Küche! Der mit seiner Hand in ihrer Hose.
 Sie hat es die ganze Fahrt lang nicht bemerkt.
 Vielleicht sollte sie ihm nicht antworten. Das sollte ihr wirklich unangenehm sein. Doch natürlich schreibt sie trotzdem.

Maja Jama
FEBRUARY 15
Deine Haare sind länger geworden. Sonst hätte ich dich bestimmt erkannt. Bestimmt. Wie fühlen sie sich jetzt an?

Felix S.
FEBRUARY 15
Bestimmt weicher als deine. Wie siehst du mit gekämmten Haaren aus? Und warum hast du am ersten Abend alle nachgeahmt? Du hast

dagesessen, kaum geredet, nur mit deinen überdimensionalen Augen um dich geschaut. Sobald ich die Beine überschlagen habe, hast du dasselbe getan, und mit diesen Pupillen, die direkt unter dem oberen Lid hängen, die so viel Weiß freilassen, auf meine Schuhe gestarrt. Als würdest du in jedem Wippen mitgehen. Am Anfang dachte ich, du bist unsicher und brauchst ein Vorbild. Ich dachte, man könnte mit dir alles machen, du würdest dich freuen. Du würdest nur darauf warten, dass endlich jemand Einfluss auf dich nimmt. Und jetzt gehe ich schon wieder zu weit. Jetzt denkst du wahrscheinlich längst, ich bin ein Irrer. Aber ich möchte dir nur meinen ersten Eindruck schildern, ich möchte dir vor allem zeigen, wie er sich verändert hat und dass ich aus ganz anderen Gründen in die Küche gekommen bin.

Am ersten Abend bist du in jeder Bewegung mitgegangen, du hast sogar versucht, dir auf die gleiche Weise wie Sabine die Haare aus der Stirn zu streichen. Als wir uns das nächste Mal wiedergesehen haben, hatte sich schon etwas verändert. Du hast nichts mehr nachgeahmt, du hast uns kaum noch angesehen. Ich hatte das Gefühl, du würdest das Interesse verlieren. Als hättest du erkannt, wie wenig Ahnung wir wirklich von Literatur haben und wie seltsam diese Veranstaltung ist. Als würdest du denken: ›Die wichsen sich doch nur einen auf ihre Intellektualität.‹ So hast du mich angeschaut, ich konnte dich nicht mehr leiden. Ich fand deine Haare zu unordentlich und kaputt, deine Augen arrogant und deine Blicke zu abwesend. Ich dachte, du solltest besser nach Hause gehen. Aber du bist wiedergekommen mit diesem Jakob. Ist das dein Freund? Er hat dich genervt, oder? Wie du durch alle Zimmer gelaufen bist, wie du ständig nach einer neuen Beschäftigung gesucht hast. Und als du dich kurz zwischen Jakob und mich gesetzt hast, hast du mich gemustert. Du hast mich vorher nie gemustert. Vielleicht musste erst Jakob mitkommen.

Du hast mich so lange angesehen, deshalb war ich echt überrascht, als du dir im Auto nichts hast anmerken lassen. Du müsstest doch jetzt jeden Leberfleck kennen und jede Lachfalte. Ich hatte das Gefühl, du würdest mich um etwas bitten. Und plötzlich hast du ausgesehen wie jemand, dem ich gern eine Bitte erfülle. Ich mochte sogar deine unordentlichen Haare, ich habe mir vorgestellt, ich hätte sie in Unordnung gebracht. Und du bist immer wieder in die Küche gegangen. Als würdest du da auf mich warten. Ich wollte dich nicht warten lassen. Hast du gewartet?

Maja Jama
FEBRUARY 15
Du wirkst schon ein bisschen irre. Vielleicht hab ich dich deswegen so lang gemustert. Seltsame Menschen ziehen mich irgendwie an. Und dein korrektes Auftreten, dein Jackett, dein Geschäftsblick, als du über Jelinek gesprochen hast – das passt doch alles nicht zusammen. Das beißt sich. Ich mag, wenn's sich beißt. Da hatte ich Lust, mich mit dir zu beißen. Ich passe nämlich auch nicht zu dir. Wie wir da in der Küche standen, du vor mir, das hätte auf andere wirken müssen, als würden sich Rot und Pink zu nahe kommen.

Ich habe eine Freundin, die sofort anfängt zu heulen, wenn zwei Farben nicht zusammenpassen. Sie hätte bei diesem Anblick bestimmt einen Heulkrampf bekommen. Aber ich mag das Beißen. Wenn sie anfängt zu weinen, bekomme ich Lust zu tanzen. Wenn ich tanzen gehe, trage ich grundsätzlich Farben, die nicht zusammenpassen. Und dann gehe ich an Orte, zu denen ich nicht passe.

Ich habe Lust, mich mit dir zu treffen. Wenn du dein Jackett trägst mit dem schwarzen Rollkragenpulli darunter.

Dann wird sich dein Pulli mit meinem Kleid beißen.

Du wirst schon sehen.

Farbpfoten
FEBRUARY 16
Hallo du Liebe.

Wir haben entschieden, dass dein Profil einfach am besten in unsere Wohnung passt. Außerdem findest du uns seltsam und wir dich. Perfekte Voraussetzungen. Magst du zum 1. März einziehen?

Als Maja ihr neues Profilfoto schießt, sitzt sie noch im Umzugswagen. Neben ihr hat der Vater seine Hände am Steuer, auf den Knien balanciert Maja ihr Notebook.

»Wann kommst du denn mal wieder nach Hause?«, fragt der Vater.

»Lass mich doch erst mal in Frankfurt ankommen«, sagt Maja abwesend und schaltet ihre Webcam ein.

»Deine Mutter vermisst dich doch immer. Und Mona hat auch wieder nach dir gefragt.«

»Mona?«

»Deine Freundin von früher.«

»Ach die Apothekerin.«

»Genau. Soll ich ihr was ausrichten?«

»Ich komm bald wieder heim«, sagt Maja und schaut auf das Foto-Programm. Es zeigt ihr eigenes Gesicht. Wieder steht sie vor der Wahl: Welche Mimik passt am besten zu ihr? Vielleicht der beiläufige Blick? Der sagt: Ich ziehe ganz beiläufig um. Ich bin rastlos und finde das normal. Oder eher ein freches Grinsen? Macht mir das erst mal nach! Oder besucht mich, wenn ihr schnell genug seid! Sie könnte auch neugierig aus dem Fenster sehen. Die Weltenbummlerin. Die Weltbewohnerin. Überall zu Hause, nirgends angekommen. Als sie über diese Ideen grinst, klickt sie auf »Auslösen«. Das Programm zählt drei Sekunden rückwärts.

Um den Anschein eines Zufall-Schnappschusses noch zu verstärken, sieht sie weg und wackelt mit dem Notebook. Als die Kamera das Bild einfängt, ist Maja fast nicht mehr drauf. Nur ihre Haare, unordentlich und verknotet, einige sind von der Kopflehne elektrisiert und stehen senkrecht von ihrem Gesicht ab. Von dem sieht man nur den linken Wangenknochen und ein halbes Auge. Es guckt aus dem Bild heraus – heraus aus dem Umzugswagen. Dessen Inneres nimmt den größten Teil des Bildes ein. Die dunkle Wand, hinter der Majas Kisten und Möbel schaukeln, die Kopflehnen, der obere Teil der Sitze. Vaters Schulter.

Maja gefällt das Bild eigentlich nicht. Nur die elektrisierten Haare, die mag sie irgendwie. Also geht sie auf Facebook.

Change Picture.

Jakob Meisenbach *and 2 other people like this.*

EDIT PROFIL. SAVE CHANGES.

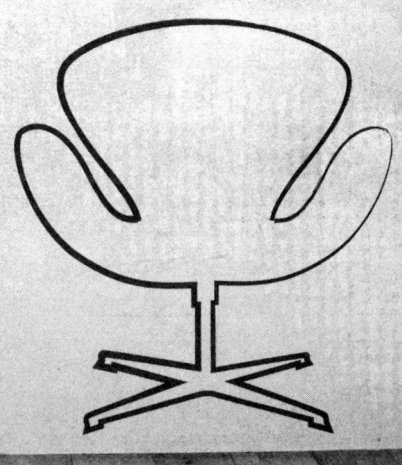

Diesmal muss Maja selbst mit anpacken. Sie trägt schwarzen Nagellack, er beißt sich mit den dunkelbraunen Möbeln und trotzdem lächelt Maja nicht, als sie die schweren Teile in die Wohnung trägt. Noch eine Treppe und noch eine Treppe. In der Tür aufpassen, in der nächsten auch, Vorsicht, Geländer. In der Küche hört sie Jolanda und Filis reden, einmal kommen sie rüber und bieten ihr Kaffee an, doch dafür ist es Maja zu heiß. Ihr Vater hätte gern ein kühles Bier, das kriegen dann auch beide.

Endlich kann Maja tun, was sie am besten kann: die einzelnen Möbelteile zusammenschrauben. Sie setzt sich zwischen die großen und kleinen Holzstücke und breitet die Dübel um sich herum aus. Währenddessen läuft ihr Vater durch die Wohnung und betrachtet die vielen bunten Wände. Er lässt sich Zeit. Anscheinend stellt Filis sich gerade zu ihm, denn nun beginnt er, mit ihr über Kunst zu reden, über den Markt und die Möglichkeiten. Von Filis' Plänen ist er ganz begeistert, er klingt, als würde er richtig breit lächeln.

Maja lächelt nicht, in großer Geschwindigkeit steckt sie einen um den anderen Dübel in die vorgesehenen Löcher. Dann fügt sie die Teile zusammen. Erst, als das Bett schon steht und Maja gerade zum Schrank übergehen will, bemerkt sie Jolanda. Breitbeinig und mit leicht zitternden Locken steht sie in der Tür, schaut Maja auf die Finger.

»So etwas habe ich noch nie gesehen«, sagt sie und schüttelt ihre Haare.

»So schwer ist das gar nicht, wenn man Übung hat.« Maja wendet sich wieder dem Schrank zu.

»Kannst du auch selbst Dinge bauen?«

»Nein, gar nicht. Ich hab's jedenfalls noch nie versucht.«

»Das solltest du aber! Du scheinst wirklich Talent zu haben.«

»Für Ikeamöbel? Ja, klar. Falls das mit der Literatur nicht klappt, werd ich Umzugshelfer.«

»Ich habe eher in die künstlerische Richtung gedacht.«

»Ich bin kein Künstler.«

»Vielleicht doch.« Jolanda versucht anscheinend, geheimnisvoll zu klingen, und lächelt ein wenig.

»Nein, versprochen«, sagt Maja und schiebt die Schrankrückseite an den Boden. Jolanda betritt das Zimmer und setzt sich neben sie. Sie sieht ihr zu, als würde ihr gerade ein Kurs im Zeichnen von Stillleben gegeben. Dabei sagt sie nichts und Maja findet das angenehm. Ihre schwarz lackierten Fingernägel drücken Nägel in das Holz, dann hilft Maja mit dem Hammer nach. Jolanda betrachtet jeden einzelnen Schlag und sieht dem Schrank zu, wie er langsam wächst.

Sie bleibt im Zimmer sitzen, bis Maja alle Möbel aufgebaut hat. Mittlerweile hat auch Filis bemerkt, was Jolanda so fasziniert. Als Maja den Schreibtisch aufbaut, erzählt ihr Vater, wie oft Maja im letzten Jahr umgezogen ist, und wie viel Talent sie für diese Dinge hat. Er erzählt, was sie studiert und wie lange schon, was sie in ihrer Freizeit tut, welche Bücher sie mag und auf welche Musik sie gern tanzt. Und irgendwie ist Maja ihm dankbar dafür. Wenn ihr Vater fertig ist, wird sie keine Small-Talk-Fragen mehr beantworten müssen. Die Fronten werden geklärt sein und auch die Farbpfoten lächeln darüber.

Als Majas Möbel stehen, trinken Filis und Jolanda mit dem Vater ein Bier und Maja setzt sich an ihren Schreibtisch. Er steht schräg, mitten im Raum. Die eine Seite berührt das Bett in seiner Mitte und der Schrank liegt auf der Längsseite, als würde er einen Mittagsschlaf machen. Maja weiß, sie wird die Möbel nicht anordnen, sie werden jetzt so stehen oder liegen bleiben. Sie loggt sich bei Facebook ein.

Maja Jama
MARCH 1
Mein Zimmer ist noch ganz weiß, dafür stehen die Möbel lustig herum. Wir könnten sogar im Schrank schlafen. Bist du dabei?

Jakob Meisenbach
MARCH 2

Ich könnte dir die Möbel auch an die richtigen Stellen rücken. In zwei Wochen. Freust du dich?

Draußen wird es gerade dunkel, als Jolanda und Filis an der Tür klopfen.

Eigentlich möchte Maja viel lieber am Fenster stehen bleiben und darauf warten, dass die Videothek und der alte Bäcker auf der gegenüberliegenden Straßenseite die Schaufensterbeleuchtung einschalten. Vielleicht würden sie es beinahe gleichzeitig machen. Als Maja noch klein war, hat sie jeden Abend auf dem Bürgersteig gesessen. Genau an der Stelle, von der sie die ganze Straße mit all ihren Laternen im Blick hatte. Sie hat sich zurückgelehnt – die Schulterblätter am Glascontainer – und gewartet. So lange, bis die Laternen zu flimmern anfingen und schließlich die ganze Straße beleuchteten. Erst dann ist sie nach Hause gegangen und fühlte sich, als hätte sie den Straßenlaternenmoment eingefangen. Als wäre das angehende Licht ein Wurm oder ein Käfer, den sie in eine Margarinendose sperren könnte. Als bräuchte sie nur kleine Löcher in den Deckel zu drücken und schon könnte er atmen, aber nicht wegfliegen oder herauskriechen.

In der letzten Zeit hat sie so viele dieser Momente verpasst. Trotzdem dreht sie sich auch jetzt um, anstatt weiter auf die Straße hinauszusehen, und lächelt ihren Mitbewohnerinnen zu.

»Stören wir?«, fragt Jolanda.

»Nein, nein, kommt rein.«

Vorsichtig treten die Mädchen ein und drängen sich zwischen der offenen Tür, der Rückseite des liegenden Schranks und dem Bettende zusammen. Filis hält einen Eimer in der Hand. Früher hatte Maja auch solche Eimer. Der eigentlich durchsichtige Deckel ist von buntem Farbstaub bedeckt und der schmale Henkel schneidet bestimmt in Filis' Finger ein.

»Wir haben da eine Idee«, sagt sie und Maja schaut sie fragend an.

»Du hast wahrscheinlich nicht vor, deine Möbel demnächst richtig aufzustellen, oder?«, vermutet Jolanda. Maja schüttelt den Kopf. »Erst mal nicht, denk ich«, sagt sie.

»Das haben wir uns gedacht. Und deswegen haben wir Kreide gekauft.« Filis hebt die Hand mit dem kleinen Eimer. Maja nickt, als würde sie verstehen.

»Wir wollen den Grundriss der Möbel an die Stellen malen, an denen du sie gern aufstellen würdest.«

»Zum Beispiel die Umrisse des Bettes hier an die Wand, den vom Schrank in die Ecke da und das Sofa in die Mitte. Wie du es gern hättest.«

»Jaaa …«, sagt Maja und sieht sich im Zimmer um, »ja, warum nicht?«

Die Mädchen lächeln breit.

»Und was habt ihr dann vor?«, fragt Maja.

»Wir würden ein paar Fotos vom Zimmer machen, damit wir sie auf unserer Ausstellung aufhängen können.«

»Kein Problem«, sagt Maja und setzt sich aufs Bett.

»Und am besten wär's, wenn du auf den Fotos mit drauf wärst«, erklärt Filis.

»Du brauchst dich nur in die Umrisse aus Kreide zu setzen und tun, als wären das deine richtigen Möbel.«

Wieder nickt Maja und die Mädchen lächeln noch breiter.

»Du magst unsere Idee!«, sagt Filis.

»Wir sind auch ganz begeistert«, stimmt Jolanda Maja zu und die braucht nur zu lächeln.

»Wo möchtest du denn dein Bett hinhaben?«

Während Maja mit ein paar Fingerzeigen die Stellen für die fiktiven Möbel angibt, bleibt sie auf dem Bett sitzen und sieht den Mädchen zu, wie sie hockend, sich Haarsträhnen hinter die Ohren streichend, auf den Boden zeichnen.

Neben dem richtigen Bett malen sie seine Umrisse von der rechten Wand aus ins Zimmer hinein. Dahinter steht der fiktive Schrank, in dessen Striche das untere Ende des richtigen Schranks hineinreicht. Neben der Tür beginnt der Schreibtisch, der in Wirklichkeit zwei Meter weiter im Raum steht, und daneben wird das Sofa ordentlich in eine Zimmerecke gerückt. Nur sein tatsächliches, linkes Ende berührt die Kreidestriche an einer Stelle.

Als sie fertig sind, sehen die Mädchen sich begeistert um und Filis läuft schnell ins eigene Zimmer, um die Kamera zu holen.

»Kannst du dich erst mal ins Bett legen?«, fragt Jolanda Maja und die steigt vom Bett, um sich danebenzulegen, in die Umrisse aus Kreide. Sie rollt sich auf die Seite und schiebt sich einen Arm unter den Kopf.

Jolanda findet das Bild so genial, dass ihre Locken anfangen zu zittern, ihre Finger auch.

Filis kommt zurück und macht Fotos. Von Maja im Bett, vor dem Schrank, auf dem Sofa. Von Maja am Schreibtisch, wie sie auf dem Drehstuhl sitzt.

Als die Mädchen laut diskutierend ins Wohnzimmer gehen, bleibt Maja auf dem Stuhl sitzen, zieht nur den Laptop zu sich herunter und loggt sich bei Facebook ein. Felix ist im Chat online. Sie öffnet sein Fenster und schreibt:

Ich würde dir gern mein Zimmer zeigen.
Wann?
Morgen Abend.
Um 19 Uhr?
Sehr gut.
Ich bin gespannt.

Felix' Geruch scheint sich langsam auszubreiten. Zuerst kriecht er über den Boden bis zu Majas Knien, er wandert ihren Körper hinauf bis auf Augenhöhe, doch hier macht er nicht halt. Er breitet sich auf dem gesamten Kreidesofa aus. Von der Wand bis zu den Strichen im Raum, von da aus weiter zum dreidimensionalen Sofa und den anderen Möbeln. Maja atmet jetzt gern. Sie versucht trotzdem nicht zu lächeln und stattdessen den Geruch einzuordnen. Am besten würde er auf den Drehstuhl passen. Sie hört schon, wie Felix' Finger auf dem Laptop klicken, wie der Stuhl sich nicht dreht, wie nur die geputzten Schuhe immer mal über das Parkett schaben.

Dabei sitzt er eigentlich vor ihr, seitlich, gekämmt, rasiert, das eine Bein unter dem anderen. Er sieht sie direkt an und sie muss daran denken, wie er ihr die Hose geöffnet hat. Er sagt: »Ich hab noch nie in so einem seltsamen Zimmer gesessen.«

»Das ist nur wegen meinen Mitbewohnerinnen.«

»Du hättest die Striche schon längst wegwischen können. Ich würde dir auch helfen, die Möbel richtig hinzustellen.«

»Dafür ist noch genug Zeit.«

»Warum sitzen wir auf dem Boden?«

»Wir sitzen auf dem Sofa. Mach es dir bequem.«

Maja dreht den Verschluss einer billigen Rotweinflasche auf und schenkt Felix in ein Wasserglas ein. Sie prosten sich zu mit dem Rücken an der Wand und schauen auf das Sofa, das wenige Meter vor ihnen steht. Oder eher liegt, denn die Lehne bildet den Boden, während die Sitzfläche senkrecht nach oben ragt.

»Ich glaube, ich sollte nicht hier sitzen«, sagt Felix.

»Findest du es unbequem?«

»Ich hab das Gefühl, als wäre Jakob das Sofa und ich nur die Kreidezeichnung.«

»Das ergibt ja absolut keinen Sinn.«

»Nein.«

»Dann würde Jakob seltsam in meinem Zimmer herumliegen. Und dich würde ich ordentlich an die Wand rücken. Was soll das denn bringen?«

»Rückst du mich schon an die Wand?«
»An welche Wand?«
»Bin ich schon in deinem Zimmer?«
»Gerade bist du natürlich in meinem Zimmer.«
»Ja, aber bin ich schon eine Kreidezeichnung?«
»Warum willst du das denn sein? Kreide könnte ich gleich wieder wegwischen.«
Felix nickt und trinkt aus seinem Glas.
»Du bist komisch«, sagt Maja.
»Wahrscheinlich hab ich diese Woche zu viel gelernt.«
»Was lernst du denn?«
»Heute hatte ich Philosophie-Prüfung. Nächste Woche Mathe.«
»Du studierst Mathe und Philosophie?«
»Ich brauch immer einen Ausgleich.«
»Bin ich gerade auch ein Ausgleich?«
»Vielleicht zu meiner sauberen und aufgeräumten Wohnung. Ich hab alle Möbel an den Wänden stehen.«
»Warum auch nicht.«
Felix nickt und sieht in sein Glas. Dann nickt er noch einmal und fragt: »Warst du in der Büchernacht schon mit Jakob zusammen?«
»Irgendwie schon.«
»Bist du sonst treu?«
»Sonst?«
»Bis auf die Büchernacht?«
»Da hab ich doch gar nichts gemacht.«
Jetzt lacht er vorsichtig und trinkt weiter Wein. »Das würde Jakob bestimmt anders sehen.«
Sie schweigt, trinkt ihr Glas aus und schenkt beiden nach.
»Bist du in Jakob verliebt?«
»Vielleicht.«
»Reicht er dir?«

»Ich weiß noch nicht.«

»Was fehlt dir?«

Wieder nimmt Maja ihr Glas an die Lippen. Ihre Finger sind schon feucht geworden und ihre Wangen rosa. Eigentlich stellt sie solche Fragen. Einmal, in Bern, hat Adrian versucht, sie zu küssen. Katrina war gerade bei Svenja, wahrscheinlich um sie zu trösten, und Jakob war übers Wochenende nach Zürich gefahren. Nur Adrian und Maja saßen auf dem Sofa in der Küche. Auf dem Tisch standen noch die gerade leer gegessenen Spaghettiteller, die Soßenreste fingen langsam an zu trocknen. Genau wie das Parfüm, das Adrian sich jetzt aufs Handgelenk sprühte. Er hielt es Maja an die Nase und die schüttelte den Kopf. »Zu herb«, sagte sie und Adrian grinste. »Herb passt doch zu mir.«

Maja musste lachen. »Du bist absolut nicht herb.«

Da grinste Adrian noch breiter und fasste Maja in die ungekämmten Haare. Er suchte sich seinen Weg zum Nacken und drückte ihn in seine Richtung. Jetzt lachte Maja, duckte sich unter der Hand weg. Und stellte Fragen. Ob Katrina ihm nicht reicht. Ob ihm etwas fehlt. Ob er überhaupt verliebt ist. Und Adrian fiel es so schwer zu antworten. Maja weiß noch genau, wie sehr sie das überrascht hat. Wie leid ihr Katrina danach tat. Mit welcher Stimmung sie später die Küche verließ.

Und jetzt sitzt Felix auf ihrem Fußboden und stellt ihr die gleichen Fragen. Er sieht sie erwartungsvoll an, sein Glas ist wieder leer.

»Bist du schon mal fremdgegangen?«, fragt sie.

Er schenkt sich nach und dabei verwischt sein linker Schuh eine Kreidelinie ganz leicht. Ein Muskel in seiner Wange beginnt immer wieder leicht zu zucken.

»Nein.«

»Aus moralischen Gründen?«

»Das würde mich vor zu viele Fragen stellen.«

»Was für Fragen?«

»Warum ich das tue und was für Konsequenzen ich daraus ziehen müsste.«

»Also die Fragen, die du mir gerade stellst?«

»Stellst du sie dir nicht selbst?«

»Ich hab das getan, weil es mir Spaß gemacht hat. Das weiß ich, worüber soll ich da weiter nachdenken?«

»Darüber, ob dir nicht was fehlt, was man ändern müsste, ob das moralisch nicht verwerflich ist, ob man nicht Verantwortung gegenüber anderen Menschen trägt, so was.«

Maja nickt und sieht auf ihre Hände. »Stellst du dir diese Fragen nicht auch?«, fragt sie.

»Noch ist nichts passiert. Und bevor ich irgendwelche Sachen wiederhole, würde ich Jakob erst mal ein paar Fragen stellen.«

Maja hält inne und stellt ihr Glas ab. »Was würdest du ihn denn fragen?«

»Was er davon hält.«

»Was sollte er schon davon halten. Der würde ausrasten.«

»Bei Facebook war er gestern ganz nett.«

»Du hast ihn bei Facebook geaddet?«

»Schon nach der Büchernacht.«

Maja vergisst weiterzutrinken und dreht Felix ihren ganzen Oberkörper zu. »Bitte?«

»Ich wollte sehen, ob ihr zusammen seid.«

»Du hättest mich auch fragen können!«

»Ich hab ihn gefragt.«

»Seid ihr jetzt beste Freunde oder was?«

»Er weiß zumindest von der Küche.«

Jetzt wird Majas Kopf ganz heiß. »Von welcher Küche?«

»Unserer Küche natürlich.«

Sie stellt ihr Glas ab und rückt leicht von ihm weg. »Das hast du ihm nicht erzählt.«

»Ich versuche, ein möglichst ehrlicher Mensch zu sein.«

»Warum das denn?«

»Dann fühl ich mich besser. Ich denke, ehrlich sein zu wollen ist oft rein egoistisch.«

»Allerdings ...« Maja lehnt sich wieder an die Wand und nimmt ihr Glas in die Hand. »Habt ihr gechattet?«

»Genau. Er war gar nicht so überrascht.«

»Das konntest du im Chat sehen?«

»Er hat sofort geantwortet, dass er damit gerechnet hat.«

Maja zieht die Augenbrauen hoch. Doch sie sagt nichts.

»Ich hab ihm dann geraten, dich seine feste Freundin zu nennen. Vielleicht wärst du dann verantwortungsbewusster, hab ich gesagt.«

»Das klingt, als wärt ihr meine Eltern!«

»Ich hab mir nur Sorgen um ihn gemacht. Ich glaub, ihm liegt schon viel an dir.«

»Natürlich liegt ihm viel an mir.«

»Und dir auch an ihm?«

Sie antwortet nicht.

»Dann solltest du mich nicht küssen, bevor du ihn gefragt hast.«

Maja muss vor Überraschung auflachen. »Vielleicht will ich dich ja gar nicht küssen!«

»Dann bräuchtest du ihn auch nicht zu fragen.«

»Genau.«

Felix lächelt Maja an. Er bewegt sich nicht. Noch immer lehnt er mit dem Rücken an der Wand, sein Kopf ist Maja zugewandt, der Oberkörper nicht. Ein Bein hat er angewinkelt und auf den Boden aufgestellt, das andere liegt ausgestreckt, sodass Maja die Seite des sorgfältig gepflegten Lederschuhs sehen kann. Die Hände hat er über dem Bauch gefaltet. Er bewegt nicht einmal die Finger. Maja stellt sich vor, wie er es doch tut, wie er die Finger seiner rechten Hand aus ihren Verschränkungen löst und über den Holzboden streifen lässt. Wie sie an Majas Oberschenkel ankommen, über den Jeansstoff fahren und nach dem Knopf suchen. Schnell löst Maja ihren Blick von seinen Händen und sieht Felix wieder ins Gesicht. Er grinst noch breiter.

Maja steht auf und läuft zum Schreibtisch. Zum echten, denn darauf liegt der Laptop. Sie nimmt ihn und setzt sich wieder neben Felix. Der sagt nichts. Er beobachtet nur, wie sie ihr Notebook aufklappt, sich bei Facebook einloggt und schaut, ob Jakob online ist.

»Du willst ihn im Chat fragen?«
»Das hat bei dir doch auch geklappt.«
»Was, wenn er Schluss macht?«
Maja antwortet nicht.

Naaa?
Wir haben noch nie gechattet.
Du und Felix aber schon.
Wer ist Felix?
Der Typ in der Küche. Du hast mich nie darauf angesprochen.
Wir waren ja noch nicht zusammen. Als du mit ihm in der Küche warst.
Deswegen bist du nicht böse?
Dazu hab ich doch gar kein Recht.
Aber jetzt hättest du das Recht?
Hätte ich.
Ja.
Warum fragst du?
Weil er neben mir sitzt.
Was macht er neben dir?
Er erzählt mir, dass du von der Küche weißt.
Warum?
Er versucht, ein ehrlicher Mensch zu sein.
Und dafür besucht er dich?
Ich glaube nicht.
Ich auch nicht.

Aber du bist nicht böse, weil er da ist?
Nicht, solange du mir davon erzählst.
Das ist gut.
Klar bin ich gut.
Ja, du auch.

Maja sieht Felix an. Er ist näher zu ihr herangerückt, damit er den Chatverlauf mitlesen kann. Er grinst nicht mehr, stattdessen runzelt sich seine Stirn vor Konzentration.

Jetzt könnte Maja Jakob mehr erzählen. Sie könnte ihm sagen, dass sie Lust hat, Felix zu küssen, dass sie seine Hände mag und seine Schuhe. Sie könnte erzählen, dass ihr seine Direktheit gefällt und dass sie mag, wie seltsam sie ihn findet. Sie stellt sich schon vor, wie Jakob ihr alles erlaubt und sie dann mit Felix jedes Kreidemöbelstück ausprobiert.

Jetzt hat Felix fertig gelesen, er sieht Maja von der Seite an. Als würde er genau darauf warten. Doch sie schreibt: »Ich meld mich morgen wieder.«

Und Jakob schreibt: »Schön.«

Maja Jama
bekommt heute eine Führung durch Frankfurt. Und das von einem Kassler!

Cat Rina and **Svenja Niemann** *like this.*

> **Jakob Meisenbach**
> Merk dir alles, nächste Woche kannst du mich dann führen.

Maja Jama
mag Shisha mit Minzgeschmack.

> **Felix S.**
> gefällt das auch.

Jakob Meisenbach
Ich mag Zitrone lieber.

Maja Jama
hat Muskelkater vom Tanzen. Dass ein Podest einem so viel abverlangt ...

Cat Rina
Darauf hätte ich dich gern gesehen! Was hattest du an?

Felix S.
Ich wusste nicht, wie sehr sich zwei Grüntöne beißen können. Der ganze Club hat gestarrt. Da kann keiner wegsehen.

Svenja Niemann
Komm nach Bern und tanz für uns!

Maja Jama
hat ganz rote Augen vom Schwimmbad. Wie werd ich dann erst morgen aussehen?

Am nächsten Morgen, als Maja wieder untertaucht, sind ihre Augen nur noch rosa. Sie lässt sie offen und sucht Felix unter Wasser. Ihre Füße stoßen sich vom Beckenrand ab, Maja macht einen kräftigen Schwimmzug.

Rechts taucht eine schwarze Badehose auf. Die Beine darunter sind lang und sehnig, der Oberkörper auch, nur am Arm wabern ein paar Härchen. Felix' Kopf taucht ebenfalls unter und schwimmt auf Maja zu. Seine Haare sind so kurz, dass sie sich dabei kaum bewegen. Aus dem rechten Nasenloch steigt eine kleine Luftblase auf und Maja hat Lust, sie platzen zu lassen.

Felix kommt immer näher und sie mag diese Perspektive: Die Nase ist am größten, darunter der Rest vom Gesicht, die

Schultern wirken fast schon schmal. Er lächelt nicht, er sieht Maja nur auf die Fingernägel. Heute sind sie orange.

Er kommt bei ihr an und gemeinsam tauchen sie auf.

»Heute beißen sich deine Nägel mit deinen Augen«, sagt er. Sie lächelt und legt sich ihre Finger auf die Wangen. Am liebsten würde sie herausfinden, wie rot Augen werden können. Sie würde gern abtauchen und unten bleiben, ohne zu zwinkern. Dafür bräuchte sie nur einen Schnorchel, dann könnte sie vielleicht ihren Rekord brechen. Den Rekord aus der Schule, den ohne Schnorchel. Maja taucht wieder ab, indem sie sich mit den Armen vom Beckenrand wegdrückt, die Hände halten sich daran fest. Wie früher. Wieder taucht sie mit weit geöffneten Augen und schaut quer durch das Becken, vorbei an Felix' Oberkörper mit den vereinzelten Brusthaaren. Genau so ist sie schon einmal getaucht. Sie hatte ganz tief eingeatmet, bevor sie abtauchte, und mit all der Luft in ihrer Lunge konnte sie lange in das Becken sehen.

Eigentlich wollte sie die Augen lieber schließen. Doch das ging nicht, sie hatte es versprochen. Also starrte sie geradeaus, wo noch zwei tauchten. Am liebsten hätte sie Klotennis gespielt. Doch rechts und links am Beckenrand stand nichts geschrieben. Die Fliesen waren hellblau und von den Wellen ganz verschwommen. Egal wohin sie den Kopf drehte, ihr Blick prallte wieder ab und blieb in der Mitte hängen, geradeaus, bei den anderen beiden, und die konnten die Luft auch sehr lange anhalten. So lange, dass sich Finger am Stoff festhielten oder andersherum – eine Badehose und noch eine und beide wurden heruntergezogen. Dabei wollte Maja das gar nicht sehen. Trotzdem. Ihre Arme blieben gerade und ihre Hände umfassten den Beckenrand noch immer. Sie sah geradeaus, in die Badehosen hinein, die ganz leicht zwischen vier Knien schaukelten. Hin und her und hin und her und hin und her. Sie konnte den Blick nicht abwenden, sie konnte nicht einmal zwinkern. Ihre Augen brannten noch vor ihrer Lunge, doch sie sah weiter geradeaus. Auch dann noch, als die Hosen wieder hinaufgezogen wurden, nicht mehr in den Wellen schaukelten, sondern an den schwimmenden Körpern. Der eine entfernte sich, der andere kam auf Maja zu. Majas Augen brannten, jetzt auch die Lunge. Doch sie tauchte nicht auf, zwinkerte nicht. Die eine Badehose schwamm immer näher an sie heran, immer näher und näher und sie wollte nicht zwinkern, sie bewegte sich nicht.

Kurz bevor die schwimmende Gestalt bei ihr angekommen war, begann das Wasser, sich zu verfärben. Im Hintergrund sah Maja noch, wie langsam immer mehr Badehosen untertauchten. Die dazugehörigen Bäuche, Hälse, Gesichter. Und alle schauten sie Maja an. Maja und die Gestalt, die direkt vor ihr schwamm. Zwei nach ihr greifende Hände. Ein Grinsen im Gesicht. Zwei Luftblasen, die aus einem Nasenloch aufstiegen. Doch das Wasser wurde dunkler und dunkler und mit ihm die vielen Taucher am anderen Ende des Beckens. Ihre Bäuche, Hälse, ihre grinsenden Münder verschwanden zuerst. Dann breitete sich das Schwarz des Wassers weiter aus, schwappte in Majas Richtung. Es eroberte die Mitte des Beckens und kam immer näher an sie heran. Bis es den fremden Kopf direkt vor ihr verschluckte, den Hals, den Bauch, dann die Badehose.

Bald erkannte Maja nicht einmal mehr die Finger, die sich nach ihr ausstreckten. Sie verschwanden im Schwarz des Wassers, egal wie angestrengt Maja starrte. Es wirkte, als würde das Wasser ganz dick, dick und schwarz, so dick, dass sie nicht mal mehr eine Berührung hätte fühlen können. Ihr war egal, was die Finger taten.

Und langsam rutschten ihre Hände vom Beckenrand, sodass Maja im dickflüssigen Wasser sanft zur Seite kippte.

GAME REQUESTS.

Zwei Hände fassen Maja unter die Arme. Das kann sie gar nicht leiden, eigentlich darf niemand ihre Achselhöhlen berühren. Doch sie kann sich nicht wehren und lässt sich von den Händen durchs Wasser ziehen. Sie merkt nur, wie ihr Kopf auf der rechten Schulter liegt. Dann taucht er auf. Eine der Hände fasst ihr ins Gesicht, um den Kopf geradezurücken, die andere bleibt unter ihrem Arm, damit Maja nicht wieder untertaucht.

»Was ist mit dir los, bitte?«, fragt Felix' Stimme und Maja versucht, ihn anzusehen. Zuerst öffnet sie den Mund, um Luft hereinzulassen. Jetzt kann sie auch wieder geradeaus gucken. Sie atmet ein paar Mal laut ein und aus.

»Warum bleibst du einfach unter Wasser?«, fragt er weiter. Sein Gesicht ist ganz hell und die Nasenflügel öffnen sich weit bei jedem Atemzug. Maja lächelt, weil er eine ganz andere Badehose trägt als die in ihrer Erinnerung.

»Ich hab mich erinnert, aber ich weiß nicht mehr an was.«

»Was meinst du?«

»Ich hatte alte Bilder im Kopf. Keine Ahnung, woher die kommen.«

»Du redest wirres Zeug.«

»Von früher, ich war noch in der Schule.«

»Deswegen musst du nicht gleich ertrinken!«

»Ich bin schon einmal so lange getaucht. Ich glaub, ich bin dann ohnmächtig geworden.«

»Verständlicherweise. Wie diesmal auch!«

»Schon wieder?«

»Du hast dich in der Ecke festgehalten, bis du abgerutscht bist.«

»Das klingt ja gruselig.«

»Ohne Luft geht es nun mal nicht.«

Maja nickt und setzt sich auf den Beckenrand. Auch Felix schwingt sich hoch und sieht Maja an.

»Brauchst du jemanden, der auf dich aufpasst?«, fragt er und dabei klingt er fast schon vorwurfsvoll. Maja sieht ihn überrascht an. Zuckt mit den Schultern. »Nein, natürlich nicht«, sagt sie und fast ist ihr das Ganze ein bisschen peinlich.

»Ich würde das ja machen, aber ich muss das vorher wissen.«

»Nein, nein … tut mir leid.«

Felix sieht sie trotzdem noch fragend an. Also steht Maja auf und sagt: »Ich muss jetzt heim«, während sie in Richtung Dusche läuft.

Trotzdem trifft sie Felix am nächsten Tag wieder. Und am Tag darauf.

Farbpfoten *invited you to the event* **Farben über die Bemerkungen.**

Svenja Niemann
MARCH 12

Hast du schon einmal jemanden entjungfert? Ich dachte, dabei müsste ich weinen, weil es nicht zu mir passt. Aber ich habe nicht geweint. Anscheinend kann ich mich noch selbst überraschen. Ich hab erst hinterher geweint. Da ist mir nämlich aufgefallen, dass er seine Brille abgenommen hat. Und ohne Brille passen seine Augen wirklich nicht zur Nase. Der Sex war natürlich auch nicht gut. Wie soll das auch gehen? Wenigstens hatte ich ganz trockene Augen dabei.

Könnte man mich jetzt anzeigen? Bestimmt. Dabei hab ich so lange durchgehalten. Ich hab ihn in den letzten Wochen jeden Tag gesehen. Wir haben uns umarmt und meistens hat sein Aftershave nicht zu meinem Parfüm gepasst. Da hab ich mich hingesetzt und er sich auch, mir immer gegenüber. Jedes Mal hat er sich so hingesetzt, dass er mir den ganzen Oberkörper zuwenden konnte. Dann hat er ein kleines bisschen gelächelt, sein S-Bahn-Lächeln, und gewartet, bis ich fertig geweint hab. Er hat Kakao bestellt. Mit viel Sahne, denn er mag eigentlich noch gar keinen Kaffee. Oder Kinokarten. Meistens für Abenteuerfilme oder Liebesgeschichten. Filme ab achtzehn haben wir noch nicht ausprobiert, bestimmt hat er Angst, ohne Ausweis nicht reinzukommen. Vor mir wäre ihm das sicher unangenehm. Manchmal waren wir sogar im Theater. Dafür trug er Jackett. Geweint hab ich immer im Foyer in einer Ecke. Er hat sich vor mich gestellt, sodass die Leute nicht gucken konnten. Und nie hab ich ihn hinterher mit ins Wohnheim genommen. Nur heute.

Katrina, Adrian und Jakob waren nicht da, außerdem waren wir betrunken. Mir war beim ersten Glas schon klar, wie das enden wird. Wenn er Alkohol trinkt, ist er plötzlich zehn Jahre älter. Oder ich jünger, aber das glaub ich nicht. Er sitzt gerader, guckt direkter und fährt sich immer wieder mit den Zeigefingern über die Mundwinkel. Sodass ich da ständig hinschauen muss.

Erst hab ich ihm nur in die Mundwinkel gesehen, dann hab ich sie angefasst. Und du weißt ja, was passiert, wenn ich Mundwinkel anfasse.

Ich denke, das sollte ich noch einmal ausprobieren. Was probierst du gerade aus?

Maja Jama
MARCH 14

Ich überlege, was ich mit meinen Kreidemöbeln tun soll. Hat Jakob dir davon erzählt? Gerade war Felix hier und hat es sofort bereut, mich besucht zu haben. Weil ich Jakob noch nicht gefragt hab. Bevor ich Felix küsse, muss Jakob davon wissen, sagt er. Also ist er in meinem Zimmer auf und ab gelaufen und jeder Schritt hat Kreidestriche verwischt. Er ist schnell wieder gegangen, aber kein Möbelstück ist ganz geblieben. Dabei haben sie so schön ausgesehen. Weißt du davon? Die weißen Umrisse von Bett, Schreibtisch, Sofa und Schrank waren ordentlich in die Ecken gemalt. Alles hatte seinen Platz, meistens habe ich auf den Kreidemöbeln gesessen. Und dann läuft Felix einfach da durch! Ich hab ihm dreimal gesagt, dass er vorsichtig sein soll, bevor ich ihn auf den Drehstuhl gedrückt hab. Auf den echten.

Eigentlich wollte ich ihm noch eine Ohrfeige geben, aber er dachte wohl, ich will mich auf seinen Schoß setzen. Als er ruckartig auf-

gestanden ist, bin ich auf mein verwischtes Kreidebett gefallen (ich hatte das Gefühl, ich würde auf einer aufgerissenen Federdecke liegen.) Er hat sich entschuldigt, mehrmals, aber gleichzeitig hat er seine Jacke genommen, ist noch einmal durch die Kreidestriche gelaufen und aus dem Zimmer gestürmt.
    Jetzt ist hier alles unordentlich. Hast du eine Idee?
    Erzähl mir vom zweiten Mal, ich bin nicht erschüttert!

Doch bevor Svenja antworten kann, verlässt Maja den Raum, indem sie auf Zehenspitzen um die Kreidestriche herumläuft. Natürlich brennt auf dem Flur noch Licht, aus dem Wohnzimmer dringt Zigarettenqualm und leises Gelächter. Als Maja die Tür öffnet, sieht sie wie jeden Abend Jolanda und Filis auf den Matratzen sitzen, ein paar leere Bierflaschen vor sich, leicht erhitzte Gesichter.
    »Maja!«, ruft Jolanda, »was machst du?«
    »Ich würd mir gern eure Kreide ausleihen.«
    »Ja klar, nimm sie dir«, sagt Filis und deutet auf eine Ecke des Raums, »was hast du denn vor?«
    »Können wir dir helfen?«
    »Nein, lasst mal, ich würd nur gern die Striche nachzeichnen. Ein paar kann man kaum noch erkennen.«
    »Wir können auch einfach durchwischen und dir beim Aufbauen helfen«, bietet Filis an, während sie prüft, ob in einer der Flaschen noch ein Rest Bier zu finden ist.
    »Noch nicht, ich mag die Kreide«, lächelt Maja und auch Filis lächelt, sie ist fündig geworden.
    »Na gut«, sagt Jolanda, »dann viel Spaß und schlaf schön!«
    Maja lächelt immer noch und nimmt die Kreide mit in ihr Zimmer. Sie schaltet das große Licht ein, dann auch die Nacht- und Schreibtischlampen. Heller geht's nicht und Maja kniet sich auf den Boden. Zuerst repariert sie den Schrank. Dafür nimmt sie braune Kreide. Sie zeichnet die Umrisse sorgfältig nach

und dann beginnt sie, sie auszumalen. Später zeichnet sie mit schwarzer Kreide Schubladen und Türgriffe darauf, mit blauer die Bettdecke auf das Bett, mit grüner die Schreibunterlage auf ihren Tisch und mit weißer ein Kissen auf das Sofa.

Erst als ihr Zimmer ganz bunt ist, merkt Maja, wie müde sie geworden ist. Es muss sehr spät sein. Vielleicht wird es sogar schon wieder hell. Also steigt sie in ihr Bett, rollt sich auf die Seite und schläft ein.

*

Als Jakob an der Tür klingelt, schläft Maja noch. Benommen richtet sie sich auf und betrachtet den eigenen Abdruck auf der bunten Kreide. Bevor sie Jakob öffnet, repariert sie schnell das Bett und streckt sich in möglichst verschiedene Richtungen. Ein Kreidebett ist einfach nicht so bequem wie ein echtes, doch das wird Maja niemandem erzählen.

Im Flur ertönt der Summer, anscheinend hat eine ihrer Mitbewohnerinnen die Tür geöffnet. Schnell zieht Maja sich noch um, und gerade als Jakob an der Tür klopft, hat sie auch die frische Jeans zugeknöpft.

»Ja«, sagt sie leicht außer Atem.

Jakob steht in der Tür, grinst erst, dann zieht er die Augenbrauen hoch. »Was hast du denn im Gesicht?«, fragt er.

Sie wischt sich mit beiden Händen darüber, aber er lacht nur. »Du bist ganz blau! Ich glaub, du musst duschen.«

Maja sieht in den Spiegel und muss auch ein wenig grinsen. Sie hat ihr halbes Kopfkissen im Gesicht. Auch ihre Hände sind bunt und ihre Unterarme.

»Ja, duschen. Du sicher auch, nach deiner Nachtfahrt«, sagt sie und Jakob stellt seinen großen Rucksack ab.

Mabine Süller *invited you to the event* **Einzugsparty.**

Martin Z. *posted in* Einzugsparty: »Ich freu mich auf dich. Das wird die schönste WG, in der ich je gewohnt habe.«

Unter der Dusche wäscht Jakob mit vier Fingern und ein wenig Seife Majas Gesicht. Doch fast wünscht sie sich, die Farbe wäre wasserfest. Jakob würde weiterwischen, immer fester und unvorsichtiger, er würde sie verwirrt ansehen. Sie kann sich seine Augenbrauen dabei gut vorstellen: gerunzelt, zusammengezogen. Doch das würde nichts bringen. Hinterher könnte sich Maja nach Duschgel duftend und mit buntem Gesicht in ihrem Zimmer anziehen und Jakob müsste beobachten, wie die Möbel immer weiter auf sie abfärben.

Doch er lächelt längst, sie scheint wieder sauber zu sein. Also versucht auch sie zu lächeln.

*

»Wie krass«, sagt Jakob, als er frisch geduscht und mit noch nassen Haaren in Majas Tür steht. Erst jetzt sieht er sich richtig um und bewegt sich keinen Schritt weiter in das Zimmer hinein. Anscheinend haben Jolanda und Filis seine Worte gehört und sehen ebenfalls neugierig ins Zimmer.

»Ach du Scheiße!«, ruft Filis.

»Das ist ja geil!«, meint auch Jolanda und dann rennt sie schnell in ihr Zimmer, um die Kamera zu holen.

»Bitte, dürfen wir?«, fragt Filis und Maja nickt.

»Würdest du dich auch fotografieren lassen?«, fragt Jolanda sogar Jakob und schiebt ihn ins Zimmer. »Setz dich einfach aufs Sofa. Also aufs Kreidesofa!«, sagt sie und verwirrt setzt er sich auf den bemalten Boden.

Maja bitten sie, vor dem Schrank zu stehen. Dann soll sie sich auf den Drehstuhl setzen, auf das Bett und neben das Regal. Auch Jakob wandert von einer Ecke in die andere, während

Jolanda und Filis aufgeregt den Blitz regeln, das Weitwinkelobjektiv ausprobieren und laut überlegen, wie sie die Farben digital noch verstärken könnten.

Wild diskutierend verlassen sie irgendwann den Raum. Jakob und Maja sitzen mit angewinkelten Beinen zwischen den Farben und sehen sich an.

»Was ist denn hier los?«, fragt Jakob und Maja zuckt mit den Schultern.

»Künstler«, sagt sie entschuldigend.

»Du bemalst dein Zimmer nur für diese Fotos?«

»Schon«, lügt sie und richtet sich dabei umständlich auf, »aber es macht mir natürlich auch ein bisschen Spaß.«

»Es sieht schon geil aus.«

Maja lächelt. »Schon, oder?«

»Auf jeden Fall.«

»Ich brauch einen Kaffee«, sagt sie dann, noch immer lächelnd, und zieht ihre Jacke an, während sie in Richtung Tür läuft. Indem er vorsichtig um die Striche herumgeht, folgt er ihr, und nur zaghaft versucht er, sich die Kreide von der Kleidung zu klopfen.

*

Eigentlich wollte Maja sich betrinken. Sie hat sogar in Erwägung gezogen, was zu rauchen, bevor sie dieses Thema anschneidet. Aber jetzt hält sie schon ihren dritten Kaffee in der Hand, heiß und süß, ihr Magen tanzt und alles in ihr scheint vom Koffein wild zu pochen. Ihre Hände zittern. »Was ich dir jetzt sage, hat nichts mit dir zu tun«, beginnt sie und adressiert dabei Jakobs Nase, die kann wenigstens nicht so stark reagieren. Jakob sagt nichts. Er wartet.

»Ich bin gern mit dir zusammen, ich will mich auch nicht von dir trennen. Darum geht es nicht.«

Jakob nickt nicht, seine Nase zuckt auch nicht, es weiten sich noch nicht einmal die Nasenflügel. Er wartet weiter.

»Okay«, sagt Maja und nimmt noch einen Schluck. Ihr Magen fühlt sich an, als würde der Kaffee darin weiterkochen.

»Ich denke oft über Felix nach, ich kann das nicht abschalten. Es ist nichts gelaufen, seit ich mit dir zusammen bin. Aber wir sehen uns oft, verstehen uns gut und ... er reizt mich.« Maja nimmt noch einen Schluck, obwohl ihr längst schlecht ist. »Möchtest du, dass ich den Kontakt zu ihm abbreche?«

Jetzt wartet sie. Jakob bewegt sich noch immer nicht. Auch, als sie den Blick von seiner Nase zu seinen Augen hebt. Er antwortet nicht. Sie wartet weiter. Irgendwann muss er etwas sagen. Irgendwann sagt er: »Ich möchte, dass du den Kontakt gar nicht willst.«

Sie zuckt mit den Schultern.

»Wenn du den Kontakt nur für mich abbrichst, dann bringt das gar nichts.«

Jetzt nickt Maja und stellt die Kaffeetasse wieder hin. Sie ist leer.

»Aber ich weiß nicht, ob ich mit dieser Situation klarkomme. Darüber muss ich erst nachdenken.«

Wieder nickt Maja. »Fahren wir zum Main?«, fragt sie und er ist einverstanden.

In der Straßenbahn sagt er kein Wort und am Anfang macht sie mit. Irgendwann aber fängt sie an zu reden. Sie erzählt ihm von Filis und Jolanda, von dem Kunstprojekt, davon, wie es sich anfühlt, auf einem Kreidebett zu schlafen, sie erzählt von Frankfurt, ihren ersten Eindrücken und dem kleinen Muffin-Laden, den sie entdeckt hat. Sie redet von Literaturveranstaltungen, die sie besuchen könnten, vom neuen Spielplan des Schauspiel Frankfurt, davon, welche Leute der Intendant aus Berlin mitgebracht hat und wie ihr neues Parfüm riecht. Sie beschreibt ihm, wie der Umzug gelaufen ist, und erzählt sogar, was ihr Opa dazu gesagt hat. Dann redet sie nur noch von ihrem Opa, von seinem Gesicht, von seinen Händen und den dick geschwollenen Adern an seinem Unterarm. Sie beschreibt, wie er klingt, wie er riecht und wie das früher gewesen ist. In Schlesien, in dem kleinen Tanzlokal, in dem er aufgewachsen ist. Dass es dort auch Theaterveranstaltungen und Kinoaufführungen gab. Dass die Menschen an jedem Abend da waren. Dass immer etwas anderes geboten war. Sie erzählt von Opas Flucht, und als sie gerade beschreiben möchte, wie seine Schwester von einem Soldaten erschossen wurde, küsst Jakob sie.

Sie stehen längst am Main, sie sind sogar schon einige Meter gelaufen. Es ist noch sehr kalt für diese Jahreszeit, Jakobs Nase ist ganz kühl, als sie sich in Majas Wange drückt.

Doch Maja widerspricht nicht, sie beschwert sich nicht einmal, dass Jakob sie nicht hat ausreden lassen. Sie bleibt einfach stehen und Jakob auch, sie bleiben einfach stehen, sehr lange.

*

Als es schon wieder dämmert, sitzt Maja auf Jakobs Schoß. Sie sind wieder in ihrem Zimmer, er liegt auf dem Kreidebett. Seine Handflächen sind ganz blau, seine Unterarme auch und auf seinem Oberkörper kann Maja ihre eigenen, gelben Fingerabdrücke erkennen. Im Gesicht hat er rote Kreidespuren und Maja beugt sich darüber, um sie noch ein wenig zu verwischen.

Farbpfoten *invited you to the event* **Das Absurde und die Kreide.**

Die ganze Woche sind Maja und Jakob ein bisschen bunt. Jedes ihrer Kleidungsstücke hat Kreidespuren, unter ihren Fingernägeln verfangen sich die Farben und sogar ihre Haare schimmern in verschiedenen Tönen.

Manchmal sehen sich die Menschen verwundert nach ihnen um, Jakob lächelt drüber. Als würde er es richtig genießen, seltsam zu wirken. Und schon am ersten Morgen hilft er Maja, die Möbel zu reparieren.

Im Laufe des Tages geht eins ums andere kaputt, denn die beiden nutzen jedes einzelne, bis es sie nicht mehr zu halten scheint. Am nächsten Morgen bauen sie sie alle wieder auf. Noch vor dem ersten Kaffee.

Sie mögen es, wenn ihre Hände Farbspuren auf den Tassen hinterlassen, wenn ihre Hosen sich auf den Caféstühlen verewigen und die ersten Schritte aus dem Haus heraus bunte Abdrücke machen. Maja und Jakob fallen in Kaufhäusern auf, in der Straßenbahn, auf dem Flohmarkt und sogar in Diskotheken. Und immer wieder nehmen sie die Kreide in die Hand und zeichnen noch einmal nach.

Am letzten Tag, als beide auf den Knien hocken, um den Schreibtisch wiederherzustellen, sagt Jakob: »Ich versuche, mit der Situation klarzukommen«, und Maja weiß, was er meint. »Wenn ich dir Felix verbiete, dann ist er nicht wirklich weg. Dann ist er nur etwas, das du nicht darfst, vielleicht wird es dann noch schlimmer. Ich will, dass du ihn nicht mehr willst. Ich will, dass du mich trotz Felix willst. Ich will gewinnen. Wenn ich Felix disqualifiziere, kann ich nicht gewinnen. Ich will der Einzige sein und das geht nur, wenn ich dir auch die Freiheit lasse, einen Zweiten zu haben. Ich will trotzdem der Einzige sein. Ich nehm die Herausforderung an.«

Während er das sagt, schnell und ohne eine einzige Pause, sieht er weiterhin auf die Kreide, zeichnet mit sicheren Bewegungen weiter. Maja hört auf. Sie sitzt nur da und sieht Jakob an. Sagt nichts. Nickt nur, obwohl er nicht hinsieht. Dann zeichnet auch sie weiter.

Lorenz Küchlein *wants to be friends with you on facebook.*

Lennard Küchlein *wants to be friends with you on facebook.*

Maja Jama
MARCH 27

Na du kleine Nutte? Geht's dir gut? Lass mal wieder was von dir hören! Oder reicht dir schon, was Jakob von mir erzählt? Mir reicht das nicht! Er sagt nur, bei dir ist alles beim Alten. Lügt er?

Bei mir ist gerade nichts alt, gar nichts. Neues Zimmer, neue Mitbewohnerinnen, neue Uni und neuer Jakob. Damit hab ich wirklich nicht gerechnet. Dass er sich auf so was einlässt. Aber er ist mittendrin und lässt nichts entgleisen. Er hat sogar Regeln aufgestellt: Ich darf nicht von Felix reden, außer er fragt mich. Ich soll mir ein zweites Handy kaufen, damit er Felix' SMS nicht sieht. Wenn ich ihn aus Versehen Felix nenne, darf er mir die Haare kämmen. Da lacht er auch noch drüber. Als hätte er richtig Spaß an der Situation. Den hab ich gerade nicht. Hab Felix noch nicht mal geküsst. Noch nicht mal ein kleines bisschen! Vielleicht will ich dieses Abenteuer noch ein wenig hinauszögern, noch spannender machen, vielleicht braucht es noch ein bisschen Zeit.

Dafür hab ich zwei neue Jungs kennengelernt. Nein, du kleine Nutte, die werd ich auch nicht küssen. Der eine hat ganz lange Haare und einen Ziegenbart. Der andere ist zwei Meter groß. Der läuft immer mit einem altmodischen Hut rum und seine Männerabsätze klackern laut. Und dann sagen die beiden ständig Sätze, mit denen ich nicht rechne. Als ich sie kennengelernt hab, standen sie an einem Kuchenstand vor unserem Institut. Eigentlich wollte ich mir nur ein Stück kaufen und mich zu den Mädchen mit dem roten Lippenstift setzen. Ich wollte sie fragen, ob sie alle den gleichen benutzen. Aber dann hat Lennard schon gesagt: »Die benutzen alle den gleichen Lippenstift. Wenn du ihn nicht kaufen willst, bleib bei uns.« Er hat mir ein Stück Himbeertorte sorgfältig auf eine Serviette gelegt und so breit gegrinst, dass sein Hut durch die Bewegung der Gesichtshaut wackelte.

»Was muss ich mir denn bei euch kaufen?«, hab ich gefragt und Lorenz hat geantwortet: »Jeden Tag, worauf du Lust hast: Smarties, Kokosraspeln, Nutella oder Puderzucker.«

Wir haben noch am gleichen Abend drei verschiedene Blechkuchen gebacken. Und am nächsten Morgen stand ich mit Lennard und Lorenz hinter dem Stand. An manchen Tagen bekommen wir achtzig Euro zusammen, die spenden wir dann. Und mir ist ganz egal, wie albern das ist. Am liebsten würde ich mir einen Ziegenbart wachsen lassen und ein paar Hüte kaufen.

Jetzt kann ich echt gut backen, komm vorbei, ich zeig's dir!

Manchmal steht Felix plötzlich vor Majas Kuchenstand. Lennard oder Lorenz sagt: »Deine Hautfarbe würde super zu diesem wundervollen Nusskuchen passen«, und Felix lacht darüber. Er kauft den Nusskuchen und Maja sieht ihm beim Essen zu. Vielleicht ist ihm das unangenehm, überlegt Maja, denn nach jedem Bissen wischt er sich über die Mundwinkel. Er fährt mit der Zunge über beide Zahnreihen, als hätte er Angst, dass sich ein Nussstück dazwischen verfängt. Und Maja sieht ihm lächelnd zwischen die Zähne. Sie sagt nichts, bis er aufgegessen hat. Dann gehen sie. Was trinken oder in eine Lesung. Ins Kino oder zum Improvisationstheater. Heute fahren sie Straßenbahn. Sie steigen in die Elf, denn die fährt fast eine Stunde. Sie setzen sich in einen Vierersitz, ganz hinten im letzten Waggon. Nur manchmal setzen sich auch fremde Leute dazu. Nach wenigen Minuten steigen sie wieder aus. Manchmal wechseln sie auch den Platz, wenn Majas und Felix' Gespräch sie zu sehr schockiert. Andere Leute grinsen und hören ganz genau zu. Sie sehen bedauernd aus, wenn sie aussteigen müssen.

»Wie viel Zunge benutzt du beim ersten Kuss?«, fragt Felix.
»So viel, wie reinpasst.« Während Maja das sagt, sieht sie aus dem Fenster.
»Du willst gleich wissen, woran du bist.«
»Du nicht? Was würdest du mir zuerst ausziehen?«
»Dein Halstuch.«
»Weil du es hässlich findest.« Maja lacht.

»Findet Jakob das nicht?«
»Keine Ahnung.«
»Gibt es etwas an dir, das Jakob nicht mag?«
»Meine Haare, einmal hat er heimlich versucht, sie zu kämmen.«
»Magst du es nicht, gekämmt zu werden?«
»Ich finde es schöner, wenn sich jemand in meinen Haaren verfängt. Das zieht auch.«
»Wünschst du dir meine Hand in deinen Haaren?«
»Manchmal.«
»Was macht Jakobs Hand in deinen Haaren?«
»Sie versucht, einen Ausweg zu finden. Was würde deine tun?«
»Sich mit ihnen verknoten.«
»Wieso sprichst du ständig von Jakob? Gefällt dir der Gedanke?«
»Der Gedanke an dich und Jakob?«
»An unseren Sex zum Beispiel.«
»An was noch?«
»Wie wir mein Zimmer zeichnen. Oder uns E-Mails schreiben.«
»Der Gedanke funktioniert nicht. Ich kann mir nichts davon vorstellen.«
»Fehlt dir das?«
»Würdest du für mich die Webcam laufen lassen?«
»Jakob wäre dagegen.«
»Wenn er es nicht wüsste?«
»Ich weiß nicht.«
»Aber du weißt, dass ich im Nachteil bin. Jakob hatte schon mehr Vorlaufzeit.«
»Für was?«
»Das war Blödsinn.«
»Ja.«

»Welche Kondome benutzt ihr?«
»Bunte.«
»Würdest du mir auf jede Frage antworten?«
»Nur, wenn es mir Spaß macht.«
»Wie hell sind Jakobs Brustwarzen?«
»Sehr hell. Wie hell sind deine?«
»Weniger.«
»Hast du Lust rumzuknutschen?«, fragt Maja und lächelt. Doch Felix sagt: »Ich warte damit, bis du Lust hast.«
»Warum will ich nicht?«
»Du findest es komisch.«
»Dabei hab ich mit Jakob gesprochen.«
»Vielleicht brauchst du Alkohol.«
»Vielleicht musst du mich überreden.«
»Ich werd niemanden überreden, mich zu küssen.«
»Du bist ja eitel.«
»Warum nicht.«
»Wo würdest du deine rechte Hand dabei hinlegen?«
»An deine Schulter.«
»Und die andere?«
»An die andere Schulter.«
»Warum das denn?«
»Damit du sie woanders hinschiebst.«
Irgendwann steigen Maja und Felix doch aus, es ist längst dunkel geworden und die Straßen werden jetzt von den geschlossenen Schaufenstern beleuchtet. Auch an diesem Abend küssen sie sich nicht.

Maja Jama
APRIL 11
Was soll das denn, du kleine Nutte?
   Warum schreibst du mir nicht? Wo ich dir so gern mehr erzählen würde. Und alles von dir hören will.

Immer wieder holt Felix Maja von ihrem Kuchenstand ab. Lennard oder Lorenz sagt: »Deine Augen korrelieren wunderbar mit unseren Heidelbeertörtchen«, und Felix lacht. Immer wieder sieht Maja Felix beim Essen zu, bevor sie sich gegenseitig beschreiben, wie sich die eigenen Hände anfühlen, die Füße und Knie. Sie erzählen von ihren Blicken, ihrer Haltung, davon, wie sie im Halbdunkel lachen können. Doch sie zeigen es nicht. Sie hören einander nur zu und beginnen nie, diese Gespräche langweilig zu finden. Sie führen sie jeden Tag, lächelnd, sie fahren sich dabei durch die Haare, oft wischt Maja sich die feuchten Hände an der Hose ab und Jakobs Zunge taucht immer wieder in seinen Mundwinkeln auf. Bis Maja nach Bern fährt.

Maja Jama
APRIL 17
So, du kleine Nutte, jetzt fahr ich los und du wirst mir Rede und Antwort stehen. Ich hoffe wirklich, du bist dann noch da.

Maja Jama
fährt nach Bern! Ade!

WHO'S HERE BECAUSE OF YOU?

Maja sitzt im Zug und versucht, schneller zu atmen. Weil sie so müde ist. Schon als Kind hatte sie das Gefühl, sich mit Atmen wachhalten zu können. Nur wer langsam atmet, schläft ein. Das hat sie immer gedacht und sich beeilt. Einmal hat sie sich so sehr beeilt, dass sie nach hinten umgekippt ist. Dabei stellte sie sich vor, wie ihre Beine schneller rannten als ihr Oberkörper. Wie sie ihrem Bauch davonrennen wollten, aber nicht weit kamen, weil da schon der Rücken auf dem Boden schleifte. Nur ein kleines Stück, denn so ein Rücken bremst schnell. Maja lächelte über diese Vorstellung. Wie das aussehen musste: ihre rennenden Beine in der Luft. Ein lustiges Bild, wenigstens das, denn in ihrem echten Blickfeld konnte Maja kaum noch etwas erkennen. Sie hörte nur noch ein lautes Rauschen, als würde sie neben einer Straße liegen. Die Autos schienen auf der Stelle zu fahren: genau neben ihren Ohren, wie auf einem Laufband. Dazwischen eine strenge Stimme: »Das zählt nicht. Steh wieder auf. Das ist gegen die Regeln.« Doch Maja stand nicht auf, plötzlich war das Rauschen weg, das bisschen Blickfeld auch, und erst, als jemand klatschte, konnte sie die Augen wieder öffnen.

Das möchte Maja auch jetzt tun. Denn anscheinend hat sie sie doch geschlossen, sie scheint halbschlafend, mit nach vorn gefallenem Kopf in ihrem Zugsitz zu hängen. Doch es klatscht niemand. Also kann sie auch die Augen nicht öffnen. Natürlich nicht. Sie wartet. Doch daran wird sich wohl nichts ändern. Wer sollte in diesem Zugabteil klatschen? Sie würden alle denken, Maja wäre eingeschlafen. Es ist ja nicht so, dass sie ohnmächtig geworden wäre. Selbst dann – warum sollte man ihr dafür applaudieren? Maja hat es vergessen, obwohl es gerade noch Sinn gemacht hat.

Jetzt hängt sie hier und kann nichts tun. Niemand spielt mit. Und vielleicht ist das ja wirklich ein Spiel. Wie Stopptanzen. Das hat sie immer am liebsten gemocht: in den unmöglichsten Bewegungen einfrieren. Wie lustig alle aussahen, obwohl niemand lachen durfte. Maja stand auf einem Bein, machte ein seltsames Fischgesicht und fühlte sich, als wäre die Zeit mit der Musik angehalten worden. Oder als wäre sie selbst mit ihr angehalten worden. Manchmal wünscht sie sich, sie wäre so sehr mit der Musik verbunden, wie es beim Stopptanzen den Anschein macht. Dann könnte sie kurz Pause machen, durchatmen, und dennoch ginge es nahtlos weiter, sobald die Musik wieder eingeschaltet würde. Wie schön das wäre. Schade, dass Maja mit nichts so eng verbunden ist. Nicht mit der Musik, nicht mit anderen Menschen. Doch vielleicht könnte das Internet so etwas sein. Keine Musik, kein Mensch, aber etwas, das »Stopp« drücken kann. Maja weiß nicht, was dann die Musik wäre, doch das Internet würde sie bestimmt anhalten. Schließlich gibt es darin keinen Raum und keine Zeit. Hier steht alles ortlos und parallel nebeneinander. Im Internet kann man nicht tanzen.

Vielleicht ist Katrina also gar nicht verschwunden, vielleicht wurde nur ihre Musik angehalten, vielleicht kann Maja sie wieder einschalten. Wenn Profile die Abwesenheit von Musik sein können, wurde bestimmt auch ich gerade angehalten, denkt Maja und bleibt in ihrem Zugsitz hängen. Sie mag Stopptanzen. Irgendwann wird einer die Musik wieder einschalten.

Als ihr Handy in der Hand vibriert, schreckt sie hoch. Es ist ganz hell im Zug, sie muss mehrmals blinzeln. Dann erst kann sie die SMS lesen. Jakob freut sich auf sie und Maja sieht wieder aus dem Fenster.

Farbpfoten *commented on your Wall post:* »Wir kümmern uns so lang um deine Striche! Genieß das Wochenende!«

Jakob steht am Bahngleis. Sogar am richtigen Zugwaggon und Maja küsst ihn. Sie denkt nicht an Felix. Sie sagt: »Ich hatte einen ganz komischen Traum.«

»Ja?«

»Eigentlich nicht. Es war eher, als wär ich ohnmächtig geworden und könnte trotzdem denken.«

»So was geht doch, oder?«

»Aber warum sollte ich ohnmächtig werden?«

»An was hast du denn gedacht?«

»An Musik. Und an Stopptanzen.«

»Das hab ich gehasst.«

»Warum das denn?«

»Das ist doch affig.«

Die beiden gehen die lange Rampe entlang, die in das Herz des Bahnhofs führt. Dann nehmen sie die Treppe zur S-Bahn. Sie steht schon, also laufen sie schneller. Rechtzeitig steigen sie ein und setzen sich auf zwei einander gegenüberliegende Zweierbänke.

»Im Internet gibt es keine Zeit und keinen Raum«, sagt Maja und sieht Jakob dabei auf das Kinn, um sich besser konzentrieren zu können, »und Musik kann nur entstehen, während Zeit vergeht. Also …«

»Was?«

»Also kann man auf das Internet nicht tanzen.«

»Okay«, sagt Jakob und sieht verwirrt aus. »Was willst du mir sagen?«

»Sagen wir, wir tanzen. Du und ich und Katrina. Svenja vielleicht auch. Wir tanzen, aber manchmal brauchen wir eine Pause. Wir loggen uns bei Facebook ein. Und wenn wir auf diesen Button klicken, ist es, als würden wir »Stopp« drücken. Wir spielen Stopptanzen!«

Jakob sieht noch verwirrter aus. »Das hast du geträumt?«

»Ich hab doch gar nicht geschlafen.«

»Und ich tanze nicht.«

»Du spielst Stopptanzen.«

»So ein Scheiß!«

»Glaub mir das mal. Pass auf: Das Profil ist ja unsere Repräsentation. Zum einen repräsentiert es unsere Körper und zum anderen unsere Charaktere.«

»Was ist denn bitte auf der Fahrt mit dir passiert?«

»Das Profil steht für uns. Und das geht nur, wenn wir unsere ganze Person zusammenfassen. Dadurch frieren wir eine Darstellung ein, dir wir jetzt gerade von uns selbst entworfen haben. Wir drücken auf ›Stopp‹! Im Netz bewegen wir uns dann nur noch als diese Momentaufnahmen. Als hätten wir uns beim Stopptanzen in dem Augenblick fotografiert, in dem die Musik ausgegangen ist.«

Während Maja hartnäckig redet, steigen sie schon aus und Jakob zieht ihren Koffer bis zum Studentenwohnheim. Dann zieht er ihn in den Fahrstuhl und Maja sagt: »Verstehst du? Wir spielen alle Stopptanzen, das hat uns schon als Kindern gefallen und heute tut es das immer noch.«

»Aber ich hasse Stopptanzen«, wirft Jakob ein.

»Anscheinend nicht!«, sagt Maja.

Jakob versucht, sie zu küssen, doch Maja macht sich los und sagt: »Dann ist Facebook doch ein Spiel«, während die beiden aus dem Fahrstuhl steigen und Jakob seine Zimmertür aufschließt.

»Und was ist mit uns? Ist unsere Beziehung dann auch eins? Wir machen doch alles über Facebook!«, wirft er ein und betritt hinter ihr sein Zimmer. Maja dreht sich um und möchte antworten. Doch Jakob hebt eine Hand, als wollte er sie zum Schweigen bringen, grinst, als hätte er eine Idee, und geht zu seinem Laptop. Schaltet die Musik ein: Belle & Sebastian. Er dreht sie laut auf, so laut, dass Maja schreien müsste, um weiterzusprechen. Auch ihr Lachen geht unter. *I want the world to stop. Give me the morning.*

Jakob grinst, so breit er kann, er hat die Fernbedienung in der Hand. Dann zieht er Maja aus. Zuerst die Jacke, den Schal, dann den breiten Gürtel, den Maja sich um die Taille geschnallt hat. Jetzt hat er ihren Kleidersaum in beiden Händen, doch während er ihn hochzieht, drückt er mit dem Mittelfinger auf »Stopp«.

Beide frieren sofort ein, es ist ganz still im Raum. So still kann ein Raum nur sein, wenn ihn gerade noch schreiend laute Musik ausgefüllt hat. Und nur dann, wenn zwei Menschen sich so nah gegenüberstehen, der eine den Kleidersaum der anderen in den Händen hält, wenn beide versuchen, so flach wie möglich zu atmen, nicht zu zittern, den Blick nicht wandern zu lassen. Wenn keiner ein Geräusch machen will. Wenn sie sich so nah sind und wissen, dass nur die Stille so viel Raum für Nähe lässt. Oder so wenig. Als wäre es kalt.

Jakobs Blick ist auf Majas Schlüsselbein gerichtet, Maja sieht Jakob auf den Oberarm. Sie möchte nirgendwo anders hinsehen, sie spielt mit, Maja spielt immer mit. Sie kann sich wirklich nicht erinnern, jemals ein Spiel abgelehnt zu haben. Auch dieses wird sie mitspielen, sie will gewinnen.

Jakobs Oberarm bewegt sich kaum, nur sein flacher Atem zieht ihn leicht mit. Auf und ab. Sie kann seine Härchen dabei beobachten, sie bleiben ganz starr, wie abfotografiert. Es ist so still, dass sogar in der Stille untergeht, wie Jakob und Maja durch die Nasen atmen. Dann geht ein ganz leichter Ruck durch den Arm und plötzlich ist die Musik wieder da, ganz laut, fast dröhnend, und Jakob hat Maja schon das Kleid über den Kopf gezogen.

Give me the morning, give me the afternoon. The night, the night. Am liebsten würde Maja mitsingen, doch dann küsst Jakob sie, Strumpfhosen werden abgestreift, Hosenknöpfe geöffnet. *Let me step out of my shell.* Jakob küsst sie noch immer und dann ist die Musik wieder weg. Majas Augen sind nicht ganz geschlossen, sie kann Jakobs Wange sehen, sie starrt weiter darauf, während seine Lippen an ihren kleben. Sie bewegen sich nicht, sie zittern nicht einmal. Seine Zunge liegt an ihrem Gaumen, ihre hat sich unter seine geschoben. Alles ist still in diesem Mundgewirr. Zwar warm und lebendig, doch angehalten. Auch Majas Hände – die eine an Jakobs Oberschenkel, die andere auf seiner Brust – warten an Ort und Stelle. Jakobs Finger liegen an Majas Kinn und da bleiben sie.

Maja fühlt sich nicht wie ein Foto. Auch nicht wie ein Standbild. Ihr ist, als würde sich der Moment ausdehnen, als hätten sie mit der Musik wirklich die Zeit angehalten, als könnten sie auf diese Weise einzelne Augenblicke herausheben, sie bedeutender machen, größer, wichtiger. Jetzt ist da Raum, um über den gerade geschehenden Moment nachzudenken. Am liebsten möchte sie noch tiefer in ihn eintauchen, die Musik soll warten. Jakobs Hände sollen warten, seine Augen, seine Zunge. Am liebsten würde Maja sich die Zeit nehmen. Oder geben – dem Moment mehr Zeit geben. Doch dann geht die Musik weiter und mit der Lautstärke schließen auch die beiden Zungen, die vier Hände nahtlos an ihre abgebrochenen Bewegungen an.

Maja und Jakob lieben sich und immer wieder frieren sie dabei ein. Sie stopplieben sich und anfangs sind die angehaltenen Momente die intensiveren. Dann aber, von Mal zu Mal, überträgt sich die Tiefe des Augenblicks auch auf alle anderen. Wegen dieser Spannung: Welche wird die Position sein, in der wir anhalten? Wo wird der Film gestoppt, was sollten wir tun für den perfekten Moment, wie sollten wir uns dabei ansehen?

Längst möchte in diesem Spiel keiner mehr den anderen besiegen. Keiner bricht die Spielregeln, niemand bewegt sich in den Pausen, niemand lacht, keiner scheidet aus. Nur das Atmen wird von Pause zu Pause lauter, die einzelnen Körperteile beginnen, ein wenig zu zittern. Trotzdem geben sich Jakob und Maja die größte Mühe, die Pausen ernst zu nehmen, auszukosten, auszudehnen.

Give me the morning. Give me the understanding.

Wenn das Lied vorbei ist, entstehen die längsten Pausen. Beim ersten Mal hatte Maja Jakob gerade den Rücken zugewendet, nur ihr Kopf war in seine Richtung gedreht. Jakobs Hände mussten genau in der Luft anhalten. In dieser Position berührten sich die beiden nicht, sie sahen sich nur an. Vielleicht war das der intensivste Moment, denn Maja kann sich nicht mehr daran erinnern, was sie gedacht hat, wie sie geschaut hat, was sie gehört hat, als das Lied wieder von vorn begann.
I want the world to stop. I want the world to stop.

*

Als beide auf dem Rücken liegen und an die Decke sehen, dreht Jakob die Musik auf Zimmerlautstärke. Er legt die Fernbedienung weg und jetzt kann Maja wieder hören, wie beide atmen, nur langsam wird das Luftholen leiser.

»Vielleicht ist Stopptanzen doch nicht so dumm, wie ich dachte«, sagt Jakob und Maja lächelt schweigend. Leise redet er weiter: »Trotzdem ist Facebook wirklich ganz anders.«

»Auch anders als Stoppvögeln?« Jetzt grinst Maja. Doch Jakob grinst nicht mit. Er dreht ihr sein Gesicht zu und sie kann ihm in die Falten seiner gerunzelten Stirn hineinsehen. »Warum willst du eigentlich so einen Vergleich ziehen? Und dann auch noch mit dem Jon-Callas-Mist. Internet ohne Zeit und Raum – das ist doch jetzt zehn Jahre alt! Ich glaub, Profile sind mittlerweile schon zu Zeit und Raum geworden, eine eigene Zeit in einem eigenen Raum. Vielleicht sind sie längst Musik und wir tanzen drauf.«

Maja versucht sich das vorzustellen. Wie Katrina auf Cat Rina tanzt. Wie Pinnwandeinträge den Takt angeben und Statusmeldungen die Melodie. Als wären Freunde musikalische Begleitung und die Profilangaben die eigene Gesangsstimme.

Jakob sagt: »Das passt viel besser. Warum sollten Profile die Menschen zum Stoppen bringen? Wie kann denn da Stopp sein, wo so viel Bewegung ist? Ich glaub, hier fangen wir erst richtig an zu tanzen.«

Maja schüttelt den Kopf und sagt: »Wie du immer ans Internet glaubst, egal was passiert. Das ist doch krank.«

»Das ist viel gesünder, als sich zu wehren.«

Sie antwortet nicht. Am liebsten würde sie ihn auslachen. Die alte Verachtung für seinen Drang, sich anzupassen, steigt wieder in ihr hoch. Wie gern wäre sie jetzt in Sabines Wohnung. Dann könnte sie durch alle Zimmer laufen, vom Bad in die Küche und zurück. Doch bei Sabine war sie schon so lange nicht mehr und im Wohnheim gibt es nur ein stinkendes Klo.

Aber auch die Zimmer der anderen.

Maja steht auf und zieht sich an. Noch ist es hell draußen. Sie könnte Svenja und Katrina besuchen. Jakobs Zimmertür kurz mal von außen schließen. Durchatmen.

Jakob liegt entspannt und lächelnd auf dem Bett und sagt: »Svenja ist schon wieder nicht da, die ist ständig bei diesem Jungen. Ich sag da ja nichts zu. Lieber nicht.«

»Und Katrina?«, fragt Maja.

»Sitzt sicher an ihrem Schreibtisch.«

»Was macht sie denn da?«

»Arbeiten.«

»Wie denn arbeiten?« Sie sieht ihn verwirrt an.

»Sie ist nur noch am Arbeiten«, versucht er zu erklären.

»Seit wann das denn?«

»Seit das mit Adrian war.«

»Was mit Adrian?«

»Du kennst die Geschichte ja noch weniger als ich.«

»Gar nicht! Ich kenn die überhaupt nicht, was denn für eine Geschichte?«

»Katrina hat plötzlich den Kontakt zu Adrian abgebrochen und keiner weiß warum.«

»So richtig abgebrochen?«

»So total.«
»Das ist gruselig.«
»Und jetzt kommt sie kaum noch aus ihrem Zimmer.«
»Damit sie ihm auch nicht auf dem Gang begegnet?«
»Er ist ausgezogen.«
»Bitte? Ganz weg? Was ist denn da passiert?«
»Keine Ahnung.«
»Und niemand hat versucht, es rauszufinden?«
»Versuch du es mal.«

Maja steht schon vor der Tür. Doch jetzt dreht sie sich wieder um. Als wollte sie gar nicht rausgehen, nicht auf den Flur, nicht an Katrinas Tür klopfen, nicht sehen, was dahinter so neu und anders ist.

Sie kann sich das gar nicht vorstellen: Katrinas Rücken, der den Schreibtisch halb verdeckt, ihr gesenkter Kopf, wie würde sie gucken, wie würden ihre Haare dabei aussehen? Das musste eine Katrina sein, die Maja gar nicht kennt. Und die sie auch nicht kennenlernen will.

»Ich geh kurz auf Toilette, wartest du auf mich?«, fragt Jakob und dafür ist Maja ihm dankbar.

Sie setzt sich. Jetzt wird sie die Zimmertür nicht mehr von außen schließen. Sie bleibt, atmet durch und holt ihren Laptop aus der Tasche. Schaltet ihn an und loggt sich bei Skype ein. Felix ist online. Also ruft sie ihn an, er geht ran. Doch sie sagt nichts. Stattdessen schaltet sie die Webcam ein, den Lautsprecher aus. Dann minimiert sie Felix' Fenster. Sie weiß nicht, ob er noch dran ist, ob er vor seinem PC sitzt und wirklich in Jakobs Zimmer hineinsieht. Ob er es tatsächlich durchzieht. Maja weiß nicht, wie er schaut, nicht, was er anhat, nicht, wo er gerade sitzt.

Nur er kann sie sehen, das Kleid, das sie sich wieder angezogen hat, ihre Haare, die sich in ihrem Nacken noch weiter verknotet haben. Er kann den grauen Teppichboden sehen und das schmale Holzbett. Auch die weiße Bettwäsche, aufgeschlagen, vielleicht kann er sogar die aufgerissene Kondompackung neben dem Bett erkennen.

Sie kann sich nicht vorstellen, wie er sich in diesem Zimmer umschaut, wie er sie hier wahrnimmt und was dabei mit ihm passiert. Gleich wird Jakob zurückkommen und Maja weiß nicht, ob Felix trotzdem dranbleibt. Ob er das wirklich möchte, ob es ihm gefällt.

Und Jakob kommt zurück und lächelt und merkt nichts, er sieht sie erwartungsvoll an. Denn Maja hat sich längst entschieden, an diesem Abend nicht mehr bei Katrina vorbeizuschauen, das weiß er.

Lorenz Küchlein *suggests you like* **Kuchen.**

Am nächsten Morgen, als Maja eigentlich aufwachen sollte, kann sie nicht. Sie liegt neben Jakob auf dem Rücken und kommt nicht zurück. Als wäre sie gestoppt worden und niemand würde die Musik wieder einschalten. Maja sieht sich selbst da stehen: eingefroren. Sie ist die Einzige, die es wirklich durchzieht. Die versucht, in der Stille aufzugehen. Alle anderen drehen langsam ihre Köpfe in ihre Richtung. Sie tun es so unauffällig wie möglich, doch Maja merkt es trotzdem. Natürlich merkt sie es, sie hat es schon vorher geahnt. Dass sie das tun würden, dass ihre Gesichter dabei versuchen würden, nicht zu lachen, dass ihre Finger angestrengt gekrümmt bleiben würden, statt auf Maja zu zeigen. Maja hat das gewusst und doch hat sie mitgespielt. Wie jedes Mal, Maja spielt immer mit. Sie hat getanzt, mit allen anderen zusammen, auf dieses Lied, das sie eigentlich nicht leiden kann: *Cotton Eye Joe.*

Alle sprangen und lachten und schüttelten sich. Bis die Musik ausging. In diesem Moment griff Maja nach ihrem Rock und zog ihn so hoch wie möglich, so hoch, dass er fast ihr Kinn berühren konnte. So hoch, dass alle ganz langsam, so unauffällig wie möglich den Kopf in ihre Richtung drehten.

Und jetzt steht sie hier, eingefroren, mit dem Rock unterm Kinn, und kann den Köpfen beim Drehen zusehen. Sie kann beobachten, wie die einen versuchen, ein Lachen zu unterdrücken, wie die anderen erschrocken die Augen weiten. Maja weiß nicht, was als Nächstes passieren wird. Wird die Mutter die Musik nicht mehr einschalten, wird sie auf Maja zulaufen und ihre Hände entschieden nach unten drücken, wird sie schimpfen? Wird die Musik einfach wieder angehen? Oder wird Maja zuerst den erlösenden Applaus hören?

Sie weiß es nicht, sie ist eingefroren und ihre Finger um den Rockstoff zittern nicht einmal. Dann geht die Musik weiter und Maja lässt den Rock wieder sinken, versucht zu tanzen.

Where did you come from, where do you go?

Und ganz leise, neben dem Takt, hört Maja zwei kleine Hände applaudieren.

Ich wusste, dass du es diesmal machen würdest.
Woher?
Okay, ich hab's nur geahnt. Keine Ahnung warum.
Hat es dir geholfen?
Wobei?
Du hast gesagt, du kannst dir Jakob und mich nicht zusammen vorstellen.
Jetzt hab ich noch mehr Lust herauszufinden, wie du mit mir wärst. Ob du dabei genauso aussehen würdest.
Es hat dich nicht gestört?
Es war schön.
Du bist gar nicht eifersüchtig?
Ich bin motiviert.
Ich bin doch kein Wettbewerb.
Für Motivation braucht es keinen Wettbewerb.

Stimmt.
Wann bist du zurück?

Maja versucht, so selten wie möglich im Flur zu sein. Sie isst nicht in der Küche. Meistens geht sie mit Jakob hinunter, zum Dönerladen auf dem kleinen Platz. Dann bestellt sie einen Döner mit Falafel und extra scharf. Oder sie laufen durch die Berner Innenstadt. Vom Bahnhof bis zur Aare. Sie reden nie über Felix, Jakob fragt einfach nicht. Wahrscheinlich möchte er mit diesem Thema so wenig wie möglich in Berührung kommen. Maja erzählt auch nichts. Als gäbe es da eine stille Übereinkunft. Wie die über Katrina. Seit dem Abend, an dem Maja nicht in Katrinas Zimmer gegangen ist, haben sie sie mit keinem Wort erwähnt. Sie haben sie auch nicht gesehen, nirgends. Es ist, als würden sie sich nicht einmal darüber wundern. Einmal trifft Maja Svenja im Flur. Sie weint nicht. Ihre Augen sehen aus, als wären die letzten Tränen Tage her.

»Bist du jetzt auch umgezogen?«, grinst Maja und Svenja lacht.

»Mir geht es am besten, wenn ich nicht hier bin.«

»Aber mich könntest du schon besuchen!«

»Oder du mich. Komm einfach bei uns vorbei, seine Mutter kocht immer zu viel, da kannst du gern mitessen.«

Doch Maja geht nicht hin. Sie fragt Svenja auch nicht nach Katrina. Oder nach dem Jungen, vielleicht hat sie ein wenig Angst vor ihren Antworten.

Lieber läuft sie mit Jakob vom Bahnhof zur Aare und zurück. So lange und so oft, bis ihr eigener Zug abfährt.

*

Maja sieht Lennard und Lorenz schon von Weitem. Mit jeweils drei weißen Plastiktüten stehen sie vor ihrer Haustür. An ihrer

Körperhaltung ist nicht zu erkennen, wie lange sie schon warten. Als stünden sie hinter ihrem Kuchenstand: Auch dort ahnen die Leute nur anhand der schrumpfenden Zahl der Kuchenstücke, wie viele Stunden die beiden schon mit dem Verkauf verbracht haben.

So unbewegt und gleichzeitig unbekümmert stehen sie auch jetzt vor Majas Haustür. Sie stellen nicht einmal die Tüten ab, obwohl Maja noch die ganze Straße entlanglaufen muss.

Und zum ersten Mal kommt Maja gern in Frankfurt an.

Lennard und Lorenz umarmen sie zur Begrüßung, sodass die Plastiktüten leicht gegen ihren Rücken schaukeln.

»Was macht ihr denn hier?«, fragt Maja.

»Wir wurden gesehen«, sagt Lennard. Und Lorenz fragt leise: »Dürfen wir reinkommen?«

PEOPLE YOU MAY KNOW. SEE ALL.

Maja öffnet Lennard und Lorenz ihre Zimmertür und auf Zehenspitzen treten sie ein. Erst sehen sie sich um. Sie sagen nichts, sie betrachten nur eingehend jede Zeichnung. Auch Maja tut das: An einigen Stellen ist die Farbe verwischt. Am liebsten würde sie die Möbelstücke reparieren. Doch sie traut sich nicht, erst mal wartet sie, bis Lennard oder Lorenz etwas sagt. Irgendwann wird einer den Mund aufmachen und wahrscheinlich wird es Maja überraschen. Doch erst mal schweigen sie. Sie laufen durch den Raum – ganz vorsichtig, genau darauf bedacht, keine Möbel zu berühren. Maja kann nicht mal Lennards Absätze klackern hören und auch Lorenz sieht davon ab, sich immer wieder durch die langen Haare zu fahren.

Endlich holt er Luft: »Deine Möbel führen ein Doppelleben. Genau wie wir.«

Und Lennard lacht.

»Was ist denn heute mit euch los?«, fragt Maja und sieht vom einen zum anderen. Beide schweigen.

»Setzt euch, macht's euch bequem«, versucht sie es weiter. Und tatsächlich setzen die beiden sich. Der eine auf das Kreidebett, der andere darüber, in die echten Kissen.

»Wir wollten dir das eigentlich gleich am Anfang sagen.«

»Aber da hatten wir Angst, dass du abspringen würdest.«

»Natürlich könnten wir dir das auch jetzt nicht verübeln.«

»Aber trotzdem, du musst es endlich wissen.«

Lennard und Lorenz haben sich Satz für Satz abgewechselt. Jetzt machen sie eine Pause, die vielleicht bedeutungsvoll wirken soll. Jedenfalls sehen sie Maja dabei theatralisch in die Augen.

»Macht schon«, sagt sie, »los!«

»Vielleicht hast du dich ja darüber gewundert, warum du noch nie mit uns einkaufen warst«, beginnt Lennard langsam.

»Dafür gibt es einen Grund«, ergänzt Lorenz.

»Einen wichtigen Grund.«

»Wir kaufen nicht ein.«

»Wir nehmen uns die Zutaten.«
»Wenn keiner hinsieht.«
Beide scheinen verwegen wirken zu wollen und sehen Maja erwartungsvoll an. Die muss grinsen. »Ihr klaut«, sagt sie.
Lennard und Lorenz wiegen ihre Köpfe und Maja lacht. »Ihr fühlt euch wie Robin Hood.«
Jetzt fangen sie an, ein wenig mit ihr zu grinsen.
»Nur ohne Überfall«, sagt Lennard.
»Und mit mehr Zucker«, ergänzt Lorenz.
»Warum nehmt ihr das Geld für die Zutaten nicht vom Erlös? Es wär doch immer noch genug da.«
»Warum sollten wir das Geld den großen Ketten in den Rachen werfen? Wir klauen ja nur bei den Läden, denen es nicht wehtut. Und so kommt der Erlös ganz und gar Menschen zugute, die es brauchen.«
Maja sieht vom einen zum anderen. Sie ist ein kleines bisschen gerührt. Weil sie sich an früher erinnert, an geflochtene Armbänder und das Papier der Brot-für-die-Welt-Briefe. An das Lachen ihrer Mutter über die zwanzig Mark im Umschlag. An ihren eigenen Stolz, der leicht gekränkt war. Sie möchte den Stolz der Jungs nicht kränken. Sie nickt lächelnd und beide nicken mit. Doch dann sagt Lorenz: »Aber heute sind wir gesehen worden.« Und Lennard sagt: »Wir waren nur schneller als die Security.«
»Wie habt ihr das denn geschafft?«, fragt Maja.
Lorenz sieht sie missbilligend an. »Durch schnelles Laufen.«
»Aber jetzt haben die unsere Gesichter. Nur deins ist noch unbefleckt.«
»Vergesst es«, sagt Maja. »Geht einfach in einen anderen Laden. Bevor ich was klaue, nehm ich das Geld vom Verkauf.«
Lennard und Lorenz nicken, aber sie wirken ein wenig vorläufig dabei. Sie sehen sich wieder im Raum um.
»Wärst du gern zurück auf dem Schulhof?«, fragt Lorenz.

Aber Maja antwortet ihm nicht. Lorenz betrachtet immer noch den Fußboden.

Dann sagt Lennard: »Irgendwie bist du gruselig«, und grinst.

Erst grinst Maja mit, doch dann beginnt Lennard, die Linie des Bettes mit einem Fuß zu verwischen. Er sieht sie dabei an, sie grinst nicht mehr, doch ansonsten bleibt ihr Gesicht reglos. Also fährt er weiter über die Kanten. Erst langsam, dann sicherer. Bald streicht er die Linien in Wellenform durch, sodass um die eigentliche Kontur weiche Nebenstriche verlaufen.

Maja sagt immer noch nichts und beobachtet den wandernden Fuß, der ihre Striche zerstört. Lennard steht sogar auf und verteilt die Farbe des Bettes im Raum. Er läuft zum Schrank und kniet sich hin, um ihn mit den Fingern zu verwischen. Jetzt steht Lorenz auf und hilft ihm. Gemeinsam halten sie ihre Hände und Füße in die Farbe, verteilen ihre Abdrücke im ganzen Raum und bauen ein ums andere Möbelstück auseinander. Maja steht im Türrahmen und hält den Kopf schief. Sie sagt nichts, schaut nur und wartet.

Ihr Zimmer wird immer bunter. Bald gibt es keinen einfarbigen Strich mehr, alles ist mehrfarbig, Kreidemöbel werden zu Kreidewolken und echte Möbel werden fleckig bunt. Sie wirken, als würden sie ineinander übergehen. Als stünde keines mehr einzeln im Raum. Als wären sie alle durch bunten Staub miteinander verbunden.

Ein großes Kreidenetz hat sich über Majas Zimmer gelegt und erst überlegt sie, ob sie den Eimer holen soll. Sie stellt sich vor, wie sie ihn den Jungs in die Hände drückt. Dazu vielleicht noch einen nassen Schwamm. Dann könnte der eine die bunten Flecken wegwischen und der andere würde jeden einzelnen Strich neu zeichnen. Das wären sie ihr schuldig. Wahrscheinlich wären beide auch sofort bereit dazu. Sie würden putzen und wischen, zeichnen und malen, so lange, bis alles wiederhergestellt wäre.

Maja ahnt, sie würden die ganze Nacht auf ihren bunt gefärbten Knien hocken, wenn sie es sich wünscht.

Doch sie holt den Eimer nicht. Sie mag das Netz. Irgendwie gefällt ihr, wie alles ineinander übergeht, wie nichts allein stehen bleibt. Also geht sie weiter ins Zimmer hinein und schabt mit den Füßen. Sie legt sich bäuchlings auf ihren Boden und zieht sich mit den Armen durch die Farbe. Von der Tür bis zum Fenster. Hier dreht sie sich auf den Rücken und schiebt sich mit den Beinen bis zum Bett und zurück.

Vielleicht kann sie sich mit ihrem Zimmer vernetzen. Vielleicht wird sie hier aufgefangen.

Sie dreht und wendet sich, drückt sogar die Oberseite ihrer Füße und ihre Wangen auf den bunten Boden. Ganz vorsichtig stupst sie mit der Nase in die Farbe.

Wenn sie nur lange genug liegen bleibt, kann sie vielleicht Teil ihres Zimmers werden. Sie könnte in ihren Camouflagefarben verschwinden. Sie stellt sich vor, wie Lennard und Lorenz sich umsehen – mit wehendem Bart und wackelndem Hut –, wie ihre Blicke nirgends hängen bleiben. Sie wandern über Maja hinweg, als wäre sie nackter Boden, nichts sonst, als würde der bunte Staub nur Holzdielen bedecken. Sie würden den Raum verlassen und sie im Flur rufen. Vielleicht würden sie die Tür schließen und sich immer weiter von ihrem Zimmer entfernen, von der Wohnung, vom ganzen Haus.

Dann wäre Maja allein in ihrem Raum. Sie allein wäre der Raum.

Das hat sie schon einmal geschafft, sie erinnert sich. Einmal, da lag sie so wie jetzt – bäuchlings und mit an den Körper gepressten Armen – am Boden. Sie spürte den kalten Boden, als hätte sie nichts an. Vielleicht hatte sie nichts an. Dabei wusste sie, sie sollte immer etwas anhaben. Doch diesmal war es anders. Sie lag da und wurde immer bunter. Um sie her trippelten Fußpaare – wie viele waren es? Drei? Vier?

Sie liefen um sie herum, manchmal rutschten da auch Knie und viele Hände, bemalten den Boden in bunten Farben. Eine Blume soll das werden, hat einer gesagt. Eine ganz große Blume. So groß, dass Maja ein Blütenblatt sein könnte, eins von vielen, unsichtbar.

Also lag sie so still wie möglich da und spürte den Boden. Die Hände auf ihrem Rücken, die feuchten Pinsel, die immer wieder von dem Wasserfarbkasten auf ihre Schultern wanderten, in ihre Haare, auf ihre Beine. Sie wartete. Bunt werden fühlt sich kalt an, dachte sie, kalt und ein bisschen nass.

Irgendwann spürte sie nichts mehr, anscheinend war das Kunstwerk fertig. Niemand berührte mehr ihren Rücken, sie hörte die Füße nicht mehr, auch nicht die Knie oder die Hände. Es war ganz still und die Farbe trocknete kalt auf Majas Rücken.

Bis ihr jemand auf die Schulter tippt.

»Umdrehen!«, hört Maja, doch sie will nicht. Sie möchte noch ein bisschen Blume bleiben.

»Das macht keinen Spaß mehr, lass uns gehen.«

Doch Maja bewegt sich nicht.

Der Finger tippt weiter, die Stimme wird lauter, doch Maja bewegt sich nicht. Das wird sie erst tun, wenn sie dieses Geräusch hört. Das eine, das beste Geräusch. Das von zwei Händen, die immer wieder aufeinanderschlagen. So lange wird sie liegen bleiben. Egal, wie hart das Tippen noch wird.

Doch die Hand hört auf zu tippen und greift nach Majas Schulter. Mit einem viel zu kräftigen Ruck dreht sie sie um und Maja öffnet die Augen.

»Was ist denn jetzt kaputt bei dir?«, fragt Lennard und sein Hut ist ihm in den Nacken gerutscht. Das hat Maja noch nie gesehen – dass Lennards Hut nicht perfekt sitzt.

Sie liegt am Boden, schaut ihm ins Gesicht und dieser Hut umrahmt es ganz schief und besorgt. Vielleicht beginnt sie deswegen zu reden. Sie beginnt und erzählt alles. Von ihren Wachträumen, von den langen Wegen durch die alte Schule, vom Klopfen, vom Tippen, vom Basketball in der Umkleidekabine. Davon, dass die Träume sich verlagert haben an andere Orte: unter Wasser, zum Stopptanzen auf einem Kindergeburtstag und gerade eben in einen bunten Raum.

Lennard und Lorenz sitzen farbbestäubt zwischen zerstörten Möbeln und schweigen. Sie hören zu, ohne ein Wort oder ein Nicken. Und Maja erzählt, dass sie sich in jedem Traum verstecken möchte oder ganz verschwinden. Dass es aber auch immer etwas gibt, das sie festhält, das sie aufsucht und nicht loslässt.

»Jedes Mal«, sagt sie »fühle ich mich irgendwie gezwungen. Aber nicht nur von jemand anderem, ein bisschen auch von mir selbst. Bei diesem Stopptanzen hab ich mir den Rock bis zum Kinn hochgezogen. Als müsste ich und als wollte ich. Dabei war es ein ganz schreckliches Gefühl, ich war so erleichtert, als die Musik wieder anging. Und das eben gerade war noch unangenehmer. Es war, als hätte ich nichts an, während andere mich und meine Umgebung bemalen. Dabei hab ich immer auf etwas gewartet. Einen Applaus vielleicht.«

Maja könnte immer weiterreden. Es hilft. Kurz fühlt es sich an, als könnte sie das Rätsel lösen. Doch jetzt holt Lorenz Luft und Maja lässt sich unterbrechen.

»Du bist wirklich gruselig«, sagt er und grinst nicht. »Das ist das seltsamste Problem, von dem ich je gehört hab, eigentlich glaub ich, so etwas gibt es gar nicht.« Er legt eine Kunstpause ein. Dann sagt er: »Aber.« Und holt den Zeigefinger hervor. »Aber. Wir werden dieses Problem lösen. Das klingt, als wollte dein Unterbewusstsein dich an etwas Wichtiges erinnern. Und wir werden ihm dabei helfen.«

*

Als Felix und Maja sich küssen, hat Maja kurz vergessen warum. Gerade hat Felix ihr Kinn in der Hand und Maja schaut an seiner Augenbraue vorbei zu dieser seltsamen Statue: Ein Mann in grüner Hose besteigt eine schräge Säule, die nirgends hinführt. Selbst wenn er wirklich laufen könnte, müsste er es bald wieder lassen, sonst würde er neben Maja und Felix landen, auf den grünen Steinen des Kassler Hauptbahnhofs.

Maja küsst Felix mit viel Zunge und wenig Lippen und weiß gar nicht mehr so richtig, warum sie nach Kassel gefahren ist. Er hat ihr eine SMS geschrieben und plötzlich saß sie schon im Zug. Plötzlich stieg sie schon aus und hatte seine Hand an ihrem Kinn.

So stehen sie da und machen weiter. Vielleicht allein schon deshalb, weil sie nicht wissen, was danach passieren soll. Sie haben sich gar nicht erst begrüßt. Maja stellt sich vor, wie Felix ihren Kuss für Jakob im Kopf hatte, als sie ausstieg. Wie er unbedingt wissen wollte, wie sich ihr Kuss für Felix anfühlen würde. Ihr gefällt das, aber irgendwie ist sie zu faul, um Felix zu überraschen. Sie küsst ihn einfach nur so, ohne den Blick von der Statue abzuwenden. Und er überrascht sie auch nicht. So hatte sie sich das vorgestellt: ein bisschen zu hart, um es beim Küssen zu belassen, ein bisschen zu trocken, um weiterzugehen.

Am liebsten würde sie gleich danach wieder in den Zug nach Frankfurt einsteigen, ohne ein Wort. Das wäre eine runde Sache, doch irgendwann löst sich Felix von ihr und drückt sie mit beiden Armen ein Stück weg. Er sagt nichts, deutet nur auf sein Auto und dann fährt er sie in seine Dreizimmerwohnung.

Sie glänzt in allen Ecken, nichts steht herum, das Sofa ist aus Leder und die Küche riecht nach Zitrone.

Auf dem Wohnzimmertisch steht Felix' Laptop. Er ist schon eingeschaltet, auch die Kamera läuft. Das überrascht Maja. Sie lächelt und setzt sich auf das Sofa. Richtet die Linse aus und lehnt sich zurück.

Lorenz Küchlein *added you to the group* Das Kratzen bunter Kreide

Lennard Küchlein *created the group.*

Lorenz Küchlein
Ich wusste, dass wir unsere Accounts irgendwann nutzen würden.

> Lennard Küchlein
> Wenn noch nicht für Werbezwecke, dann wenigstens, um Erkenntnisse über Majas Unterbewusstsein zu sammeln.

Maja Jama
Hallo Jungs! Habt ihr mich schon durchschaut?

> Lorenz Küchlein
> Mein erster Vorschlag: Du notierst hier alle Wachträume, gleich nachdem du aufgewacht bist. Wir werden sie dann direkt analysieren. So verlieren wir keine Informationen mehr und können organisiert vorgehen.
>
> Maja Jama
> Und das ist alles?
>
> Lennard Küchlein
> Entspann dich.
>
> Lorenz Küchlein
> Wir werden psychologische Recherchen anstellen und die Ergebnisse ebenfalls hier sammeln.
>
> Maja Jama
> Und das ist alles?

Lorenz Küchlein
Eine neue Idee: Ganz herausragend und ziemlich neu. Also sehr. Ich habe das Gefühl, Personen aus deiner Vergangenheit könnten der Schlüssel sein. Hast du noch Kontakt zu Leuten aus deiner alten Klasse? Oder könntest du ihn wiederherstellen? Vielleicht organisierst du ein Klassentreffen?

Maja Jama
Garantiert werde ich kein Klassentreffen organisieren. Garantiert garantiert nicht. Die Leute aus meiner alten Klasse sind alle Bankkaufleute und Friseure geworden. Was soll ich mit denen reden? Ich bin froh, dass ich das nicht mehr muss, ich bring mich doch nicht freiwillig in diese Situation! Was sollten die mir bitte über mich erzählen können?

Lorenz Küchlein
Oh oh ... da haben wir ja gleich einen wunden Punkt gefunden. Liebe Maja, was hast du gegen Friseure und Bankkaufleute? Ich habe das Gefühl, du bist kein glückliches Kind gewesen, du hast dich in deiner Klasse ganz offensichtlich nicht wohl gefühlt. Warst du eine Außenseiterin? Sag das ganz offen und ehrlich, Lennard und ich sind immer außen vor gewesen. Dafür waren wir wenigstens zu zweit. Es gibt so viele Studenten, die von Mobbing erzählen. Erzähl du uns deine Geschichte. Ich bin gespannt.

Maja Jama
Lieber Lorenz, es tut mir leid, dich enttäuschen zu müssen, aber ich war keine Außenseiterin. Es war anders: Ich hatte Mona. Sie war meine beste Freundin, wir haben wirklich alles zusammen gemacht: Gruppenarbeiten, Hausaufgaben, Projekte, wir haben alle Pausen zusammen verbracht und uns an fast jedem Nachmittag getroffen. Da war es total egal, wenn mich manche vielleicht nicht so mochten. Wir hatten sogar mal für ein paar Wochen denselben Freund.

Lennard Küchlein
Bitte? Wie das? Denselben Freund? Das ist ja widerwärtig. Ekelhaft. Wieso tust du so was?

Maja Jama
Keine Ahnung, wir haben halt alles geteilt. Ich kann mich nicht mehr so gut daran erinnern. Wir waren ja auch noch total klein. Ich glaube, sie wollte mir einfach nur zeigen, wie toll er war. Sonst hätten wir darüber nicht so gut reden können.

Lennard Küchlein
Und wie toll war er?

Maja Jama
Vergessen. Das war auch nicht so wichtig.

Lorenz Küchlein
Das kommt mir doch seltsam vor. Wir merken uns das. Ich werde noch ein wenig darüber nachdenken. Bitte liste nun alle wichtig erscheinenden und/oder wiederkehrenden Motive deiner Träume auf.

Maja Jama
Ein Klopfen an meine Tür.
Ein Tippen auf meine Schulter.
Das Trippeln eines Basketballs.
Meine alte Schule.
Eine Glastür mit langem Riss.
Verstecke. Aber ohne Spiel.
Freizügigkeiten.

*

Cat Rina
MAY 2

Ich habe mein Zimmer am 1. Mai verlassen und es war niemand auf dem Flur. WIE KONNTE DAS PASSIEREN? Ich hab an allen Türen geklopft, aber nein. Niemand war dahinter. Alle in der Sonne. Das hab ich dann auch versucht, aber ich hab niemanden gefunden. Nur viele Biere. Die hab ich dann getrunken.

Maja, vielleicht wärst du die einzige Person gewesen, die ich hereingebeten hätte. Aber du hast nicht geklopft.

Am 1. Mai sind echt alle in der Sonne, da hast du die kleinen dunklen Kneipen ganz allein für dich. In denen hab ich in den Mai getanzt. Ach so, wieder raus, oder? Nein, ich hab einfach im Mai getanzt. Was solls, es kann nicht immer alles besonders sein. Der dicke Kellner war auch nicht besonders, aber er hat mit mir gefeiert, und wie. Und wie. Jetzt weiß ich, wie sich ein Bierbauch anfühlt, aus allen Richtungen. Das hat mir so Spaß gemacht, dass ich durch alle Kneipen gezogen bin. Von Bierbauch zu Bierbauch. Denn Bierbauch ist nicht gleich Bierbauch. Die einen sitzen weiter oben, das hebt dir die Brüste bis unters Kinn. Andere sind eher zentral platziert, die runden dir den Bauch aus. Und die dritten, die hängen weit unten, da weißt du gar nicht, was grad an dir reibt. Ist ja auch egal.

Jetzt fühl ich mich ein bisschen platt gewalzt. Und ich brenne. Als wär das ein Autounfall. Vielleicht wars einer und eigentlich lieg ich gerade im Krankenhaus, eigentlich schreib ich dir gar nicht, nach so langer Zeit.

Wieso hast du nicht geklopft?

Vielleicht bin ich gerade so betrunken wie Adrian an dem einen Abend. Die Geschichte kennt noch keiner, vielleicht sollte ich sie dir auch nicht erzählen.

Eigentlich sollte ich die Mail gar nicht abschicken, aber ich brenne so, wie noch nie, das musst du doch wissen. Vielleicht hab ich eine Kondomsorte nicht vertragen.

Vielleicht war das »wie noch nie« gerade total gelogen. Vielleicht sollte ich dich anlügen.

Ich hab schon mal so gebrannt. Weil Adrian noch eine andere fickt. Das klingt erst mal unsinnig, aber wenn du die Geschichte kennen würdest, dann wäre das was anderes. Wenn du die Geschichte kennen würdest, was würdest du dann tun? »Ich habs geahnt« sagen? Weinen? Die Polizei anrufen? Oder würdest du die Mail gleich wieder vergessen?

Ich hab mich ein paar Wochen eingeschlossen und niemand hat geklopft.

Jetzt weiß ich gar nicht, ob du das nachholen solltest. Ich brenne und es kommt kein Rettungswagen, vielleicht sollte wer meine Türen aufbrechen und nach Überlebenden suchen. Ich bin zu betrunken für Metaphern.

Das war Adrian auch, er hat zwischen meinen Knien gesessen und gesagt, es gäbe Tage, an denen würden alle Rosen gleich riechen. Richtig schlecht, am liebsten hätte ich ihn ausgelacht, aber ich hab natürlich verstanden. Ich hab natürlich gefragt, wie sie heißt. Ich hab ihn natürlich rausschmeißen wollen, die Tür schließen, das Ganze endlich beenden.

Doch er hat »Victoria« gesagt und ist trotzdem nicht gegangen. Er hat weitergemacht. Ich nicht. Ich hab noch nie nicht gewollt, das war ganz neu für ihn. Es schien ihn zu reizen, denn er hat nicht mehr aufgehört.

Ich hab nie gewusst, wie schnell ich heiser bin und wie nass mein Gesicht werden kann. Ich hab mich noch nie gewehrt, dafür konnte ich das verdammt gut. Aber er hatte trotzdem die Ruhe weg. Hinterher ist er sofort aufgestanden und hat die Tür hinter sich geschlossen. Er ist noch am nächsten Tag ausgezogen. Seitdem haben wir uns nicht mehr gesehen.

Gestern hatte ich plötzlich das dringende Bedürfnis, Adrian aus mir rauszuspülen. Oder rauszureiben, ganz egal, er sollte einfach nicht der Letzte gewesen sein.

Ich hoffe, dass ich diese Nachricht nicht abschicke, aber ich kann für nichts garantieren. Vielleicht kehre ich jetzt zurück. Vielleicht zeige ich Adrian an. Ich weiß es noch nicht, wenigstens ist er ausgezogen. Aber du hast nicht geklopft.

Ich werd mir jetzt Salz auf meinen Schinken streuen und schlafen gehen. Tu du das auch, würd gern parallel mit dir Wurst essen. Guten Appetit.

3

GLASAUGEN.

SEX OHNE KÖRPER.

UND EIN GANZ NEUER PUNKTESTAND.

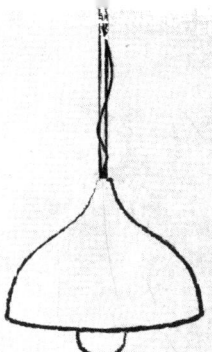

FORGOTTEN YOUR PASSWORD?

Mona Mona *wants to be friends with you on facebook.*

Lorenz Küchlein
Das klingt eindeutig, als wäre in deiner alten Schule etwas Unangenehmes passiert. Du erinnerst dich an nichts?

> **Lennard Küchlein**
> Maja? Erinnerst du dich grad?

> **Lorenz Küchlein**
> Hallo Maja! Was ist los?

> **Lorenz Küchlein**
> Drei Tage sagst du gar nichts? Und die Kuchen müssen wir auch allein backen? Kommst du bitte zurück?

> **Lennard Küchlein**
> Jetzt hab ich Angst.

Maja Jama
Tut mir leid, Jungs, ich hab verschlafen. Sozusagen. Ich hab ein paar Tage in meinem Schrank gelegen. Eigentlich wollte ich das nur kurz ausprobieren, dann bin ich eingeschlafen. Meine Mitbewohner waren übers Wochenende auf einer ihrer Touren, also hat mich keiner geweckt. Sehr schade, dass Facebook nicht klopfen kann. Sonst hätten eure Mails mich bestimmt zurückgeholt.
   So hatte ich den bisher seltsamsten Traum.
   Um mich herum hatten Kinder ein Himmel-und-Hölle-Spiel gezeichnet und ich glaube, ich war das Steinchen. Ich flog immer wieder über die Felder, bis jemand aufschloss, dann flog ich weiter. Oder? Vielleicht wollte ich auch nur das Steinchen sein, vielleicht war ich eigentlich die Hand, die das Steinchen geworfen hat, oder der springende, tretende Fuß. In jedem Fall ist der Stein von Feld zu Feld gehüpft, manchmal hat es geklungen wie

ein Klopfen, ein Tippen, manchmal ist er richtig getrippelt wie ein kleiner Basketball.

Ich wusste nur, in der Hölle darf er nicht aufkommen. Dort darf er auf keinen Fall liegen bleiben. Dafür kämpften sie alle: die Hände, die Füße, das Steinchen. Doch die anderen Hände, die anderen Füße wollten das Gleiche. Ich hab so lange gebraucht, bis ich begriffen hab: Das ist ein Wettkampf. Da will mich wer besiegen. Und ich hab mitgespielt, ich spiele immer mit.

Das Steinchen flog und machte kleine Geräusche, immer schneller, immer dringlicher, als würde es an meine Schulter tippen oder an meine Klotür klopfen. Es klopfte lauter und fester, in immer kürzeren Abständen. Und es flog: nach rechts, nach links, nach rechts, nach links. Es durfte nicht liegen bleiben. Ich würde nicht aufmachen. Niemals. Bis es zu hoch flog. Da ist was schiefgegangen. Oder nicht? Es flog zu hoch, direkt ins Auge. In mein Auge. Ich hab es gar nicht gespürt, es hat gar nicht wehgetan. So ein Schmerz ist wahrscheinlich zu groß, als dass man ihn bemerken könnte. Ich hab nichts bemerkt, nur die Augen geschlossen, als hätte ich eine Mücke darin.

Von irgendwoher kam der Applaus. Und als hätte ich darauf gewartet, hab ich mich gefreut.

Svenja Niemann
MAY 7

Was ist passiert? Ich hab gerade gesehen, dass du nicht mehr mit Katrina auf Facebook befreundet bist. Habt ihr euch gestritten? Ich hab jedenfalls das Gefühl, dass mit ihr was nicht stimmt. Weißt du irgendetwas? Ich würd gern helfen, sag mir Bescheid, wenn ich kann!

Lennard Küchlein

Gott sei Dank, du bist erwacht. Wir werden jetzt täglich bei dir klopfen, das ist dir hoffentlich klar. Dein Traum klingt, als wäre er eine wirkliche Erinnerung. Etwas, das dir tatsächlich passiert ist. Klingelt bei dir gar nichts?

Maja Jama sieht in den Spiegel. Ihre Haare sind elektrisiert, und wie sie so da steht, erinnert sie sich selbst an ihr Profilfoto. Wie wäre das, ein Tag als Profil? Vielleicht erholsam. Dann müsste sie nur im Profil handeln, reagieren, antworten, schauen, hätte viel mehr Zeit für andere Dinge. Dann könnte die andere Seite den Rest erledigen. Auch Gespräche wären so entspannt. Wie im Chat: Sie müsste nicht sofort antworten, sie könnte sich vorher die Profile anderer Leute ansehen, sich durch Glücksnüsse und Künstlerseiten klicken, eine Statusmeldung aufgeben und auf Kommentare warten.

Maja Jama
betrachtet ihre Augen.

Zuerst das rechte. Die grüngraue Pupille hängt knapp unterm oberen Lid. Die weiße Fläche drumherum ist groß und leicht gräulich, sie scheint in Augenflüssigkeit zu schwimmen. Doch rot hervortretende Adern gibt es wenige. Nichts weist hier auf ein Himmel-oder-Hölle-Steinchen hin, das mal darin gesteckt haben müsste. Keine Kerbe, keine Rötung. Maja zieht das untere Lid so weit hinunter, dass sie sehen kann, wie die massigen Verästelungen der Adern das Auge in der Höhle halten. Auch hier wirkt alles völlig normal. Unverletzt. Sie legt den Kopf zurück und schiebt das obere Lid hinauf. Jetzt hat sie mehr am Finger, Maja hat ein langes oberes Lid, doch auch darunter, wo das Weiß des Auges eine noch stärkere gräuliche Schattierung annimmt, kann sie nichts Ungewöhnliches feststellen.

Also geht sie zum linken Auge über und unterzieht es der gleichen Untersuchung. Zuerst wirkt auch dieses Auge völlig frei von jeglichen Spuren. Doch dann, als sie den Zeigefinger gerade wieder vom unteren Lid lösen möchte, spürt sie etwas unter der Fingerkuppe. Sie fasst wieder leicht darauf: eine kleine Kerbe, ganz deutlich.

Felix S.
Brauchst du Hilfe?

    Maja Jama
    Nein, komm einfach so vorbei.

Also nimmt sie den Finger weg und rückt noch näher an den Spiegel heran. Sie zieht das untere Lid mit vier Fingern in die Länge. Und tatsächlich: Hier hat Maja eine kleine Narbe. Sie ist natürlich längst verheilt, sie scheint viele Jahre alt zu sein. Doch sie ist da, direkt unterm Auge. Sie setzt zwischen den Wimpern an und verläuft in einem kleinen Bogen hinunter. Vielleicht war hier einmal Platz für ein Steinchen. Und Gott sei Dank war trotzdem noch Platz für ein Auge.

Maja Jama
Ich habe eine Narbe direkt unterm linken Auge.

    Lorenz Küchlein
    Klingelingeling! Wir sind dem Ganzen so nah! Wer hat den Stein
    geworfen? Und warum?

Svenja Niemann *suggests you add* **Cat Rina** *as a friend on facebook.*

Felix' Profil öffnet sich und Maja mag diesen Blick, gemacht für ein Vorstellungsgespräch: ernsthafte Augenbrauen, kompetentes Lächeln. Dieses Gesicht kommt ihr wirklich bekannt vor.

Seit ich das erste Mal in deinem Zimmer war …
Was?
Zwischen den ganzen Kreidemöbeln, der ganzen Farbe.
Ja?
Seitdem möchte ich dein Gesicht in ein echtes Kissen drücken.

Was ist spannend an einem echten Kissen?
Es ist weich.
Weich ist doch nicht spannend. Weich gibt nach.
Es wird dein Gesicht nachformen, aber nur so lange, wie es darin liegt. Danach sieht es aus wie immer. Außer meine Schminke hat abgefärbt. Das wäre schön.
Nein, das will ich nicht, ich will einfach ein Kissen und ich will sehen, wie es zurückfedert. Da fass ich gern rein.
Was hast du davon?
Das echte Gefühl. Seit ich in deinem Zimmer war, möchte ich es nackt sehen. Ohne die ganze Farbe. Und dann möchte ich deine echten Möbel benutzen, jedes einzelne.

Maja Jama
hat vergessen, ob sie leere Räume mag.

    Lennard Küchlein
    kann sie echt nicht ausstehen.

    Lorenz Küchlein
    findet, es kommt darauf an, was man damit macht.

Zieh dir das rote Sofa langsam über den Kopf.

Felix S.' Nase sieht schön aus über seinem kompetenten Lächeln.

Öffne deinen braun-schwarzen Schrank und steig heraus. Zuerst mit dem rechten, dann mit dem linken Bein.

Seine Haare sind leicht zurückgegelt, als hätte er den ganzen Tag keine Zeit gehabt, sich hindurchzufahren.

Zieh dir das Regal aus den Haaren, sodass du sie für mich schütteln kannst.

Die Augenbrauen sind nicht gerunzelt, sondern fest, gerade.

Jetzt – öffne den Verschluss deines Schreibtischs. Zieh dir seine grünen Träger über die Schultern. Dann – lass sie fallen.

Jakob Meisenbach
MAY 7
Ich hab Lust, richtig auf dich abzufärben.

Maja lächelt, sie ist fast schon nackt, aber das ist nicht mehr im Bild, nur ihre Haare, sie sind elektrisch. Sie schreibt Jakob zurück.

Maja Jama
MAY 7
Nein, ich werde auf dich abfärben. Ich werde deinen Rücken in die Farbe tauchen, deinen Nacken, dein Steißbein. Dein Hintern wird bunt sein und deine Oberschenkel. Danach die Innenseite deiner Handflächen, weil du dich abstützen musst, über mir. Ich werde von unten auf deinen Bauch abfärben, auf deinen Hals, auf deine Lider.

Jakob Meisenbach
MAY 7
Ich mag deine Farben. Welche sind es heute? Magst du's heute eher giftig grün oder samtig weiß?

Neben diesen Fragen sieht Jakob gar nicht fragend aus: Er legt einen Arm um Maja und der Arm drückt ihr die Haare platt an die Schultern. Doch er sieht nicht hin, er sieht in die Kamera. Grinsend, mit weit geöffnetem Mund und noch viel breiteren Wangenknochen. Über ihm das gläserne Dach des Berner Bahnhofs, ein paar von Majas Haaren fliegen davor herum. Sie selbst hat die Pupillen unter den oberen Lidern hängen.

Maja klickt auf das Foto, vergrößert es. Jetzt sind die Augen noch größer, doch eine Narbe ist nicht zu erkennen.

Fass dir an die Hüften und schieb links und rechts zwei Finger unter deine blaue Matratze. Schieb sie tiefer. Noch tiefer. Steig aus deinem Bett.
Felix, du willst doch mich ausziehen, nicht mein Zimmer. Warum lässt du die Möbel nicht aus dem Spiel?
Jetzt ist dein Zimmer schon nackt! Jetzt können wir die echten Möbel nutzen! Ich lehne mich an das Sitzpolster des Sofas. Setzt du dich auf meinen Schoß?
Vorsichtig, ja. Jetzt kann ich den rauen Bezug fühlen.
Leg dich in den Schrank!
Komm mit ...
Ich hab Lust, die Regalbretter mit deinem Rücken zu zerschlagen.
Ich warte unterm Sessel auf dich.

Maja Jama
MAY 7

Heute mag ich's dunkelgrün. Ich würde gern wissen, wie sich eine dunkelgrüne Berührung anfühlt. Wo würdest du mich anfassen, wenn ich Farben fühlen könnte? Berühr mich am Schlüsselbein. Fahre daran entlang. Hinterlasse eine dunkelgrüne Spur. So grün wie Würzspinat oder Blätter, die bei Sonnenschein im Schatten hängen. Dunkelgrün wie ein dreckiger See oder altes Moos auf einem Stein.

Fass mich grün an, dunkel. Es wird nicht kitzeln, es wird entschieden sein. Schattenkühl oder seekalt, trotzdem weich, behutsam. Es wird erdig riechen. Nach Frische und Verwesung gleichzeitig. Hüll mich ein in diesen Geruch, ich will ihn fühlen, riechen und auch schmecken.

Leg mir Dunkelgrün auf die Zunge wie ein Bonbon. Es wird sich langsam auflösen, in meinem Mund wabern wie Algen, es wird würzig sein, ein bisschen verfault, doch mit einem Hauch von Minze.

Leg deine dunkelgrünen Hände auf meine Schulter, leg sie mir zwischen die Schulterblätter. Mein Rücken soll grün sein, meine Hüften, das Innere meines Bauchnabels. Meine Kniekehlen und der Raum zwischen meinen Zehen.

Ich würde mich gern mit dir bemalen. Du sollst mein Werkzeug sein. Wenn das ginge, welche Farben würden deine Finger auf meiner Haut hinterlassen?

Jakob Meisenbach
MAY 7

Meine Ringfinger sind violett, die anderen Finger blau in eine grüne Richtung. Ganz türkis die Handflächen. Meine Unterarme hinterlassen leuchtend orange Streifen und meine Nase pastellgelbe.

Ich würde dich gern mit meinem Bauch berühren, der macht dunkelgrüne Kreise. So dunkelgrün wie die runden Blätter einer Seerose. Dabei sind sie rau. Nichts zum Kuscheln, sie sind ein wenig wie Schmirgelpapier. Dunkelgrün fühlt sich hart, aber lauwarm an. Das wird nicht gemütlich, das wird anstrengend, aber es lohnt sich.

Maja Jama
MAY 7

Ist deine Zunge auch dunkelgrün? Fühlt sie sich genauso an? Ein bisschen wie eine Katzenzunge, aber lauwarm, leicht zerbrechlich, so als würde sie austrocknen, durchbrechen, wenn man sie nicht häufig genug gießt?

Ich könnte sie gießen mit lachsfarbenem Wasser. Das wäre eine schöne Kombination. Heute bin ich lachsfarben und du dunkelgrün. Lass uns einander Muster aufmalen mit Fingern und Zungen, wie würden sie sich anfühlen?

Jakob Meisenbach
MAY 7

Wenn deine Waden lachsfarben wären, würden sie leicht glänzen, sie würden sich glatt anfühlen wie Glas, und kalt, ganz kalt. Wenn du mir deine Waden auf den Rücken legen würdest, würden sich unter meiner dunkelgrünen Schmirgelhaut kleine Schauerhügel bilden, alle Haare würden sich aufstellen, ich könnte dich aufreiben. Und das würdest du wollen. Meine Haut würde dein Glas zerkratzen, splittern lassen. Nur da, wo du stärker drückst und die Position hältst, da wird meine Haut abgeflacht, sie wird glatt, vielleicht wird sie sogar anfangen zu glänzen.

Bist du noch da?
Entschuldige, hab gerade mit Jakob geschrieben.
Worum ging's?
Um ein farbiges Muster auf meiner Haut.
Will er es dir aufmalen?
Er will es mir aufdrücken. Und ich will es ihm aufdrücken.
Dabei habe ich dir gerade alle Farben ausgezogen.
Bei Jakob hab ich sie noch an.
Dann stell dir vor, jetzt würdest du dich in deinem nackten Zimmer an die weiße Wand lehnen – für mich. Mich dabei anschauen. Wie würde das Muster aussehen?
Lachsfarben und dunkelgrün, dazwischen gäbe es Streifen in hellem Violett und grünem Blau, die seine Finger hinterlassen haben. Dort wo meine Schulterblätter waren, könntest du türkisfarbene Kreise sehen, weil Jakob sie gern in den Händen hält. Wenn er an mir riecht, hinterlässt er pastellgelbe Spuren, sie führen von meinem Nacken hinunter bis zum Steißbein – ein heller gelber Strich mitten durch das Muster hindurch. Rechts und links, dort wo meine Hüften waren, leuchtet es orange von seinen Unterarmen.
Eine wunderschöne Vorstellung.
Wirklich?
Wunderschön.
Wieso?
Weil ich das Gefühl hab, ich kann eure Intimität sehen, sie in Farben und Formen festhalten, begreifen. Ich will sie mir aneignen, indem ich sie genau studiere. So wird sie auch zu meiner. Mir gefällt das. Du weißt längst, dass ich ein wenig voyeuristisch veranlagt bin. Und eigentlich bin ich noch ein bisschen mehr. Wenn ich euch nur zusehe, habe ich das Gefühl, vieles wird

mir hier vorenthalten: was ihr euch zuflüstert, wie sich eure Berührungen anfühlen, wo ihr dabei schwitzt, wie das Licht für euch vom Körper des anderen widergespiegelt wird. Das alles erlebt nur ihr, ich nicht.
Wenn ich eure Farben sehen könnte, vielleicht könnte ich dann ein wenig tiefer blicken.

Jakob Meisenbach
MAY 7
Was tust du?

Maja Jama
MAY 7
Entschuldige. Ich habe gerade Felix von unserem Muster erzählt, ihm hat es sehr gefallen. Er will an unseren Farben teilhaben.

Maja Jama
MAY 7
Bist du noch da? Was ist los?

Maja Jama
MAY 7
Jetzt mach ich mir Sorgen. Bist du böse?

Ich glaube, ich sollte dir nichts von Jakob und mir erzählen. Seit ich das getan habe, antwortet er mir nicht mehr.
Warum erzählst du ihm das überhaupt?
Ich kann doch nicht dir alles sagen und ihm nichts!
Schade ...

Maja Jama
MAY 7
Ich hätte Felix nicht davon erzählen dürfen, oder? Das hat dich verletzt ... Es tut mir leid. Er möchte gern alles von uns wissen, aber du willst ihn

lieber ausblenden. Das ist auch dein gutes Recht. Es tut mir leid, dass ich das nicht berücksichtigt habe. Bitte verzeih mir.

Ich bin wirklich zu weit gegangen, er schreibt gar nicht mehr.
Wirklich schade, ich hätte gern gewusst, ob seine Fingernägel andere Farben hinterlassen als die Kuppen.
Lass das.

Maja Jama
MAY 7
Bitte sei nicht mehr böse, ich werde Felix nichts mehr erzählen. Mir tut das wirklich sehr leid, kann ich irgendwas tun?

Majas Haare sind elektrisch, sie kann den eigenen Blick nicht erkennen. Ob sie wohl traurig schaut? Oder ein kleines bisschen lächelt? Schließlich gefällt ihr das auch: wie sich hier alles um ihre Farben, ihre Muster dreht, was sie anrichten können. Zu was sind Farben fähig? Ihre Farben?
Ihr Finger sucht nach der kleinen Narbe unter ihrem Auge, doch das ist nicht mehr im Bild, sie kann nur ihre elektrisierten Haare sehen. Ihr Finger fühlt die Narbe – der eine Finger. Die anderen fahren auf dem Mousepad herum. Sie fahren und suchen sich durch die Seiten, durch Fotos. Sie tippen ein: Einäugiger. Glasauge. Stein im Auge. Die Antworten der Suchmaschine: ein Hund mit nur einem Auge, ein Pirat. Eine dunkle Frau mit leerer Augenhöhle, ihr Glasauge hält sie in der Hand.
Jakob antwortet nicht.
Ein Ring in Glasaugenoptik. Eine Statue mit steinernem Auge. Ein versteinerter Fisch.
Immer noch nichts von Jakob.

Maja Jama
hat Dummheiten gemacht.

Sie klickt: *Upload Photos. Name of album:* »Sehschwäche.«
Dann lädt sie die Fotos hoch, eins nach dem anderen.
　Jakob antwortet nicht.

Lorenz Küchlein and **Lennard Küchlein** *like your album.*

Felix S. *commented on your album:* »Wenn du ein Glasauge tragen würdest, welche Farbe hätte es?«

Majas elektrische Haare scheinen zu fliegen. Sie betrachtet die einzige Schulter im Bild: Sie glänzt leicht. Darüber die Kopflehne des Beifahrersitzes. Maja hat vergessen, mit welchem Kopf sie sich dort anlehnt. Wie schaut sie dabei? Was tun ihre Hände, runzelt sie die Stirn? Sie würde sich die Haare gern glattstreichen, über die Schultern werfen, hinter das Ohr schieben.
　Doch sie kann nicht. Es klappt nicht, egal wie oft sie es versucht.

Jakob Meisenbach *commented on your album:* »Aubergine. Wie die Spuren meiner Fingernägel.«

Maja Jama
MAY 7
Wie kommst du denn auf Fingernägel? Gruselig, vorhin hat Felix nach der Farbe deiner Fingernägel gefragt. Aber ich hab nicht geantwortet. Bist du noch böse?

Jakob Meisenbach
MAY 7
Ich habe gerade eine Bahnfahrt gebucht. Ich sollte bei dir sein.

Majas Haare stehen elektrisch von ihrem Kopf ab. Sie befühlt ihre Narbe, doch die ist nicht mehr im Bild.

Also macht sie ein neues. Sie öffnet das Foto-Programm, wirft sich die Haare über die Schultern – alle –, rückt ihre Schultern ins Bild – beide – und drückt auf »Start«. 3. 2. 1. Klick.

Change picture.

Mona Mona
MAY 7
Eine nette Begrüßung. Oder ist das dein neues Klatschen?

Neben der Nachricht lächelt ein Mund mit besonders vollen Lippen, zwischen den Vorderzähnen eine kleine, verheißungsvolle Lücke. Was könnte sich durch sie hindurch nach draußen zwängen? Was verbirgt sich hinter der Zahnreihe, dem schönen Lächeln?

Es kommt Maja furchtbar bekannt vor. Als hätte sie es vor langer Zeit sehr oft gesehen. Als hätte sie täglich darauf gehofft, darauf gewartet, dass dieser Mund sich zu einem Grinsen verformt. Zu einem, das nur ihr gebührt.

Maja muss an den Geruch der Schultoilette denken und an den von Kreide auf einem Pausenhof.

Doch sie weiß nicht warum. Sie weiß nur: Sie mag dieses Lächeln.

KEEP ME LOGGED IN.

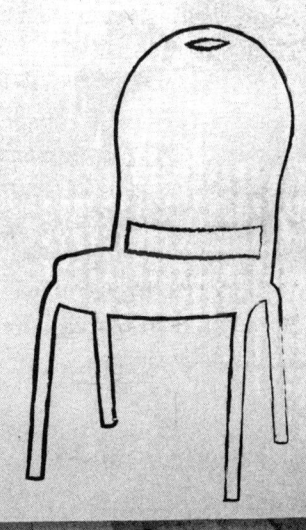

Es ist laute Musik, die Maja weckt. Weil sie im Holz des Fußbodens vibriert. Erst vorsichtig, dann immer stärker. Bis Maja es nicht mehr ignorieren kann. Sie richtet sich auf, sucht ihren Scheitel und überlegt, woher die Musik kommt. Vor ihrem Fenster ist es dunkel. Immer noch? Schon wieder? Ihre Armbanduhr sagt: Schon wieder, es ist neun Uhr. Also versucht sie aufzustehen, taumelt zu ihrem Drehstuhl und schaltet den PC ein.

Maja Jama
Ich habe den ganzen Tag geschlafen, das waren 17 Stunden. Und ich habe nichts geträumt. Gar nichts. Ich kann mich an nichts erinnern. Was soll das bedeuten?

Es klopft.
»Maja, bist du da?«, ruft Filis vom Flur her und Maja geht ihr entgegen. Bevor sie angekommen ist, öffnet sich schon die Zimmertür.
»Gott sei Dank!«, sagt Filis mit zwei Schnapsgläsern in der Hand. Eins davon drückt sie Maja in die Hand, sie stoßen an, Maja trinkt. Dann fragt sie: »Macht ihr Party?«
»Ja, ganz spontan! Wir haben unser erstes großes Bild verkauft, 150 Scheißeuro! Die haben wir in Bier und Schnaps verwandelt, die ganze Wohnung ist voller Leute, komm dazu!«
Währenddessen schenkt sie in Majas Schnapsglas nach, Maja trinkt.
»Ich geh schnell duschen, dann bin ich dabei«, sagt sie und merkt schon, wie der Schnaps in ihrem Kopf ankommt. Filis läuft zurück in den Flur und dreht die Musik lauter.

*

Als Maja die Badezimmertür von innen verschlossen hat, kann sie sie noch ein wenig beim Tanzen beobachten: Mit dem

Bass vibriert und zittert sie, der Schlüssel im Schloss klappert leise. Maja sieht in den Spiegel. Sie ist bunt, doch heute hat sie wenigstens wieder ihr ganzes Gesicht, alle ihre Haare, zwei Schultern. Ihr ist leicht schwindelig – vielleicht vom Schnaps, vielleicht vom langen Schlaf. Sie denkt an die letzte Nacht und kann sich kaum noch vorstellen, dass sie in einem anderen Zustand, mit nur einer Schulter und elektrischen Haaren, solche Gespräche führen konnte.

Sie zieht sich aus und steigt vorsichtig in die Dusch-Badewanne. Sie ist gefüllt mit kaltem Wasser und unzähligen Bier- und Wodkaflaschen. Maja versucht, zwischen den Flaschen einen festen Stand zu bekommen, und dreht das Wasser auf. Jetzt kann sie fühlen, wie es ihr über das Gesicht fließt, kalt, sie hat eine Stirn und zwei Augen, sie macht sie zu. Langsam wird das Wasser warm, es durchnässt ihre Haare, sodass sie sich um ihren Kopf schmiegen und immer flacher an ihrem Hals anliegen. Dann erreicht das Wasser ihre linke Schulter, scheint sie freizuspülen, noch mehr ins Bild zu rücken.

Maja lässt sich so lang umfluten, bis auch ihr Schwindel mitfließt – ihre Haut entlang bis zu dem kalten Wasser an ihren Füßen, bis zwischen die schwimmenden Bierflaschen. Sie steigt aus der Dusche und sieht in den Spiegel: Ihr Blick ist gerade.

*

Mit nassen Haaren steht sie in der Wohnzimmertür. Es riecht nach Bier, es ist laut und überall stehen Menschen. Einige tanzen, doch die meisten stehen an der Wand. Lehnen sich mit dem Rücken daran und lachen in einer langen Reihe.

»Stell dich dazu!«, ruft Jolanda. In der einen Hand hält sie einen großen Pinsel, in der anderen einen Eimer Farbe. Rot. Gerade will Maja sich wundern, als Filis ihr schon die Hände auf die Schultern legt und sie an die Wand schiebt. Mit ausladenden Bewegungen malt sie Majas Konturen nach. Sie fängt bei der linken Wade an, hinauf zur Hüfte, der Taille, den Arm entlang, die Schulter, Hals und Kopf. Die Konturen ihrer rechten Schulter gehen in die ihres Nachbarn über, auch ihn zeichnet Filis, und den nächsten und den nächsten. Jolanda kommt ihr von der anderen Seite aus entgegen. Die Menschen werden zu roten Bögen an der WG-Wand, sie alle werden erfasst.

Maja muss an Felix denken, daran, dass er sie greifbar glaubt, wenn er nur ihren Abdruck sehen kann.

»Bleibt stehen, bleibt stehen!«, ruft Jolanda. »Sonst verwischt alles, wir müssen warten.«

Sie verteilt Schnapsbecher und Wodka, immer wieder laufen Filis und Jolanda einschenkend die Reihen auf und ab.

Maja bleibt stehen und trinkt. Und noch einen und noch einen, sie bleibt stehen. Ihre nassen Haare lehnen an der Wand, sie denkt an Jakob.

»Bis es getrocknet ist!«, ruft Filis.

Was, wenn Jakob jetzt hier wäre? Würde ihm dieses Bild gefallen? Hätte er Lust, die Konturen selbst zu malen?

»Noch einen kleinen Moment!«, sagt Jolanda und schenkt Majas Becher zu voll, der Wodka tropft ihr in die Socken.

Sie würde Jakob gern den roten Eimer in die Hand drücken, den Pinsel. Was würde er tun? Was, wenn Felix zusehen dürfte? Sie weiß nicht, ob ihr das selbst gefallen könnte.

»Und abtreten!«, lacht Jolanda.

Die Reihe tritt ein paar Schritte nach vorn und dreht sich um. Überall an der Wand leuchten Köpfe und Schultern in roten Strichen. Alle gerade, sorgfältig gemalt. Nur einer nicht: Ganz links ist der Kopf zerlaufen, die Farbe verschwommen. Er sieht gar nicht mehr aus wie ein Kopf, eher wie ein unförmiger Kreis, in den Wasser hineingetropft ist. Ein seltsamer Fleck, an dem zuvor Maja stand.

»Scheiße!«, ruft Filis und lacht laut. Sie stürzt auf Maja zu und zerzaust ihr die nassen Haare. »Da hab ich überhaupt nicht dran gedacht.«

Alle lachen, Maja auch.

Obwohl sie es nicht lustig findet. Obwohl es doch egal ist, wie dieser komische Kopf aussieht.

Als sich die Gruppe aufgelöst hat, bleibt sie noch kurz stehen. Betrachtet die rot verlaufene Farbe. Ihre Umrisse. Und irgendwie hat sie das Gefühl, dass Felix viel mehr von ihr wüsste, wenn er diesen Fleck betrachten könnte.

Ein Mädchen, das Maja nicht kennt, schreibt mit einem kleinen Pinsel die Namen in die Köpfe. Bevor sie nach ihrem fragen kann, wendet Maja sich ab und läuft in den Flur.

Gerade schiebt Jolanda eine Zimmertür ein Stück weit auf und ruft: »Das ist Majas Zimmer!«

Filis dreht den Kopf und sieht sie an.

»Dürfen wir den anderen kurz dein Zimmer zeigen?«, fragt sie und Maja nickt.

»Ach du Scheiße«, ruft jemand.

»Alter, ist das krass«, ein anderer.

»So was Geiles, das ist irre!«

»Total krank.«

»Das ist wunderschön!«

»Wieso macht ihr das nicht überall?«

»Ja, wieso eigentlich nicht?«

»Habt ihr noch Kreide?«

Und plötzlich haben fast alle Gäste ein Stück Kreide in der Hand. »Das ist mein Schrank!«, rufen sie, oder »Meine Kommode!«, bevor sie sich hinknien, um die Möbelstücke auf den Boden zu zeichnen. Überall kniet und malt jemand, überall färben sich Finger und Hände, ganze Unterarme, die Kreide verfängt sich in Haaren, wird an Stirnen geschmiert oder an Hälse, Knie werden bunt und Füße.

Maja würde das gern Jakob erzählen, doch ihre Zimmertür soll offen bleiben; immer wieder läuft jemand hinein, um sich Anregungen zu holen, Majas Stil treu zu bleiben oder die eigene Zeichnung mit einer alten zu vergleichen.

Also zieht Maja sich die Strümpfe aus und läuft durch alle Zimmer. Durch alle Möbel. Ihre Fußspuren verfärben sich und verfärben sich. Die Stehlampe macht sie ganz gelb, die Kommode dunkelbraun. Der Herd blau und die Toilette rot. Der Stuhl weiß und der Mülleimer orange. Am Ende findet Maja sogar gezeichnete Schuhe. Sie stellt sich in ein Paar hinein und lässt sich auf den Boden sinken. Ihr ist schwindelig, sie muss lachen. Und weitertrinken.

Jolanda setzt sich neben sie, ihre kaputten Locken zittern noch lange nach dieser Bewegung, und reicht ihr einen schlecht gebauten Joint. Maja zieht und hustet, zieht und hustet und lacht lauter.

»Maja, Maja«, sagt Jolanda, »Maja, Maja. Was bist du eigentlich für ein seltsamer Mensch?«

Maja lacht.

»Hast du jetzt wirklich zwei feste Freunde?«

Maja lacht immer noch, zieht und hustet lachend.

»Tut dir das gut? Klappt das?«

Als Maja noch einmal zieht, hustet und ihr Tränen in die Augen treten, bekommt sie ihr Lachen langsam in den Griff. Sie reicht Jolanda den Joint. »Weiß nicht, ob es klappt«, sagt sie mit kratziger Stimme. »Aber es gefällt mir.«

»Warum beide? Ist das echt ausgewogen?«

»Es muss doch gar nicht ausgewogen sein.«

»Nicht?«

Während Jolanda das fragt, hält sie den Rauch in der Lunge, jetzt lässt sie ihn langsam durch die Nase heraus. Maja sieht ihr dabei zu, dann sagt sie: »Ich will nicht abwägen. Mir gefallen beide Geschichten und mir gefällt, dass sie gleichzeitig passieren.

Das reizt mich. Ausgewogen klingt so nach Vergleich. Und nach Abhängigkeit. Ich hoffe, die beiden Geschichten hängen nicht miteinander zusammen. Ich glaube, sie sind komplett anders und haben nichts miteinander zu tun.«

Jolanda sieht sie mit engen Augen an, gibt ihr den Joint zurück. Sie grinst und sagt: »Das ist doch Schwachsinn. Komplett bescheuert, das kann niemals so sein, das ist ideologisches Gelaber.«

Maja muss wieder lachen und hustet dabei. Dass Jolanda sie mal ideologisch nennen würde, hätte sie nie gedacht.

Jolanda redet weiter: »Die beiden wissen voneinander, du weißt von beiden, sicher sprichst du auch mit beiden über den jeweils anderen. Das Ganze hängt zusammen, enger geht's nicht.«

Maja antwortet nicht, sie zieht und versucht, nicht zu husten.

»Hast du manchmal Tage, an denen du nur einen willst? Oder kannst du komplett umschalten, sobald einer von beiden da ist?«

»Vielleicht hast du recht. Ich will immer beide. Es ist nie nur einer. Egal mit wem ich spreche, irgendwie ist der andere dabei.«

»Und das ist emotional kein Problem für dich?«

»Emotional?«

»Vergleichst du nicht?«

»Das hab ich mich noch nie gefragt.«

»Jetzt frag ich.«

Maja überlegt kurz und sieht Jolanda an. »Felix und Jakob spielen für mich ganz unterschiedliche Rollen. Mit Jakob kann ich über viele Dinge reden. Und dann regt er mich wieder auf, er nervt mich richtig. Doch er hält das aus und im nächsten Moment zieht er mich wieder an. Ich kann mich richtig an ihm abreagieren und ihm gefällt das noch. Das macht Spaß. Felix auch, aber anders. Er diskutiert und provoziert, für mich ist er

eine Herausforderung. Er ist viel härter als Jakob, viel gefährlicher. Er kriegt mich klein, wenn er will. Das ist spannend.«
»Das war ein Vergleich.«
»Ich weiß.«
»Und dabei kannst du zwei so klare Kategorien aufmachen?«
Maja sieht Jolanda an und muss lächeln. Sie hatte nicht gewusst, wie entwaffnend Jolanda sein kann. Dass sie mehr draufhat, als sich hinter bescheuerte Ideen zu stellen.
»Ist es wirklich so einfach?«, fragt sie weiter.
»Nein«, sagt Maja, »du hast recht.«
Jolanda nickt und drückt den Stummel in einem Alu-Aschenbecher aus.
Majas Blick schweift über den bunten Fußboden, die kreidebeschmierten Gäste. Langsam wirken Alkohol und Gras gemeinsam in ihrem Kopf.
»Vielleicht«, sagt Maja, »vielleicht ist das ein Spiel. Ich spiele unheimlich gern, ich hab immer schon gespielt, mit allem, was mir zwischen die Finger gekommen ist. Ich dachte, ich hätte das längst zurückgeschraubt, aber vielleicht hab ich nur ein neues Spiel gefunden.«
»Was ist das für ein Spiel?«
»Das hab ich noch nicht rausgefunden. Wir spielen um Gefühle, um Macht. Manchmal denke ich, Felix und Jakob sind meine Spielfiguren, die ich durch meine eigene Welt steuere, mit dem Ziel, dass sie sich gegenseitig ausschalten. Gleichzeitig mache ich ihnen das schwer. Und dann denke ich wieder, wir spielen zu dritt. Vielleicht spielen wir Karten und ich spiele offen, ich zeige ihnen alles. Nur in ihre Karten kann ich nicht sehen.«
»Ich dachte, du hast die Fäden in der Hand?«
»Manchmal denke ich das auch. Aber nicht immer.«
»Macht dir das Spaß?«
»Richtig viel Spaß. Mein Leben war noch nie so spannend. Ich hatte noch nie so guten Sex.«

»Wirklich?«

Maja nickt nur.

»Maja?«, fragt Jolanda und Maja sieht sie erwartungsvoll an.

»Maja!«, sagt Jolanda wieder. Maja will sagen: »Was denn?«, doch es klappt nicht. Langsam merkt sie, wie ihre Pupillen sich immer weiter unter ihre oberen Lider schieben.

»Maja!«, ruft Jolanda lauter. Und Maja versucht, sie anzusehen, doch ihr Blickfeld wird langsam von oben her abgeschnitten, immer weiter, immer weiter.

Plötzlich ist ihr schlecht, richtig schlecht. Am liebsten würde sie ins Bad rennen, doch sie kann nichts mehr sehen.

Erst, als sich ihr Magen zusammenkrampft, als ihr Galle in den Mund läuft, erst, als sie würgen muss und all den farblosen, durchsichtigen Wodka auf die Schuhe, auf ihre Fußspuren spuckt, rutschen die Pupillen wieder in ihre richtige Position. Jetzt kann Maja sehen, wie die Kreide unter ihrem Mageninhalt verläuft. Wie sich das Gelb der Schuhe mit den bräunlich bunten Fußabdrücken vermischt. Alle Konturen lösen sich auf, die Zeichnungen werden schwammig, unförmig, blass.

Jolanda ist längst aufgestanden, um einen nassen Lappen zu holen. Jetzt kommt sie zurück und wischt Majas Wodka vom Boden, nimmt alle Farbe mit, den ganzen feuchten Staub.

Währenddessen verfängt sich in Majas Haaren eine Hand. Vielleicht versucht sie zu trösten, zu unterstützen, zu sagen: Das ist doch nicht schlimm. Wie früher, als Maja noch klein war, als sie diese schlimme Magen-Darm-Grippe hatte und sich so sehr vor ihrem Opa schämte. Er ist ihr durch die Haare gefahren und hat immer wieder gesagt: Das ist doch nicht schlimm. Während Maja weinte. Am liebsten würde sie auch jetzt weinen; alle stehen um sie herum und diese Hand kommt nicht mehr aus ihren Haaren heraus. Alle stehen sie und manche fragen: »Geht's dir gut? Vielleicht solltest du ein Stück Brot essen? Hast du zu viel getrunken?«

Maja möchte erzählen, dass sie heute noch nichts gegessen hat, weil sie den ganzen Tag nur schlief. Dass es ihr besser geht, dass sie sich nur waschen möchte. Doch sie muss noch einmal würgen. Und diese Hand kommt nicht mehr aus ihren Haaren heraus.

»Schau mal, wer gerade gekommen ist«, sagt Filis mit ungewöhnlich vorsichtiger Stimme und deutet auf einen Punkt hinter Maja. Dorthin, von wo diese Hand kommt. Maja dreht sich um und sieht Jakob. Sie zuckt zurück. »Du hättest ruhig sagen können, dass du *so* schnell kommst!«, sagt sie und zieht seine Hand aus ihren Haaren.

Aus den Augenwinkeln sieht sie, wie Filis und Jolanda versuchen, die Gäste abzulenken und in einen anderen Raum zu lotsen. Jakob lächelt ganz breit in seinem noch viel breiteren Gesicht. »Ich wollte dich überraschen.«

»Ich putz mir erst mal die Zähne«, sagt sie und wankt ins Bad.

*

Vielleicht sagt Maja Ja, weil sie betrunken ist, vielleicht liegt es am Gras. Vielleicht ist es nur der seltsame Tagesrhythmus oder ihre Übelkeit. Maja weiß es nicht und trotzdem sitzt sie zwischen Jakobs Knien.

Sie hat sich mit ihm in ihr Zimmer zurückgezogen und die Tür hinter sich abgeschlossen. Er hält ihre Haare in den Händen und kämmt sie mit vorsichtigen, aber unerbittlichen Bewegungen.

»Das ziept«, sagt Maja und Jakob sagt: »Geht nicht anders.«

Sie balanciert ihren Laptop auf den Knien.

»Ist es dir peinlich, dass ich dich beim Kotzen gesehen hab?«, fragt er.

»Warum sollte mir das vor dir peinlich sein?«, erwidert sie, doch mit den Gedanken ist sie schon nicht mehr ganz in ihrem Zimmer.

Svenja Niemann
MAY 8
Kannst du dich bitte bei mir melden?
Ich brauch deine Hilfe. Wegen Katrina.

Lorenz Küchlein
Ich glaub, du warst nur erschöpft. Wahrscheinlich brauchte dein Körper einfach mal 17 Stunden Schlaf. Da würde ich mir jetzt keine Gedanken machen.

Maja Jama
Mach ich mir auch nicht mehr. Es ist aber etwas wirklich Komisches passiert. Ihr erinnert euch doch, dass ich in meinen Träumen immer wieder dieses Klatschen gehört habe, oder? Und jetzt hat mir meine alte Schulfreundin Mona bei Facebook geschrieben: »Eine nette Begrüßung. Oder ist das dein neues Klatschen?« Sonst nichts.
Wir waren zwar beste Freundinnen, aber wenn ich genauer über sie nachdenke, kann ich mich gar nicht mehr so gut an sie erinnern. Ich weiß nicht mal, von welcher Begrüßung sie spricht. Und dann dieses Klatschen. Meint sie damit vielleicht auch mein Klatschen? Oder ist das Zufall?

Langsam beginnt Maja, die langen Bewegungen der Bürste in ihren Haaren angenehm zu finden. Ihre Kopfhaut scheint sich zu entspannen.
»Deine Haare können richtig schön sein«, sagt Jakob.

Lennard Küchlein
Die weiß was! Die war dabei! Oh mein Gott, ich bin ganz aufgeregt, das kann kein Zufall sein! Vielleicht hat sie immer geklatscht! Könnte sie nicht die Schlüsselfigur sein? Die mit dem Steinchen? Schreib ihr zurück!

Lorenz Küchlein
Lennard, ich muss dir voll und ganz zustimmen. Diese Mona ist in unseren Fall verwickelt. Vielleicht an ganz zentraler Stelle. Vielleicht hat sie getippt und geklopft, vielleicht hat sie den Basketball geworfen! Und du kannst dich gar nicht an sie erinnern? Überhaupt gar nicht?

Maja Jama
Das wär gelogen. Sie hatte sehr viele Sommersprossen. Aber nicht in Rot, ich glaube sie waren braun, fast schwarz. Also auch dunkle Haare, glatt, aber wie lang? Das hab ich vergessen. Sie hatte eine tiefe Lache, viel zu tief für ihr Alter, für ihr Gesicht. Und sie war viel größer als wir. Viel dünner. Am deutlichsten kann ich mich an ihre tiefe Lache erinnern, sie konnte nicht kichern. Ich glaube, ich habe sie sehr gemocht. Ich kann mir gar nicht vorstellen, dass sie den Stein geworfen hat. Wenn ich an sie denke, hat sie einen Ball in der Hand, als hätte sie nur mit Bällen geworfen. Vielleicht hat sie mir wirklich den Basketball zugerollt. Aber was wollte sie mir sagen? Warum immer wieder dieses Klopfen, das Tippen? Warum habe ich so lange Klotennis gespielt? Als hätte ich Angst vor ihr gehabt. Aber diese Angst kommt mir ganz abwegig vor. Seid ihr euch sicher, dass sie wichtig ist? Was soll ich ihr antworten?

Jakob kämmt Maja immer noch und die Entschlossenheit seiner Hand lässt vermuten, dass er nicht so bald aufhören möchte.
»Das ist schön«, sagt Maja.

Lennard Küchlein
Da kommen doch langsam immer mehr Erinnerungen, mach einfach weiter damit! Vielleicht hat sie ja versucht, dich vor jemandem zu warnen, und du wolltest diese Warnung nicht wahrhaben. Das klingt auf jeden Fall, als wäre sie nicht die einzige

zentrale Figur, kannst du dich in Zusammenhang mit ihr nicht auch an andere erinnern?

Maja Jama
An meine Klasse erinnere ich mich schon, aber da klingelt gar nichts. Ich habe meistens neben Mona gesessen und wir haben nie gekichert. Ich glaube, wir waren beide ziemlich hoch angesehen in unserer Klasse. Ich wüsste wirklich nicht, was Mona mir getan haben könnte, oder vor wem sie mich warnen wollte.

Lorenz Küchlein
Schreib ihr einfach und frag, was sie meint – sag ihr, du könntest dich nicht erinnern.

Maja Jama
MAY 8
Hallo Mona! Wie schön, dich hier zu sehen, nach so scheißlanger Zeit. Wie geht es dir?
 Ich hab mich sehr über deine Nachricht gefreut – sie aber nicht so ganz verstanden. Wie hab ich dich begrüßt? Und von welchem Klatschen sprichst du?
 Ich würde mich freuen, wenn wir wieder ein bisschen mehr Kontakt hätten!
 Liebe Grüße
 Maja

Svenja Niemann
MAY 8
Warum antwortest du mir nicht? Ich mach mir wirklich schlimme Sorgen um Katrina. Sie wird immer seltsamer. Wenn du irgendetwas weißt, erzähl es mir bitte. Ich hab wieder angefangen, ständig zu heulen. Auch ohne Farben. Und obwohl ich kaum noch im Wohnheim bin. Ich weiß einfach nicht, was ich tun soll. Hast du eine Idee?

Jakob ist dazu übergegangen, Maja mit den Fingern durch die Haare zu fahren. Immer und immer wieder. Er sagt nichts und Maja starrt auf ihren Laptop. Wartet. Jakob kämmt und kämmt und Maja wartet. Starrt. Sie sollte etwas anderes tun. Sicher sitzt Mona gerade nicht vor ihrem Rechner, wahrscheinlich hat sie die Nachricht noch gar nicht gelesen oder wird erst in ein paar Tagen antworten. Trotzdem starrt Maja weiter, Jakobs Finger fahren ihr durch die Haare. Maja starrt und wartet. Regungslos.

Und dann taucht eine kleine rote 1 auf dem Nachrichten-Symbol auf. Maja klickt darauf.

Mona Mona
MAY 8
Du scheinst noch die gleiche Maja zu sein. Du freust dich, aber hast nicht ganz verstanden. Ich meine dein Album. Du hast es erstellt, kurz nachdem du meine Freundschaftsanfrage angenommen hast. Ein Album mit dem Titel »Sehschwäche«.

Wunderschöne Fotos. Gut gewählt. Ich freue mich, aber ich verstehe nicht ganz. Ist das dein neues Klatschen? Applaudierst du mir? Wie früher?

Maja Jama
MAY 8
Haben wir uns früher applaudiert? Wofür?

Mona Mona
MAY 8
Als Kind hatte ich jeden Tag rote Handflächen.

Maja Jama
MAY 8
Ich kann mich nicht erinnern.

Mona Mona
MAY 8
An gar nichts? An mich?

Maja Jama
MAY 8
Manchmal habe ich seltsame Wachträume, vielleicht könnten sie Erinnerungen sein. Manchmal klatscht jemand, aber du bist nie darin vorgekommen. Warst du das trotzdem?

Mona Mona
MAY 8
Wir sollten uns treffen. Ich komme nach Frankfurt. Übermorgen um halb fünf. Wo?

Svenja Niemann
MAY 8
Was ist denn bitte los mit euch beiden? Ich weiß nicht, was ich mit Katrina machen soll, sie macht mir Angst. Wenn sie mal ihr Zimmer verlässt, schreit sie, sonst schließt sie sich ein. Wie du. Bitte komm da raus und hilf mir!

Unfriend. Remove from Friends. **Svenja Niemann** *has been removed from your friends.*

UPDATE INFO.

Jakob bleibt nur anderthalb Tage, danach muss er wieder in die Uni, sagt er. Also nutzen sie den einen Tag, den sie ganz haben, und reden nicht über Felix, nicht über Mona. Sie reden fast gar nicht. Meistens kämmt er sie. Manchmal setzt er sich auf den Kreidestuhl und sie sich auf ihn. Manchmal zeichnen sie die Möbel nach. Und dann laufen sie am Main entlang, bis der Wind Majas Haare so sehr in Unordnung gebracht hat, dass es beim Kämmen wieder ziept.

Als Jakob Maja kämmt, sagt er: »Warum hast du eigentlich keinen Kontakt mehr zu Katrina und Svenja?«

»Hat sich irgendwie verlaufen«, sagt Maja. »Und du? Du sprichst nicht mehr über sie.«

»Svenja ist gar nicht mehr im Wohnheim, manchmal glaube ich, sie ist ausgezogen, aber es kommt kein Nachmieter. Und Katrina ist unerträglich geworden. Ganz laut. Entweder sie lacht schallend oder sie schreit vor Wut über den Dreck in der Küche. Ich komm überhaupt nicht mehr zu ihr durch.«

»Das Wohnheimleben hat sich echt verändert.«

»Völlig. Ich bin nur noch mit den Leuten aus der Uni unterwegs. Ich find es auch nicht schlimm, die Zeit ist eben vorbei.«

Maja muss lächeln. Halb dreht sie sich um und sagt: »Ich kann mich auch nicht erinnern, dass du jemals richtig traurig warst.«

»Was soll das denn heißen?«

»Bei dir ist alles so unbeschwert. Du hast mir noch nie von einem schlimmen Problem erzählt. Ich glaub, du hast gar keine Probleme.«

»Außer dir.«

»Bitte was?«

»Du bist schon nicht einfach.«

»Natürlich nicht. Aber ich bin doch kein Problem!«

Maja sieht Jakob an, er hat aufgehört, sie zu kämmen. Er lächelt. »Klar bist du ein Problem. Weil ich dich liebe. Weil du in Frankfurt wohnst und ich in Bern. Weil du zwei Beziehungen gleichzeitig führst. Natürlich ist das für mich nicht ganz einfach.«

Langsam dreht Maja sich wieder zurück und Jakob kämmt weiter.

Maja sagt: »Das tut mir leid.«

Jakob antwortet nicht.

Maja sagt: »Ich bin dir wirklich dankbar, dass du mich nicht bittest, etwas zu ändern.«

Jakob kämmt. Dann antwortet er: »Natürlich nicht. Bis jetzt hat sich ja jede Schwierigkeit gelohnt.«

Maja muss lachen. »Schleimer«, sagt sie.

In dieser Nacht schlafen sie miteinander, bis das ganze Sofa verschwunden ist. Sie wischen die rote Farbe mit ihren Haaren auf, mit ihren Schulterblättern, den Knien, den Schienbeinen, mit ihren Handflächen. Bald glitzert ihre Haut von der Mischung aus Kreide und Schweiß, die salzigen Tropfen lösen die Farbe vom Boden. Und ihre Rücken, ihre Unterarme nehmen sie auf. Jeden einzelnen Partikel, Minute um Minute.

Dann schlafen sie auf dem nackten Boden ein.

In dieser Nacht hat Maja das Gefühl, selbst ein rotes Sofa zu sein.

*

Sie bringt ihn zum Bahnhof, es ist halb vier Uhr nachmittags. Sie weiß nicht, warum sie so aufgeregt ist. Als hätte sie richtig Angst, Mona zu treffen.

Der Zug steht schon am Gleis. Maja küsst Jakob, aber flüchtig, ihre Hände sind ganz kalt.

»Gute Fahrt!«, sagt sie.

»Danke«, sagt Jakob und steigt ein. Sie lächelt und winkt, dann geht sie zurück in die Haupthalle des Bahnhofs.

Es ist voll und laut, an den Automaten stehen viele Menschen an. Verstohlen sieht sie sich um, doch Mona kann sie nirgends entdecken. Mit welchem Zug sie wohl ankommt? Sowieso ist es noch viel zu früh. Trotzdem beschließt Maja, schon mal langsam zum Treffpunkt zu laufen.

Bewegung tut gut, wenn man aufgeregt ist. Maja geht über den Bahnhofsplatz. Immer weiter geradeaus, am Theater vorbei, immer weiter. Bis zur Innenstadt, sie spürt ihre wunden Füße in den billigen Ballerinas. Dann in Richtung Main und langsam beginnt sie zu schwitzen.

Rechts vor der Brücke stehen die Türen ihres Lieblingscafés offen. Dankbar tritt sie ein, es riecht nach Muffins und Brownies. Die Decke ist niedrig, in den Ecken stehen alte Backgeräte. Eine noch ältere Waage. Der Tresen zieht sich die ganze Wand entlang und präsentiert bunte Gebäckstücke. Mit der Hand wurde eine Tafel beschriftet: »Jedes Teilchen 2,50 Euro. Der Milchkaffee auch.«

Nur zwei der runden Tischchen sind besetzt, Maja lässt sich am Fenster nieder. Und wartet. Es ist zehn nach vier. Was soll sie zwanzig Minuten lang tun?

Sie bestellt einen Kaffee. Einen Brownie. Er ist dunkelbraun, die Schokolade darauf schwarz. Einen Blaubeermuffin. Obwohl die Beeren doch ganz rot sind. Einen Cookie mit weißer Schokolade und gelben Orangenstücken. Noch einen Kaffee.

Als die alte Uhr über der Theke halb fünf anzeigt, ist Maja ganz schlecht. Sie zittert noch mehr und ihr Magen scheint zu kochen. Als wären all die gegessenen Farben zu viel für zwanzig Minuten. Als wollten sie ausbrechen, sich von innen her auf Maja ausbreiten.

Die Tür öffnet sich. Und Maja erkennt Mona sofort. Schließlich hat sie eine große rote Narbe unter dem rechten Auge. Sie ist so groß wie ein Kieselstein, fast so groß wie ein Auge – Monas rechtes Auge. Es ist viel röter als das andere. Und wässrig. Wie sieht man durch ein solches Auge? Sind für Mona alle Farben ein wenig röter als für Maja?

»Hallo Maja«, sagt Mona und setzt sich zu ihr an den Tisch. Maja antwortet nicht, nicht sofort. Erst mal muss sie sich Monas Auge ansehen. Schließlich ist es nicht sie selbst mit dem Stein im Auge. Es ist Mona. Mona wird immer die mit dem Stein im Auge bleiben. Auch wenn sie den Stein entfernt haben, vor vielen Jahren. Auch wenn alle erleichtert aufgeatmet haben, weil das Auge drinbleiben konnte. Trotzdem. Auf eine gewisse Weise ist auch der Stein dringeblieben.

Und fast kann Maja wieder fühlen, wie sie selbst ihn in der Hand gehalten hat, wie sie ihn dann plötzlich nicht mehr in der Hand hielt, weil er flog, fest und weit. Weil sie ihn geworfen hat, mit aller Kraft. Mit all der Wut, die sich in ihr aufgestaut hatte, mit der Machtlosigkeit, der Angst. Als wäre Monas Gesicht ein Gitter gewesen. Und der Stein ein Rammbock. Einer, der alles verbiegen und aufbrechen kann.

Sie kann sogar den Applaus hören. Monas Applaus. Das Klatschen der kleinen Hände, auf das sie fast jeden Tag gehofft hat.

An diesem einen Tag ist es besonders laut gewesen, schließlich hatte Maja getroffen. Schließlich hatte sie gewonnen, ein für alle Mal, das war der große Sieg, und Mona hat geklatscht, bis sie sich am Boden auffangen musste, weil ihr schwindelig geworden war.

»Hallo Mona«, sagt Maja. Ihr ist nicht mehr schlecht. Als wären alle Farben in ihr verblasst.

»Hab ich dich erschreckt?«

»Ich hatte so vieles wieder vergessen.«

»Wie schade.«

»Ja.«

»Alle unsere Spiele? Jedes einzelne?«

»Jedes.«

»Alle unsere Einsätze?«
»Meine Einsätze. Ja.«
»Alle Blicke?«
»Ich hatte vergessen, wie sie mich angesehen haben.«
»Hast du aufgehört zu spielen?«
»Eigentlich nie.«
»Ich schon. Aber ich hab angefangen, es zu vermissen.«
Die Kellnerin kommt an den Tisch und Mona bestellt einen Brownie. Einen Blaubeermuffin. Und einen weißen Cookie.
»Noch zwei Kaffee«, sagt Maja. »Was hast du vermisst?«, fragt sie dann.
»Die Aufregung, als ich mir die Aufgaben ausdachte«, antwortet Mona. »Unsere Verschwiegenheit vor den anderen. Ihre Blicke, wenn sie etwas ahnten, wie neugierig sie geschaut haben, wie genau sie uns beobachteten. Also eigentlich, wie genau sie dich beobachteten. Und deine Entschlossenheit, die Aufgaben zu erfüllen. Egal, wie seltsam sie waren. Oder wie beängstigend.«
Mona lächelt. Ihre Zähne sind groß, ihre Lippen voll. Maja hat dieses Lächeln schon immer geliebt. Dieses Lächeln, während sie zu Maja sagte: »Lach die Lehrerin aus.«
»Komm mit zwei unterschiedlichen Schuhen in die Schule.«
»Sperr dich im Klo ein, bis der Hausmeister die Schule abschließen möchte.«
»Zieh dich in der Umkleidekabine der Jungen um, als würdest du dahin gehören.«
»Tritt in die Glastür, sodass sie einen großen Riss bekommt.«
»Heb beim Stopptanzen dein Kleid hoch bis zum Kinn.«
»Zieh dich nackt aus und lass dich von uns bemalen.«
Und Mona lächelte. Egal wie schwer ihre Aufgabe war. Maja sah nur Monas Lächeln und wusste, sie musste mitspielen. Würde sie Nein sagen, wäre sie ganz allein. Kein Lächeln mehr, nur noch ein Lachen von allen Seiten. Mona würde sie nicht

zu ihrem Geburtstag einladen, sie würde keine Gruppenarbeit mehr mit ihr machen, Maja könnte niemanden anrufen, wenn sie Mathe nicht kann, und in der Pause wüsste sie nicht wohin. Wahrscheinlich würde sie noch viel öfter auf der Toilette sitzen, vollständig angezogen, und die Tür verriegeln.

Wenn Maja aufgehört hätte zu spielen, wäre Mona weg gewesen. Spielen ist besser, als allein sein.

Es gab nicht viele Regeln, doch die waren streng: Mona stellte eine Aufgabe, Maja erfüllte sie. Wenn die anderen über Maja lachten, hatte sie die Runde bestanden. Mona dachte sich dann eine neue Aufgabe aus. Und lächelte. Je schwieriger die Aufgabe, desto breiter Monas Lächeln. Einmal hat sie besonders breit gelächelt.

Sie hat von ihrem Freund erzählt, wie süß er wäre und wie gut sich seine Hände anfühlten. Das müsste Maja eigentlich auch mal erleben. Sie wären doch Freundinnen, Mona würde ihr das gönnen, sie könnten doch alles teilen. Auch den Freund, es sollte im Schwimmunterricht passieren.

Monas Augen haben laut gelacht dabei. Maja sieht es genau vor sich, und dann sieht sie das Schwimmbecken unter Wasser. Diesmal verfärbt sich nichts. Kein Schwarz schwappt in ihre Richtung. Sie sieht ganz klar, wie eine Badehose auf sie zuschwimmt. In ihr steckt Monas Freund, er grinst.

Am anderen Ende des Beckens tauchen nun, nach und nach, Badehose für Badehose, auch alle anderen Kinder unter, sehen Maja an und sie weiß es. Zwischen ihnen schwimmt Mona, Maja muss weiterspielen. Sie muss auf Monas Freund warten, auf sein Grinsen, sie muss ihn ganz nah an sich heranschwimmen lassen.

Er zieht ihr die Badehose runter und alle sehen es. Alle sehen, wie er sie anfasst. Alle grinsen und glucksen. Unter Wasser ist es ganz still, doch Maja kann das Glucksen sehen, in jeder Ecke. Das Schwimmbecken ist voll von gekicherten Luftblasen.

Glitzernd, stumm und tanzend steigt ein Lachen auf, langsam, aus halb offenen Mündern. Aus verlegen amüsierten Gesichtern.

Monas Freund fasst sie an und Maja weiß nicht, wann sie die Aufgabe bestanden hat. Sie wartet. Er zieht ihr auch das Oberteil hoch und fasst sie an, alle sehen es. Erst als Monas Freund keine Luft mehr bekommt, hört er auf. Maja fühlt sich, als bräuchte sie keine Luft mehr, nie wieder, sie bleibt unten, bis der Lehrer sie aus dem Wasser zieht.

Als sie aufwacht, hört sie zuerst Monas Klatschen. Dann sieht sie ihr Lächeln. Ihr besonders breites.

Fast noch breiter lächelte sie, als sie sagte: »Wirf mir den Stein ins Auge.«

Maja hat unsicher gelacht, gedacht, es wäre ein Witz. Gehofft, es wäre einer. Doch Mona hat es immer wieder gesagt. Immer wieder.

»Wirf mir den Stein ins Auge.«

»Wirf ihn.«

»Wirf den Stein.«

»So fest du kannst.«

»Mach schon.«

»Hast du Angst?«

»Maja!«

»Wirf schon.«

»Oder kannst du nicht werfen?«

»Wirf ihn in mein Auge.«

»Zeig uns, ob du überhaupt werfen kannst.«

»Kannst du zielen?«

»Hast du jemals getroffen?«

»Ich weiß, manchmal wirfst du in die falsche Richtung.«

»Ich kann mich auch hinter dich stellen.«

»Kein Problem.«

»Vielleicht triffst du dann?«

»Oder kannst du auch geradeaus werfen?«

»Kannst du's?«
»Weißt du, wie man ausholt?«
»Kannst du fest werfen?«
»Zeig es uns.«
»Wirf den Stein!«
»In mein Auge!«
»Direkt hier rein!«
»Ins rechte.«
»Wirf ihn.«
»Mach jetzt!«
»Los!«

Die anderen waren längst stehen geblieben. Hatten aufgehört, Himmel oder Hölle zu spielen. Sie sahen Maja an, grinsten. Warteten. Immer wieder drehten sich ihre Köpfe von Mona zu Maja und zurück. Dazwischen Himmel und Hölle aus Kreide. Bewunderung für Mona und ihren Mut. Belustigung über Maja und ihre Feigheit. Sie musste weiterspielen. Das war ihre einzige Chance. Würde sie jetzt kneifen, hätte sie endgültig verloren. Das war die letzte Runde in ihrem riesigen, jahrelang dauernden Spiel. Mona hatte sich diese Aufgabe als Finalrunde ausgedacht. Alle Figuren standen kurz vorm Ziel. Wer jetzt zog, hatte gewonnen. Maja musste gewinnen, sie spielte mit, Maja hat immer mitgespielt. Noch nie hat sie ein Spiel abgelehnt.

Also holte sie weit aus. Und siegte. Irgendwie.

Und gleichzeitig verlor sie auch. Denn sobald Mona fiel, drehte Maja sich um und rannte. So schnell sie konnte. Es waren drei Steine, mittelgroß, die sie hart am Rücken trafen, abprallten und auf dem Boden davonrollten. Maja lief weiter.

Sie weiß bis heute nicht, wer nach ihr geworfen hat. Es waren so viele Kinder da, vielleicht hatten alle gezielt und nur drei hatten getroffen. Sie wusste es nicht, sie rannte nur.

Wenige Wochen später musste sie die Schule verlassen. Es hatte sowieso niemand mehr mit ihr geredet. Bis sie eine neue

Schule fand, spielte sie Klotennis, ignorierte jedes Klopfen, jedes Rufen, jedes Lachen von außen. Ihr Kopf drehte sich hin und her und hin und her.

Manchmal spielte sie sogar zu Hause, denn ihre Eltern sprachen fast zwei Monate kein Wort mehr mit ihr. Jeder Blick war eine Strafe und jede Begegnung war Maja unangenehm. Schau nach rechts. Schau nach links. Schau nach rechts. Schau nach links.

In dieser Zeit hatte sie nur ihren Opa. Aber sie durfte nicht bei ihm übernachten. Ein Treffen pro Woche musste ihr reichen. Und auf der neuen Schule wussten die Lehrer Bescheid. Es hat lange gedauert, bis Maja all das vergessen konnte. Jetzt ist es wieder da, dieses Gefühl, die Vorwürfe, das Alleinsein.

Maja wird klar, sie hätte nur verlieren können. Egal, wie sie sich entschieden hätte. Mona ist von Anfang an die Siegerin gewesen. Am Ende hatte sie einen Stein im Auge und Maja hatte nichts mehr.

Sie sieht Mona an und kann nicht anders. Sie muss lächeln. Mit diesem Treffen bietet ihr die Freundin eine Revanche an. Soll sie annehmen? Vielleicht kann sie jetzt alles anders machen. Vielleicht hören die Tagträume für immer auf. Also lächelt sie weiter und sagt: »Du hast recht, es war aufregend. Ich vermisse das Klatschen. Mir applaudiert niemand mehr, wenn ich etwas Seltsames tue.«

»Als ich dich bei Facebook als Freund hinzugefügt hab, hatte ich irgendwie das Gefühl, du applaudierst mir. Als hättest du den Spieß umgedreht. Als wäre ich jetzt diejenige, die eine Aufgabe erfüllt hat.«

»Als wäre deine Narbe eine Aufgabe gewesen?«

»Irgendwie schon. Du hast doch wegen mir die Fotos von den Augen reingestellt, oder?«

»Nein«, sagt Maja, »das war Zufall. Kurz davor habe ich geträumt, mir selbst wäre ein Stein ins Auge geflogen. Ich hab mir sogar eingebildet, ich hätte eine kleine Narbe im Gesicht. Und ich war extrem übermüdet, in einer ganz komischen Stimmung. Ich hab die Fotos reingestellt, ohne drüber nachzudenken.«

Jetzt lächelt Mona nicht mehr. Ihre großen Zähne sind verschwunden und die vollen Lippen schmälern sich leicht. »Schade«, sagt sie, »ich dachte, wie knüpfen sofort dort an, wo wir aufgehört haben.«

»Du willst echt weiterspielen?«, fragt Maja.

»Sicher.«

Sie sieht Mona schweigend an. Sollte sie die Herausforderung wirklich annehmen? Ist Mona immer noch so gefährlich? Oder wird alles anders, wenn man kein Kind mehr ist?

»Ich glaube, ich hab nie mit dem Spielen aufgehört«, sagt Maja schließlich.

»Was spielst du gerade?«

»Ich bin mit zwei Männern gleichzeitig zusammen. Sie wissen voneinander. Ich glaube, der eine leidet darunter. Dem anderen macht es Spaß. Und ich spiel immer weiter.«

»Wann gewinnst du? Worum geht's in deinem Spiel?«

»Ich weiß es nicht.«

»Vielleicht ums Durchhalten?«

»Wie früher?«

»Wie früher.«

Die Kellnerin kommt mit dem Gebäck für Mona. Dann stellt sie zwei Kaffees auf den Tisch. Mona trinkt einen Schluck. Sie sagt: »Wer zuerst aufgibt, hat verloren. Vielleicht der eine, der leidet? Oder der andere, weil er nicht genug Gefühle hat? Oder du, weil du überfordert bist?«

»Ich werde nicht aufgeben. Sicher nicht, ich bleibe bis zum Schluss.«

Jetzt kann Maja wieder Monas Zähne sehen. Wie schön sie sind.

»Das glaube ich dir sofort«, sagt Mona.

»Danke.«

Auch Maja trinkt und verbrennt sich fast die Lippen dabei.

»Meine Mutter hat mir erzählt, du wohnst wieder zu Hause?«, fragt sie.

»Ja fast, ich hab die alte Apotheke übernommen. Ist ganz nett, aber wie gesagt, ich beginne, mich zu langweilen.«

»Das müssen wir dringend ändern!«

»Sehr gern! Du bleibst erst mal in Frankfurt?«

»Schon, mir gefällt es hier, ich denke, ich mache erst meinen Master fertig, dann schau ich weiter.«

»Dann müssen wir über Facebook spielen.«

»Perfekt. Das ist ein riesiges Spielfeld. Wir könnten unheimlich viel ausprobieren!«

Maja lacht. Auch wenn sie nicht weiß, ob sie sich wirklich freuen sollte. Mona bietet ihr eins von den Gebäckstückchen an und Maja nimmt sich.

Sie füllt ihren Magen mit neuen Farben. Sie will ihn zum Kochen bringen. Und er kocht.

*

Das Handy klingelt, als Maja und Mona mit farbig gefüllten Mägen auf die Straße treten. Es hat angefangen, leicht zu regnen, aber es ist ein warmer Regen. Der einzige Regen, der gut riecht. Maja geht ran.

»Kannst du herkommen?« Es ist Felix. Er klingt streng. So hart war seine Stimme noch nie.

»Jetzt sofort?«

»Wenn das ginge, ja.« Als würde er ein Mitarbeitergespräch führen.

»Was ist denn passiert?«

»Es wäre wichtig, dass ich dich anfassen kann, wenn ich mit dir darüber spreche.«

»Jetzt mach ich mir Sorgen.«
»Komm einfach.«
»Was hab ich denn getan?«
»Was ist das bitte für eine Frage? Komm einfach.«
»Okay, ich nehme den nächsten Zug.«

WANT SUBSCRIBERS OF YOUR OWN?

Doch während Felix mit Maja spricht, fasst er sie nicht an. Er sieht sie nicht einmal an. Stattdessen mixt er einen Milchshake aus Bananen und Schokoladeneis. Seine Finger zittern leicht, manchmal stoßen sie aus Versehen gegen die bereitstehenden Gläser und Löffel. Sie machen leise, helle Geräusche dabei. Als würde Felix immer wieder mit einem der Löffel gegen ein Glas tippen, um für Ruhe zu sorgen. Eine Rede anzukündigen. Doch er redet nicht. Er zittert und mixt. Die braune Bananensoße spritzt um den Mixer herum, er ist laut. Felix mixt alles kurz und klein. So lange, bis nicht ein Stückchen Banane mehr zu erkennen ist. Er scheint sogar die Schokostreusel kleinkriegen zu wollen. Dabei sind seine Gesichtszüge hart, viel härter noch als die Schokostücke. Er sagt: »Mein Vater hat mich vorhin angerufen.« Und Maja entscheidet, dass es besser ist, nicht zu antworten. Ihm beim Mixen zuzusehen und zu warten, bis er weiter versucht, gegen das laute Geräusch anzureden.

»Er hat meine Mutter ins Krankenhaus gefahren. Schon vor ein paar Stunden. Sie ist von der Arbeit gekommen, sie ist wie immer mit dem Auto auf den Hof gefahren. Doch dann ist sie nicht ausgestiegen. Anscheinend ein Herzinfarkt. Mein Vater hat es zum Glück gleich bemerkt. Jetzt sind sie im Krankenhaus. Es geht ihr nicht gut.«

Felix schaltet den Mixer aus und plötzlich ist es still in seiner Wohnung. Also klimpert er so laut wie möglich mit den Gläsern, während er einschenkt. Die Bananenmilch schwappt ihm auf die Finger, als er die Gläser auf den Tisch stellt.

Maja sagt noch nichts. Sie weiß nicht was, sie sieht ihm nur zu und schaut traurig. Den nervösen Felix kennt sie noch nicht.

Er reicht ihr ein Glas. Sie trinken einen Schluck. Noch einen.

»Ich weiß, dass ich ins Krankenhaus fahren sollte. Ich sollte jetzt bei ihnen sein.«

Maja nickt. »Mir tut das wirklich total leid für dich und deine Eltern. Aber ich glaube auch, das Beste wäre, wenn du hinfahren würdest.«

Felix nickt und trinkt sein Glas aus. Er starrt auf die mehligen Überreste und Maja starrt auf dieses Gesicht. Wie hart es wirkt. Dabei hängen seine Schultern so weit unten, er sitzt nicht gerade, alles an ihm ist grau, sogar seine Hände.

Langsam steht sie auf und geht auf ihn zu. Geht um ihn herum und umarmt ihn von hinten. Er riecht nach Schweiß. Zwar nur ein ganz kleines bisschen, und doch, der Geruch ist da. Felix hat noch nie nach Schweiß gerochen. Sie umarmt ihn fester, atmet tief ein.

Er hält still. Lässt ihre Umarmung zu, aber erwidert sie nicht, fängt nicht an zu weinen, zu reden. Wieder ist es ganz still in seiner Wohnung.

Erst viel später, als Majas Beine wehtun, weil sie so seltsam dasteht, beginnt Felix, ihre Hände zu streicheln, ihre Arme. Er legt den Kopf zurück, in die Kuhle zwischen Majas Hals und ihrer Schulter. Dann dreht er sich um. Steht auf. Legt sie auf den Boden. Und zum ersten Mal schlafen sie miteinander, ohne dass eine Kamera läuft. Aber laut. Mit scharfen Fingernägeln und tiefen Stimmen, ihre Handflächen sind ganz hart und immer wieder verdrehen sich ihre Augen unter die oberen Lider. Dieses Mal ist es wie ein großer Krampf. Ein heftiger – schnell und intensiv. Danach liegen sie nebeneinander auf dem Boden. Nur ihre Hosen liegen daneben und Majas Haare.

»Meine Mutter ist keine klassische Mama«, sagt Felix. Maja versucht, ihren Atem zu kontrollieren.

»Mein Vater war schon immer sanfter, vorsichtiger, ängstlicher. Meine Mutter nicht. Als Kind hatte ich Angst vor ihr. Ich konnte ihre Blicke nicht ertragen: wenn meine Frisur nicht saß, wenn ich Flecken hatte, wenn ich nicht aufessen wollte. Sie hat nie mit mir geschimpft. Sie hat nur geschaut. Diesen Blick erträgt keiner. Also hab ich ihr immer gehorcht. Und dafür hat sie mich respektiert. Es war wie ein Tauschgeschäft. Ich bin lieb und sie respektiert mich. Und sie hatte hohe Anforderungen, die ich immer erfüllen wollte. Gute Noten, hohes Ansehen in der Schule, die richtige Studienwahl, die perfekte Wohnung. Manchmal hab ich das Gefühl, durch und durch ihr Produkt zu sein. Aber es gefällt mir, von ihr respektiert zu werden.«

Langsam wird Majas Atem leiser.

»Wenn ich jetzt zu ihr gehe ... was, wenn ... ich bin mir so unsicher.«

Maja sieht ihn an und wartet.

»Es wird ihr nicht gefallen, dass ich sie so sehe. Sie wird ihr Gesicht nicht unter Kontrolle haben. Ich will ihr das nicht antun. Ich will nicht sehen, was unter ihren Blicken liegt.«

Maja nickt langsam. Und legt sich seinen Kopf auf die Schulter.

»Am liebsten würde ich dich mitnehmen«, sagt er jetzt.

»Mich?«

»Ich wünschte, sie würde dich schon kennen.«

»Du würdest mich wirklich mitnehmen?«

»Mir geht es viel besser, wenn du da bist. Und ich wollte dich längst meinen Eltern vorstellen.«

»Ich war mir immer so unsicher, ob das mit uns für dich wirklich ernst ist. Ich dachte, du hättest nur Lust auf was Ungewöhnliches.«

Felix hebt den Kopf und setzt sich auf. Er hat wieder ein wenig Farbe bekommen. Als hätte Maja auf ihn abgefärbt.

»Wie kommst du denn darauf?«

Maja zieht sich wieder an und wirft Felix seine Klamotten zu.

»Fahr ins Krankenhaus. Ich warte hier auf dich. Lass dir Zeit.«

Die Wohnungstür fällt ins Schloss und wieder ist es still. Der Kühlschrank macht keine Geräusche und kein Wasserhahn tropft. Maja sieht sich um. Alles steht an seinem Platz: Die Sofakissen liegen symmetrisch rechts und links der Rückenlehne, die Fernbedienung liegt parallel zur Tischkante, der Fernseher ist ausgeschaltet. Nur der Laptop ist an.

Sie setzt sich aufs Sofa und nimmt ihn auf den Schoß. Von der Küche dringt ihr ein schwacher Zitronenduft in die Nase und Maja tippt auf die Leertaste, damit der Bildschirmschoner verschwindet. Facebook ist noch eingeschaltet. Maja will Felix abmelden, um sich in ihr eigenes Profil einzuloggen. Doch dann hält sie inne.

Felix hat eine seiner Gruppen offen gelassen.

Der Titel: »Ein Spiel für drei Personen.«

Majas Magen wird schlagartig wieder heiß, die Gebäckstücke fangen an zu kochen.

Unter dem Gruppennamen: *Secret Group*. Darunter Jakobs Post.

Jakob Meisenbach
Ich hab die ganze Nacht ihre Haare gekämmt.

Felix S. *likes this.*

Majas Atem geht schnell. Viel schneller als vorhin, während Felix noch neben ihr gelegen hat. Während er ihr von seiner Mutter erzählte. Viel schneller.

Ihre Hände schwitzen. Bald werden sie auf die Tastatur tropfen. Doch das ist Maja egal. Langsam scrollt sie herunter. Ganz herunter, sie möchte alles lesen. Von Anfang an.

HOW DO I UNFRIEND OR DELETE A FRIEND?

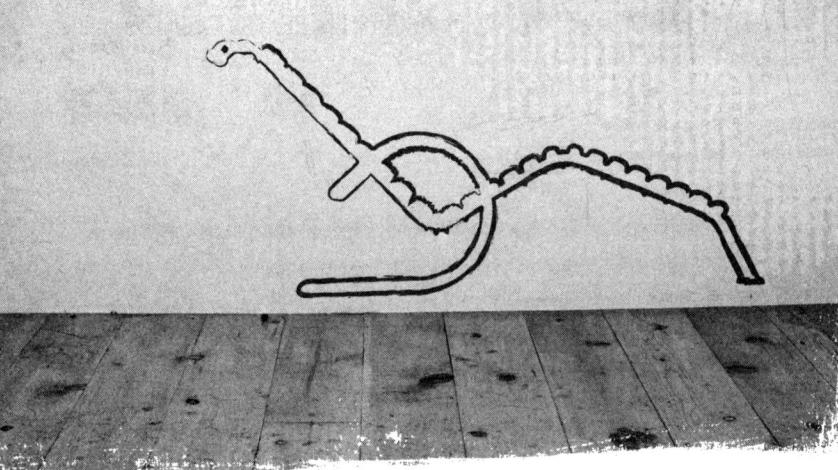

Jakob Meisenbach *created the group.*

Felix S.
Es freut mich, dass du die Herausforderung angenommen hast. Ich bin gespannt auf ein faires Spiel.

> **Jakob Meisenbach**
> Gern, Mann. Jetzt brauchen wir nur noch Regeln.

> **Felix S.**
> Diese Gruppe bleibt vollkommen geheim. Hier darf nichts verschwiegen werden. Weder Erfolge noch Schwierigkeiten. Der andere wird vor Maja auf keinen Fall schlechtgemacht. Wenn einer von uns beiden eindeutig verloren hat, gibt er auf.

> **Jakob Meisenbach**
> Was bedeutet »eindeutig verloren«? Wenn Maja sich gegen einen von uns entschieden hat?

> **Felix S.**
> Ich würde noch weiter gehen: Wenn einer einen Monat lang im klaren Punkte-Rückstand ist.

Jakob Meisenbach
Unser Punktesystem: Gemeinsam verbrachte Zeit wird stundenweise mit 5 Punkten berechnet. Sex mit 20 Punkten, Gefühlsbekundungen mit 30. Klarer Rückstand bedeutet, 400 Punkte weniger als der andere zu haben.

> **Felix S.**
> Sehr schön. Für sonstige Fortschritte werden wir dann zum gegebenen Zeitpunkt entscheiden, wie viele Zusatzpunkte das einbringt.

Jakob Meisenbach
Alles klar.

Felix S.
Und ist es in Ordnung für dich, erst mit der Zählung zu beginnen, seit ich im Spiel bin, nicht schon in eurer Berner Zeit?

Jakob Meisenbach
Klar, anders wär ein faires Spiel nicht möglich.

Felix S.
Ich hab Maja in der Küche gefingert, während du im Nachbarraum warst. 30 Punkte.

Jakob Meisenbach
Wir hatten Sex im Bett von Majas Mitbewohner und ein richtig langes Gespräch über ihre Probleme: Das müsste 30 Punkte wert sein. Danach sind wir zusammengekommen: Noch einmal 30 Punkte drauf.

Felix S.
Flirts und Dates, obwohl sie dich noch nicht gefragt hatte. 250 Punkte.

Jakob Meisenbach
Sie hätte den Kontakt zu dir für mich abgebrochen. Ich denke, das ist eine Gefühlsbekundung: 30 Punkte. Danach haben wir ein paar sehr schöne Tage miteinander verbracht und bestimmt vier- bis fünfmal Sex gehabt. Ich denke, das müssten um die 500 Punkte sein. Grob geschätzt ...

Felix S.
Gleichzeitig hat sie dir von mir erzählt. Also auch für mich eine Art Gefühlsbekundung. Fassen wir zusammen.

Jakob Meisenbach
Bis hierhin hab ich 500 Punkte.

Felix S.
Nicht schlecht. Ich bin bei 280. Und ich fang jetzt erst richtig an.
Jakob Meisenbach *likes this.*

Felix S.
Wir sind ein paar Stunden Straßenbahn gefahren und haben auf sehr sexuelle Weise geflirtet. 50 Punkte.

Felix S.
Noch einmal 50.

Felix S.
Dieser Abend war mindestens 100 Punkte wert.

Felix S.
Gestern Abend waren wir wieder unterwegs, heute noch einmal. Insgesamt also 250 Punkte.

Jakob Meisenbach
Aber gelaufen ist immer noch nichts?

Felix S.
Geduld, Geduld. Das kommt noch.

Jakob Meisenbach
Sie ist für mich nach Bern gefahren. In der Nacht haben wir zweimal gevögelt. Einmal haben wir stoppgevögelt – unser ganz eigenes Spiel.
Ich denke, das sind jetzt schon 120 Punkte.

> **Felix S.**
> Du bist ja richtig bescheiden ...
>
> **Jakob Meisenbach**
> Wie kommst du denn darauf?
>
> **Felix S.**
> So wie Maja es genießt, wenn du sie von hinten nimmst, kannst du mindestens 150 Punkte nehmen.
>
> **Jakob Meisenbach**
> Bitte was?
>
> **Felix S.**
> Hast du gar nichts gemerkt?
>
> **Jakob Meisenbach**
> Alter, was redest du da?
>
> **Felix S.**
> Sie hat für mich die Webcam eingeschaltet und dich nicht gefragt. Ich denke, das macht 30 Punkte für mich.
>
> **Felix S.**
> Seid ihr unterwegs? Oder warum schreibst du nicht mehr?

Felix S.
Geht dir das zu weit? Dann sag mir das bitte ganz direkt. Ich wollte unsere Regeln nicht verletzen.

Jakob Meisenbach
Mach dir keinen Kopf, Mann. Wir waren in der Stadt. (Wir haben sogar in der Aare gevögelt. 60 Punkte für diesen Tag.) Aber damit hätte ich wirklich nicht gerechnet. Wie hat es dir gefallen?

Felix S.
Ich hatte meinen Spaß. Und jetzt hat mich der Ehrgeiz gepackt. Ich würd mich natürlich gern revanchieren.

Jakob Meisenbach
Ich bin gespannt.

Jakob Meisenbach
Zwischenstand: Ich bin bei 800 Punkten, du bei 560. Halt dich ran! Sonst fliegst du schneller raus, als ich dachte ...

Felix S.
Sie ist nach Kassel gekommen. Den Rest kennst du. Wie laut sie war. Hat es dir gefallen?

Jakob Meisenbach
Fürs erste Mal nicht schlecht, Junge. Aber da geht noch was!

Felix S.
150 Punkte, einverstanden?

Jakob Meisenbach
Klar.

Felix S.
Wie bewerten wir Cybersex?

> **Jakob Meisenbach**
> Etwa die Hälfte von richtigem Sex, würde ich sagen. Schreibt ihr euch gerade auch?

> **Felix S.**
> Wir chatten. Und ihr?

> **Jakob Meisenbach**
> Wir schreiben uns Nachrichten. Hätte nicht gedacht, dass mir das gefallen würde.

> **Felix S.**
> Aber Maja ist natürlich sehr offen.

> **Felix S.**
> Warum schreibst du ihr nicht mehr?

> **Jakob Meisenbach**
> Sie erzählt dir ja wirklich alles.

> **Felix S.**
> Gibt das Punkte? Sorry, ein Scherz. Dir würde sie sicherlich auch alles erzählen.

> **Jakob Meisenbach**
> Aber ich will es nicht wissen. Wir sollten das trennen.

> **Felix S.**
> Sie will mir nicht sagen, welche Farbe deine Fingernägel hinterlassen.

Jakob Meisenbach
Das ist doch schon mal was. Ich bin dafür, den jeweils anderen nach Möglichkeit rauszuhalten. Sobald ihr über mich redet, kann ich mir nicht mehr sicher sein, dass du mich nicht schlechtmachst.

Felix S.
Das mach ich nicht. Aber ich bin einverstanden.

Jakob Meisenbach
Werten wir die Gespräche gerade besser gar nicht? Ich denke, wir müssten uns sowieso gleich viele Punkte geben.

Felix S.
Einverstanden.

Jakob Meisenbach
Ich hab die ganze Nacht ihre Haare gekämmt.
Felix S. *likes this.*

Jakob Meisenbach
Wir haben so lange gevögelt, bis Majas Kreidesofa verschwunden ist. Sie hat überall geschwitzt. Ich hab ihre Augen noch nie so verdreht gesehen, das macht mindestens 60 Punkte. Ich war anderthalb Tage da. Schon das sind 180 Punkte. Und ich hatte das Gefühl, wir waren auf einer ganz neuen Ebene. Sie war unglaublich offen. Insgesamt 260 Punkte.

Felix S.
Nicht schlecht, du machst es mir schwer. Aber heute fährt sie zu mir. Ich berichte dir dann …

Maja ist ganz oben angekommen. Wieder bei der Überschrift: »Ein Spiel für drei Personen.« Als hätten Jakob und Felix schon vor Monaten von Majas und Monas Gespräch gewusst. Nur, dass Maja in diesem Spiel nicht selbst über ihre Züge entscheiden durfte.

Sie hat aufgehört zu zittern. Jetzt atmet sie ganz ruhig. Und überlegt, was sie tun sollte. Von Felix' Account aus Maja Jama in die Gruppe einladen und die Punkteverteilung richtigstellen? Neue Regeln aufstellen? Weiterspielen? Richtig mit einsteigen?

Oder einfach verschwinden, abhauen, den Kontakt abbrechen, schweigen?

Maja hat noch nie ein Spiel abgelehnt. Doch hier ist sie nicht gefragt worden.

Add friends to group.

Maja klickt. Tippt: »Maja Jama.« Bestätigt die Auswahl. Dann loggt sie Felix aus, sich selbst ein.

Sie schreibt:

Maja Jama
Sorry, Jungs. Das Spiel ist vorbei. Ich nehme das Brett vom Tisch. Anscheinend wart ihr eine Mannschaft, ich die andere. Ihr habt gewonnen. Herzlichen Glückwunsch.

Leave group.
Are you sure you want to leave this group? This will also prevent members from re-adding you to »Ein Spiel für drei Personen«.
Leave group.

Maja loggt sich wieder aus und klappt das Notebook zu. Langsam steht sie auf. Nimmt ihre Jacke, ihre Tasche und schließt leise die Tür hinter sich.

*

Nur wenige Wochen später ist Majas Zimmer leer. Vor der Tür steht das Umzugsauto und noch im Treppenhaus, vom Fenster aus, fotografiert sie es. Sie balanciert das Notebook auf den Knien und aktualisiert ihr Profilfoto.

Maja Jama *changed her profile picture.*
Lorenz Küchlein *and 2 other people like this.*

> **Farbpfoten**
> Wir kommen dich besuchen!

In einem neuen Zimmer, etwa so groß und etwa so seltsam zugestellt wie all ihre anderen Zimmer zuvor, klappt Maja den Laptop wieder auf. Ihre Nägel sind rot, sie hat einen Pinnwandeintrag von Mona.
　Ihr Profilfoto zeigt nur noch ihr Auge. Das eine Auge. Maja kann jedes Detail der nach außen gewölbten Narbe betrachten. Daneben steht:

Mona Mona
Mach dir am ersten Unitag zwei Frisuren gleichzeitig.

> **Maja Jama**
> Gerne. Aber wir machen einen Wettbewerb daraus. Das schönste Foto gewinnt.

Maja lächelt. Steht auf. Sucht nach ihrem Spiegel zwischen den frisch aufgebauten Möbeln.
　Und fragt sich, ob sie die Einzige sein wird, die mitspielen möchte.

UPCOMING EVENTS. SEE ALL.

Amelie

AUFRÜSCHBAR

EINE JUNGE FRAU HAT IHRE GANZ EIGENEN THEORIEN ÜBER MÄNNER –
UND FINDET IM DURCHEINANDER IHRER BEZIEHUNGEN ZU SICH SELBST

AUFRÜSCHBAR
ROMAN. AMELIE BAND 6
Von Clara Ott
304 Seiten, Paperback
ISBN 978-3-86265-140-5 | Preis 9,95 €

»›Über Sex zu reden, ist besser als Sex zu haben‹ – Es ist eine gewagte Theorie, die Autorin Clara Ott in ihrem Roman ›Aufrüschbar‹ aufstellt ...« bild.de

»Die freie Journalistin und Autorin Clara Ott lässt ihre eigenen Erfahrungen, Erlebnisse von Freundinnen und ein bisschen Fiktion in diese ungewöhnliche Geschichte einfließen.«
InTouch (Online), Maxi (Online)

»Von Bild.de bis Maxi.de stürzen sich alle auf die ›Theorie vom Nullten Sex‹, dabei steckt in dem Liebesroman ›Aufrüschbar‹ der Debütautorin Clara Ott noch so viel mehr:

Eine kreative Geschäftsidee rund um unser Lieblingsthema Mode, langjährige Frauenfreundschaften, glücklicher Familienzusammenhalt und nebenbei die Suche nach sich selbst.« spylista.com

www.amelie-verlag.de

Amelie

SCHERBEN, MOND & MILCHKAFFEE

ICH SUCHE EINEN MANN FÜR DICH! – ZWEI FRAUEN WAGEN
SICH FÜREINANDER IN DEN ONLINE-DATING-DSCHUNGEL

SCHERBEN, MOND & MILCHKAFFEE
ROMAN. AMELIE BAND 5
Von Katharina E. Volk
296 Seiten, Paperback
ISBN 978-3-86265-143-6 | Preis 9,95 €

Das Liebesleben von Amanda, 59, und Lara, 29, liegt in Scherben, sie sind beide soeben verlassen worden: Amanda von ihrem langjährigen Ehemann, der sich eine Jüngere gesucht hat, und Lara von ihrem Freund.

Das ungewöhnliche Duo beschließt, sich gemeinsam in den Online-Dating-Dschungel zu wagen, und zwar mit einem Plan, der sie vor Enttäuschungen bewahren soll: Amanda sucht einen Mann für Lara und Lara sucht einen für Amanda! Sie prüfen die potenziellen Partner auf Herz und Nieren und das ist auch nötig, denn sie treffen bei ihren Verabredungen auf verlogene Frauenhelden, skurrile Esoteriker, frauenfeindliche Choleriker ... Doch dann findet jede von ihnen einen Mann, den sie ihrer Freundin erst mal nicht vorstellt.

»Leichte Lektüre für einen Nachmittag mit Milchkaffee – lesenswert!« DerWesten.de

www.amelie-verlag.de

Amelie

PAYOFF

RASANT, KOMISCH UND RICHTIG SCHÖN BÖSE – UNTERHALTUNG FÜR RADIOHÖRER UND DIEJENIGEN, DIE ES NIEMALS WERDEN WOLLEN!

PAYOFF
ROMAN. AMELIE BAND 1
Von Christina Haubold
304 Seiten, Paperback
ISBN 978-3-86265-088-0 | Preis 9,95 €

Sabine arbeitet beim Radio, genauer gesagt beim Privatradio. Dort moderiert sie mit ihrem Kollegen Klaus die wichtigste Sendung, die ein Radiosender haben kann: die Morningshow. Ihr Leben scheint also perfekt zu sein. Doch seltsamerweise fühlt es sich ganz und gar nicht so an.

Bitterböse, komisch und ein wenig sadistisch erzählt Sabine von den Geschehnissen in der verrückten Welt des Radios, in der sie im Laufe der Zeit so manche Erschütterung durch Gewinnspiele, Media-Analysen, Weihnachtsfeiern und Wochenendmeetings erlebt. Und als wäre das nicht schon schlimm genug, verliebt sie sich auch noch in einen ziemlich merkwürdigen Typen.

Das Chaos in Sabines Leben erreicht schließlich seinen Höhepunkt hoch über der Stadt – und Sabine tut etwas, was sie nie für möglich gehalten hätte ...

www.amelie-verlag.de